ハヤカワ文庫JA
〈JA1246〉

マルドゥック・ストーリーズ
公式二次創作集

冲方　丁・早川書房編集部＝編

早川書房

7843

まえがき

冲方　丁

本書は、一般公募企画である「冲方塾」の小説部門に応募された作品のうち、マルドゥック・シリーズを題材にした作品の中から特に優れたものを集めた短篇集である。

企画の主眼は、二次創作＋新人賞、というものだ。

冲方丁の作品群のうち、対象となった作品を題材として、二次創作を行ってもらう。形式は、漫画部門と小説部門がある。最後まで完成させる必要はなく、漫画はネーム（下書き）と完成原稿数ページ、小説はプロットと冒頭部分だけでもよい。もちろん力量に余裕があるなら最後まで完成させたものを送ってもかまわない。表現に制限はなく、たとえ成人向けであったとしても、そのことが理由で選評に影響することはない。

対象となった作品は、時代もの枠が『天地明察』（ＫＡＤＯＫＡＷＡ）、現代もの枠が『もらい泣き』（集英社）、そしてＳＦ枠がマルドゥック・シリーズ（早川書房）であった。

主催は、「冲方サミット」である。

各社の、冲方丁担当の編集者やプロデューサーが集まり、会社の垣根を越えて様々なことをやっていこう――多くの場合、どうなるかわからないが、試しにやってみよう、という集団である。

むろん、みな会社員だ。それぞれ、社内事情を抱えつつも、可能な限り自由な発想で、お客様に作品をお届けしよう、というものだ。

発足から、今年でだいたい七年目になる。その間、担当部署の異動などで多くの人が来ては去り、様々な足跡を残していって下さった。

最初の成果は、合同チラシ（フライヤー）だったかと思う。六社合同で一枚のチラシを製作し、各社の作品に封入する。小説の文庫やハードカバー、DVDパッケージ、漫画と、異なる商品の全てに、同じチラシを入れた。当時は、それが画期的だというので、雑誌で紹介されたりもした。

以来、合同冊子を作り、不定期の合同イベントを行い、合同サイン会を開き、あるいは、こうして合同の公募企画などもやるようになった。

今では当たり前にできても、かつては難しい調整が必要だった企画も多々ある。

当然、互いのメリットの有無が議論の種になってきた。だが多くは、確たるメリットではなく、可能性としてのメリットが優先された。

面白いことをやろうとすれば、それは新しい仕掛けや仕組み作りとなる。もちろん前例がない。どうなるかわからない。メリットがあるような気もするが、やってみないことには判断できない。じゃあ、やってみよう。おおむね、そんな風に実現していった。そしてそうした蓄積によって、どんどん面白いことができるようになった。

冲方自身も、常に、面白がって加わっている。むしろ作家側から、こういうことをやりたい、と言い出すようになった。今回の合同企画などは、冲方が「二次創作解禁というのはどうだろう」と提案したことが、きっかけともなっている。

ちなみに、最初は電話で、サミットという合同の動きが始まったことを教えられた。

「冲方サミットをやります」

と、某プロデューサーから電話で言われたわけである。何のことかよくわかりませんが、面白いじゃないですか、良いですね、やりましょう――で、何をやるんでしょう、といった会話をした記憶がある。

何をやるのか――それは発足当初から、今に至るまで、根幹は変わっていない。

第一に、作品を広く届けること。

第二に、業界に貢献すること。

第三に、人材を育成すること。

これらの「やることリスト」を、可能な限り面白く、肩肘張らず、思い切りやる。

第一のやることは、割と頻繁に行われている。それが必然的に、第二のやることに通じていく。

難しいのは第三の、人材育成であった。これが出来るようになれば、やることは一周する。

循環するといっていい。新たな人材が、新たな作品作りの場に参加し、新たな業界貢献のかたちを生み出してくれる。

その最後の輪として、「冲方塾」が企画され、いつものごとく、どうなるかわからないまま試みられた。

漫画部門では、何作かが担当編集者つきで掲載され、うち数名は連載が決まり、「入塾即卒業」という、喜ばしい成果があった。

そして小説部門では、SFマガジンで優秀作品が掲載された。さらにそれらがブラッシュアップされ、あるいは新たに書き下ろされ、今こうして、本書『マルドゥック・ストーリーズ』という、一つのかたちになった。

企画のしょっぱなであることを考えれば、想定外の、上々の成果である。

あまりに喜ばしいため、冲方自身も、うっかりここに書き下ろしの一篇を加えさせて頂いたほどだ。

ここで、掲載作の一つ一つについて述べることは割愛したい。代わりに、選考時の冲方のコメントをもとに、各作品に対し、編集者からのコメントが寄せられている。

最終的には、各作品をお読みになった読者が、その良し悪しを、好き嫌いを、断じて下されば嬉しい限りである。

もしかすると、そのことがきっかけで、ここに作品が載った方々の誰かが、次代の書き手として、長く読者から応援されることになるかもしれない。

そうなれば、本望である。

こうした企画を発案し、実現させ、最後までかたちにする努力を繰り返して下さった、冲方サミットの担当者たちに、深い感謝を。

そし、その成果を受け取って下さる読者に——今後とも楽しんで頂けるよう尽力して参ります。どうか末永いご愛顧のほど、よろしくお願いいたします。

二〇一六年　九月

■目次

マルドゥック・ストーリーズ
公式二次創作集

explode/scape goat

源（みなもと） 條悟（じょうご）

まずは冲方氏によるマルドゥック・シリーズ本篇の設定に準じた作品を、時系列順に収録。本作は戦時中、ボイルドによる誤爆を地上から目撃した男の物語。詩情を感じさせる文体で、戦場でしか生きられなかった男の哀しみを表現する。『ヴェロシティ』のあるキャラクターの登場も。

アロンは二頭の山羊を捧げなければならない。
一頭は主へ罪祭の献げ物とし、
一頭は罪を背負わせ荒野のアザゼルのもとへ追放しなければならない。

——『旧約聖書』レビ記

ヴィクター・ゴートは圧倒的な勝者として戦場に立っていた。
つい先ほどまで、地獄のような戦況に耐えることしか自分の人生には残されていないはずだったのに——〝どうして俺はここにいる？〟。

すでに勝敗は決したような惨状。いたる所に仲間の屍。敵から浴びせられる執拗な弾幕。軍と軍、部隊と部隊、兵士と兵士の関係を超えた、まるで個人に対する憎悪の銃撃。

背中を預けるコンクリートの外壁は敵の放つ弾丸でガリガリと削られ、飛散するそれは自身の目減りする命を詰め込んだ砂時計だ。

数分前まで生まれてきたことを後悔するほどの恐怖に耐えていた仲間は苦しみとは程遠い死面。なにも映すことのない眼球に捉えられ忍び寄る、死んだら楽になるという深く底のない誘惑。

苦しみから解き放たれた貌から浮かび上がる絶対の事実——もう耐えなくていい。

銃撃の攪拌機に飛び込むことだけが残された選択だという自殺衝動をとめるのは、腕に抱く突撃銃と自身の口から発する咆哮だけだった。

だが、いまはまだ心の支えとなっている突撃銃も、弾が尽きれば鉄の塊でしかなくなる。目の前の屍がただの肉の塊であるように、銃弾を放ったび、自分がその肉の塊に近づくという恐怖に襲われ、やがて悲鳴すら涸れた。

もはや生きている苦しみから逃げる手段も抗う心も失くしたとき——敵の銃撃がやんだ。

先ほどまでの銃声が嘘のような静寂。だが敵は諦めたのではなく、ただ待っていた。

銃撃戦における初歩的な戦術だった。緊張と緩和。頭では耐えるべきだと理解していたが、周囲に広がる屍が地獄から囁いた。

〈終わったんだ〉〈敵はもういないさ〉〈お前は助かったよ〉〈俺たちの分まで生きるんだ〉

〈さあ、顔を出して確かめてみろ〉

――もういいのではないか。

諦観で震えのとまった体を驚くほど軽く感じたとき――死者の囁きを掻き消す音――まるで大地を踏み荒らす馬のような力強い響きが近づいてきた。

援軍などという考えは浮かばず、それどころか、古い物語に出てくる命を狩り取る黒馬が近づき死を告げるという妄想の方がまだ信じられた。だが、そんな妄想は敵から放たれる銃撃が再開することで霧散した。

音とともに現れた一人の兵士。

兵士は銃撃に正面から向かい合い、機械化された脚で人間離れした跳躍を見せつけながらヴィクターのいる遮蔽物のそばまで辿り着くと、敵に向けて銃弾を存分にばら撒いた。

名も知らぬ闖入者(ちんにゅうしゃ)。

たった一人増えただけだが、戦況は確かに変わろうとしていた。

「ぶっ殺してやるぞ、クソッたれの悪党どもが！」と叫びながら圧倒的不利な銃撃に応戦し始めた姿につられて、ヴィクターも残りわずかの銃弾を吐き出した。

そして、残弾は底を突いた。だがそこに先ほどまでの恐怖はなかった。

いまだ銃を撃ち続ける兵士を見つめる。兵士の腕にある青い馬の隊章が自分とは違う部隊の人間であることを告げていた。黒ではなく青い、命知らずの救世主（ワイルド・ハント）――無様な死に様を晒すことなく最期に命を終わらせてくれる天からの粋な使者。

そんな奴を残して自分が先に死ぬであろうことを思うと、酷く申し訳なく感じた。

銃を撃ちながらもそんな視線に気づいてか、兵士はヴィクターに向かって信じがたいことを告げた。銃声でははっきりとは聞き取れなかったが、その唇は確かにそう動いた気がした。

〈手前（てめえ）はまだ死にゃあしないよ〉

見間違いか、もしくは、こいつはただの死にたがりの救世主（イカレヤロー）なんじゃないか。そんな疑念が生まれたとき――兵士の叫びが歓喜をおびた。

「来たぞ！　俺たちの勝ちだ！」

兵士の銃口が示す先――空。鳥のような影。そして、それの訪れ。

遠く敵の頭上に落とされる爆弾。

――炸　裂（エクスプロード）。

炸裂――爆圧が縦横に広がり、全（まった）き破壊の火が地上に吹き荒れた。

炸裂――天から下る地上を焼き尽くす炎は、次々と連鎖にも似た拡がりをみせ、

炸裂――あちら側の誰も彼もを木っ端微塵に吹き飛ばした。

世界の終わりを告げるかのような轟音――長く尾を引き、やがて消えた。

後に響き渡る――祝砲。

「見たかクズども！　誰に向かって撃ってるつもりだ、ファック、ファック、ファアアック！」

歓喜の叫びと機械の脚が奏でる、ワルツのようなステップ。

なにが起きたのか理解が及ばない。今まで死の淵に立っていたのが夢なのか、それともこれは恐怖が見せた都合のいい幻視（ヴィジョン）なのか。

ぼんやりとしたままコンクリートの外壁から身を乗り出し、中空を見つめる。敵のいた側を。

生命の消えたあちら側の静寂。

あまりの出来事による現実感の喪失。

両耳の破れた鼓膜が、まるで自分だけ水中にいるような気分にさせた。

ふと、数光年離れた宇宙から狙撃されたような気づきがヴィクターの頭を貫いた。いつか聞いたことのある噂。とある作戦行動中の特殊部隊にのみ許可された――爆撃支援要請。

少数の部隊に惹きつけられた多数の敵を吹き飛ばす唯一の手段――局所的（ピンポイント）爆撃。

それ以外に、いまだ自分が死んでいない理由がなく、隣で狂ったように叫びをあげ続ける兵士を眺めていると、自身がまぎれもなく生き残ったのだという実感が溢れ出した。

どくん、と心臓が跳ねる。まるで肉体が精神に、お前はまだ生きていると教えるように。

「おお――」

迸（ほとばし）る言葉はそれひとつだった。暴走した鼓動は、はち切れんばかりに内側で存在感を増し、「おお――」その一言を吐き出さねば、今にこの身が弾けても不思議はなかった。

「おお――、おお――、おお――！」

もはや思考も時間も突破した歓喜が、脳内に焼きついたその瞬間を、その点を、繰り返し再生させる――追想（フラッシュバック）。

大いなる鳥より放たれる極小の点の墜落はあまりにも呆気なく、植物の種（たね）ほどの存在感でしかないそれは炸裂の瞬間になると世界を書き換えるほどの炎を巻き起こし、人間的な感情をなにひとつ与えることなく、大地には灰の土埃を、天には青空を残して消える。生命の消える瞬間――名も顔も知らぬ多くの人間が死んだということが熱風を通して伝わってくる。生命が体内を通り過ぎる快感。焼ける――生命が焼ける。憎悪の塊のような銃撃はもはや脳裏をかすめもしない。

ただ、彼らはもうそこにいない。

上空を飛行し凱旋する影――一瞬だったが確かに捉えたその爆撃機に施された塗装――青白い一角獣（ユニコーン）。

それによりもたらされる――幻視（ヴィジョン）。

怨嗟の銃声を切り裂く蹄鉄の音が大気に響き、鉄のように黒い憎悪が広がる大地は浄罪の炎によって焼き祓われ、蒲公英（タンポポ）の綿毛のように真っ白になり爆風とともに天を舞う。それを見ることしかできない自分、見ることを許された自分。生き残ることを天によって選ばれたことへの祝福（ファンファーレ）。精神がともに天にも召されるような最高の意識に浸る。

――おお神よ！　爆撃手よ！　あなたもこの瞬間、私と同じ気持ちなのだろうか！

どれほどの時間そうしていたか定かではないが、やがて歓喜に溺れた意識が水中から水面へ浮かぶように徐々に肉体に還ってくると、機械化した脚で荒地に立つ、兵士の姿に目を奪われた。

名も知らぬ兵士はもう声をあげておらず、さもそうすることが戦場での礼儀だといわんばかりの態度で右肩に突撃銃をかかえ、

「ティモシー・カインブロック」

チン、と弾かれた認識票(ドッグタグ)が胸元で躍り、〈お前は?〉と訊いた。

◇

静まり返った夜半、座り心地の悪い軍用車輌に乗せられ、戦場から戦場へと運ばれた。

申請から審査を経てヴィクターの往き着いた新たなる居場所。

第七特殊要請部隊——通称ペイルライダー。

ティモシー・カインブロックという野蛮な詩人曰く、課せられた主な任務は、敵と味方の入り乱れた混戦地へと赴き、敵軍の詳細な位置情報を送信すること。爆撃機という滅び(ペイルライダー)の馬を迎えるために銃というラッパを奏でる戦場を駆ける楽隊(バンド・オブ・ブラザーズ)。

部隊への入隊条件のひとつは現役の部隊員による推薦。ティモシーにとってその推薦基準は幸運であること。つまりは戦場で生き残る素質があり、戦争の女神からの愛を受け入れること。曰く、飽きっぽく嫉妬深い女神の愛を受け入れた者が生き残り、拒んだ者が土へと還る。

涙を流す家族のいる故郷の土でなく、戦場の土へ。

故郷にいる家族——ヴィクターには故郷と呼べるような場所はなかったが、残された唯一の家族はいた。

ヴィクターは胸元から写真を取り出し、それを見つめた。

にこやかに写る二人の男女。バーベキューグリルとテーブルを置いたおかげで持ち主の方が溢れてしまっている小さな庭で、お腹を大きくした女が椅子に腰かけ、傍らには男が立ち、女の肩に手を添えている。女の手は片方を腹部に、もう一方を男の手に。

そこに写る妊娠した妹が、かつてヴィクターが自分の居場所に戦場を選んだ理由だった。

今はもう色褪せたその動機——写真を胸にしまう。

〝どうして俺はここにいる？〟

右肩にできた傷口をさすりながら目を閉じ、爆撃に出会い施された新たなる証を意識した。

右肩に埋め込まれたチップ——存在証明信号（ユニコーン）。認識票に刻まれている氏名等の個人情報、所属部隊に加え、位置情報を上空の爆撃機に認識させるための標識（ビーコン）。それにより爆撃手はモニターに青く表示される友軍ではなく、真っ赤に染まる敵軍へと爆弾を落とす。

いわば戦場に燈る電球。自分の命が爆撃を導く青い燈火(ともしび)だという強烈な生の実感と、自動的に発信される〝私は何者か〟という問いへの存在証明(エクスキューズ)――〝私はあなたの味方です〟。自ら放った弾丸ではなく、その情報によって戦場を生き抜いている事実。浮かび上がる疑問や不安を、爆撃の熱風を浴びることで幾度も消し飛ばした。

そしていつからか、瞳を閉じ、自身の内側にある爆撃を導く青い燈火を感じれば、迷いは微睡(まどろ)みに消えるようになった。

車の照明は夜の闇を裂くように進み、ヴィクターはその揺れる車内で夢を見た。

帰る場所があった、幼い頃の夢を。

死にたいわけじゃない。だからといって〝自分がなぜここにいるのか〟がわからない。

いつだってそれが最大の疑問だった。

早くに両親を亡くし、妹と二人、遠い親戚の家で育ったヴィクターの疑問に対する最初の答えは、その妹だった。家も親も喪い、どうして自分がこんな目に遭わなければならないのかという嘆きは、どうしてあんなにも頼りになった親が死んで、なにひとつできない自分が生きているのかという疑問に姿を変えた。

そして見つめた――隣にいる妹を。自分よりさらに弱い妹が泣いている。

その涙を止めるためには強くあらねばならなかった。

彼女を護るためだという答えは、両親を喪った悲しみに蓋をするには充分だった。妹にこれ以上の悲しみを見せてはならないと自身の感情を押さえつけ、いつしか、本当に悲しかったのかさえ思い出せなくなった。

誰かを護るというその動機は、移り住んだ土地にも合っており、軍人という選択肢が当然という土地柄、気風があった。育ててもらった親戚は善人だったが裕福とはいえず、進学をすることはできなかった。だが軍人になれば誰かを護った報酬で妹を大学に通わせられる。

素晴らしかった。〝俺が戦場にいる〟ということに最大の価値を見出せる答えだった。

そして、ヴィクターが子供から軍人になった時間は等しく妹にも流れ、妹は子供から大人の女性になった。軍人が戦場に向かうことと女性が家庭を築くことは本来的に同じことで、義弟は信頼のおける男だった。そして妹は身籠り、母になろうとしていた。

妹のためという答えは、義弟に引き継がれ、妹もそれを望むことで、終わった。

それからは誰がためでなくひとりの兵士として戦場にいる理由を求めた。だが、そんなものがないことに気づいてからは戦場から離れる理由を求めた。理由なく離れては今まで戦場にいたことを妹に背負わせることになる。兄の人生を犠牲にして幸せを得たと思わせないための理由が必要だった。

「兄さんにはさ、好きな人とか……いないの?」

自分が手にした幸せは、兄にも起こり得ることだと思う妹の言葉。

妹のように家庭ができればと思い恋人を作りもしたが、ヴィクターには、戦場の外に居場所を作ることができなかった。なぜならば、寝顔に触れようとする恋人の指先が、先ほどまで愛を語った相手のものか戦場で襲い来る敵兵のものかの区別がつかないようでは、家庭を築くことなど土台無理な話だったからだ。結果、恋人は去り独りになり、今更ながら、自分のために生きることなど、今までしてこなかったことに気づいた。

しかし、それも必要なくなった。

命令さえあれば、もはや戦場に身を捧げる言い訳（エクスキューズ）は爆撃によって与えられるのだから。

◇

車輛は新たな任務の目的地へ到着し、ヴィクターは不思議な違和感の中にいた。

人の気配が消えた荒れ果てた街並みにはどこか見覚えがあった。他の戦場で目にしたものではない。曲がり角の先になにがあるのか、頭ではなく体が知っているという感覚――何度もこの道を通ったことがあるのではないか。無邪気な足どりで。まだなにも疑問に思っていなかった唯一の時代に。

まさかという思いが胸を衝き、その建物を見た瞬間、確信に変わった。

忘れていた、蓋をしていた記憶（おもいで）。思い出せばそれに押し潰されそうになるから。

他がいくら変わっていても、それだけは変わりようのない巨大で頑丈な建造物。

小学校（エレメンタリー・スクール）――記憶の中の姿と重なった。


部隊に与えられる任務はなにも爆撃を要請することだけではなく、偵察や斥候といったものも含まれていた。ゲリラのように現れる敵から身を守るための任務。敵と味方の入り乱れる混戦地を往くヴィクターの部隊にとって、それは当然のことだった。

だが、それでも防ぎきれない被害もあった。

戦場に流れ囁かれるある噂――ならず者、荒地に現れた本物の悪魔たちについて。

その正体も目的もわからず、犠牲となった者たちの痕跡だけが残り、恐怖を疫病のようにばら撒く地獄からの使者。

最初は、兵糧の備蓄や銃弾などの備品を横流しする不届き者たちが犠牲となった。軽い小遣い稼ぎ程度の気持ちで手を出した悪事だったはずが、不運なことに相手が悪かった。

悪魔たちは取引相手であるはずの不届き者たちを血祭りにあげ、晒し者にした。口を利ける者は一人として残さずに。

そして今度は、その事件の調査をする部隊が襲われ、航空機（ヘリコプター）が原因不明の墜落をし、隊員が行方不明になった。隊員の捜索及び、可能であるならば救出・保護することが今回の任務だった。

他の建物と比べ遥かに広く頑丈に造られ放棄された小学校は、悪魔たちの隠れ家としては最適だった。

驚いたことに校舎内は廃校とは思えぬほど綺麗にされ、中にはそのまま明日から使用できそうなほど片付けられていた教室すらあった。しかしそれとは裏腹に、人の気配、痕跡といったものが消え失せ、捜索する兵士の足音が誰もいない廊下に響いた。

ヴィクターとティモシーには、校舎とは別棟になった、講堂にも使用される室内運動場（ジムナジウム）の捜索が割り当てられ、そこからは延々と同じ歌が流れていた。

古い映画に使われた有名な歌。ある日突然、不思議な国に飛ばされた少女が唄う歌。

そこになにかがあることを強調するような悪趣味な痕跡。

嘲笑う（あざわらう）ように開かれた扉の前に立ち尽くし、そして足を踏み入れた。

虚無に至る地獄への入口に。

そこに今、なにがあるのかを確かめるために。

自分のかつての居場所——そこになにが残されているのかを確かめるために。

◇

室内は薄暗く、窓から差し込む光の中で埃がきらめいていた。屋外に設置された発電機のおかげで明かりが点くことはわかっていたが、対人トラップ（ブービー）の可能性も考え、そのまま捜索を始めた。

どこからか同じ曲が延々と流れる空間は異様さに満ち、記憶の中よりもずっと低いバスケットゴールに網はなかった。見覚えのある場所のはずだが、全てが違って見えた。

壇上には暗幕が掛かっており、内側を窺い知ることはできない。数名の隊員が曲の出処を探り、ヴィクターとティモシーは幕の下から舞台へ潜り込むことは避け、舞台脇の両側から壇上にあがり——暗幕の内側を見た。

飛び込んでくる異様な光景。舞台の中央にぽつんと置かれたソファ。まるで本当に演劇の舞台上——誰かに見られるために用意された空間。ソファの前にぽっかりと空いたなにもない場所で、これを作り出した人間が、自身の行為を確かめるように眺めていたことを想像したら、怖気が奔った。

ソファの上には裸体の女。

座っているようには見えなかった。腕は手錠でソファに繋がれ、ぼんやりと白熱灯に照らされる青白い顔に生気はなく、頭髪は丸く刈り取られ、脚がなかった。

にもかかわらず、その沈み込んだ姿はゆりかごに眠る赤ん坊を連想させた。

あたりには裸体の女の他に誰もいそうになかったが、ティモシーが周囲を警戒しヴィクターが近づくと、俯き動かなかった女の顔がこちらを見上げた。徐々に瞳に光が宿る。

行方不明になった捜索対象の一人であることを確認。

《生存者一名発見》――無線で報告。隊員が吐く安堵の息が無線越しに伝わってきた。

「大丈夫だ、もう大丈夫だ。助かったんだ」

衰弱していると思われる相手を刺激しないように、ゆっくりと何度も同じ言葉をかける。

「……たす、かった」ただ音の連なりのような力なき声。

無線で銃を使用することを告げ、手錠の鎖を短銃で破壊し腰元のホルスターに戻す。

「ああ、そうだ。もう大丈夫だ」

繰り返す言葉は届いているのか、女はヴィクターではなく天井を見つめていた。

それでもヴィクターは同じ言葉をかけながら慎重に女を抱きかかえ立ち上がった。自然と脚の端にある最近処置されたと思しき手術痕――ボールペンの先端のような曲線を描く太腿――が視界に入り、思わず目を背けると、正面にいるティモシーが天井を見つめたまま固まっていた。

「おい、ありゃ……なんだ」

見上げると、そこに初めからいたもう一人の人物と目が合い、凍りついた。

その人物は舞台に設置されたスポットライトのようにヴィクターと女を見ていた。

突如「ヴィクター、下だ！」とティモシーが声を荒らげた。それに反応して天井から視線を移すと、腕に抱いた女の手にヴィクターの銃が握られていた。予想だにしなかった行動に身が強張る（こわば）ると同時に、女の吸い込まれそうな暗い瞳に言葉を失った。

女はホルスターから一息で抜き取ったヴィクターの銃をよどみなく自らの喉に押しあて、

「ごめんね、オードリー」

祈るように引き鉄をひいた。

――衝撃。

喉から脳天へ向かった銃弾が眼前で女の頭蓋を砕いた。下顎部に密着させた銃口から発されたくぐもった銃声。脳天を貫き、天井かどこかへ当たり、乾いた残響が広がった。そしてヴィクターは吹き散る鮮血を浴び、だらんと力なく垂れ下がる女の両腕の重さを感じた。死を抱いていた。

(――なんだこれは)

茫然としていると、「……ぅあぁ」と、天井から滲(にじ)むような声が聴こえ、ぽたりと、首筋に一滴のしずくが落ちた。

再び天井を見上げると、そこから降る女の涙が頬にふれた。

吊るされた女の裸体。長く垂れ下がる黒髪の奥に潜む貌(かお)。四肢のない胴体に六本の手足――一度切り離された四肢と腕の中の女のものであろう二本の脚が天蓋(カーテン)のようにぶら下がり、ゆらゆらと揺れる。

――地獄の玩具(ラトル)。

そのあまりの醜悪さに膝が崩れ眩暈(めまい)に襲われた。

頭が開き脚のない女を抱き、崩れ落ちる血塗れのヴィクター。

その光景に言葉を失うティモシー。

ヴィクターは込み上げる吐き気を押し留め、困惑、怒り、憎悪、そして哀れみの坩堝（るつぼ）の中、

「生存者一名発見」

その言葉以外の溢れ出す全てを噛み殺した。


室内には同じ歌が延々と響き続けた。

哀れむような、少女の声で。

「あまり思いつめるな」

部隊にいる他の仲間はそう口にしていたが、それができると思っている者は一人としていなかった。どう言われようとも、自らの頭蓋を撃ち抜いた女の姿がよみがえった――切断された脚。拷問の跡。そこで行われた何かを思うたび、虚無が心を蝕んだ。

生かされた女――オードリー・ミッドホワイト。

女が救助され運ばれる際、その女の瞳に囚われた。なにもかも吸い込むような黒い瞳が脳裏に焼きついて離れなかった。そこに映るのは怒りや悲しみといった感情ではなく、全てを記憶し見透かすような冷たく燃える炎――決して消えることのない火だった。

その眼差しに射貫かれ、女のその後を確信した。

祈るように頭蓋を撃ち抜き、自分を残し去った仲間の最期を見ることしか許されなかった自分。なにひとつできない自分が生き残った。

残された女の瞳に宿った炎は復讐への燈火となり、その責だけで生き残ることを選ぶだろう。誰がやったのか、なぜやったのか、なにが起きようとも、どれだけ時間を費やそうとも、決して諦めることなくそれを追い続ける。

そして気づかされた。

それが誰であろうと、残された生存者は死者によってその生き方を規定されることを。

哀れな生存者。

ヴィクターもその一人であることに変わりなく、その気づきは任務に重大な影響を与えた。部隊に下される、斥候・爆撃要請と並ぶ任務。捕虜の収容。

爆撃によって死ぬことのなかった命。動ける者が撤退し味方に見捨てられた哀れな敵。その死にかけの捕虜は患者として収容されるも、そこで治療という名目で行われる行為は、実験体として扱われることを意味し、戦前とは比べ物にならないほど精度の上がった義手や義足、義眼といった戦利品が彼らの末路として残された。

ヴィクターにとって、戦場に増える肉と鉄の入り混じった兵士（あいのこ）は、生き残ってしまったが故に戦場を彷徨（さまよ）う、罪悪感の塊だった。

そして戦場に選択肢が生まれた。

ヴィクターの見出した生存者の責務（サバイバーズ・ギルト）。

銃口の先の問いかけ——生と死——お前ならどちらを選ぶ？

荒地で繰り返し、繰り返し、繰り返し尋ねた。

爆撃により虫の息となった敵兵を見て、こんなになっても人間は生きてしまえるのかと思い知った。

殺せと言われた。だから殺した。

「もう長くなかった」

誰に問われるまでもなく口をついた言葉を聞く者はいなかった。瀕死ながらもここにあった命が、たったいま、目の前で尽きる。頭部に銃創のある死体に向ける感情——動けない相手を殺害する非人道的な行いですら慈悲であり、敵も味方も超越し、同じ戦場を共有した同志への最期の手向けである。

戦場で手にした死という救済（エクスキューズ）。その行為に覆い隠された本心。

あの女、オードリー・ミッドホワイトに訊かれる気がした。

眼前で爆（は）ぜた頭——止めようと思えば止められたのではないか。

あえて止めず、撃ち抜かせたのではないかと。

いまのように、お前が殺した。

疑念を振り払うも再び降りかかる問い。

〝どうして俺はここにいる？〟

銃声が応え、戦場には屍が増える。死という救済。その答えは間違いではないはずだ。

〝どうして俺はここにいる？〟

その問いから逃げるように荒地を渡った。

虚無の荒地を——燈火(あかり)を求めて。

◇

戦場から負傷することなく生還し続けるヴィクターは、いつからかその幸運に畏敬を込めて仲間から〝帰還兵(リターンド)〟と呼ばれ始めた。ヴィクター・〝帰還兵(リターンド)〟・ゴート。そして皮肉にも戦場以外に居場所のない男は、その名の通り、戦場へ還り続けた。

妹からは月に一度、手紙と写真が届いていた。手紙には帰って顔を見せてと書いてあり、写真には、涙で赤く目を腫らした妹夫婦が、生まれたばかりの赤ん坊を抱き、笑う姿が写っていたが、返信することもなければ、当然、顔を見せるつもりもなかった。

そしてついに、還るべきところへ還る日が訪れた。

その日はいつもと同じ一日だった。変容した日常のありふれた一日。地獄にも似た場所で、命を一度捨て再び手にするために相手の命を一切の遠慮なく奪う空虚な戦場。

全ての罪を覆い隠すような暗闇。日は沈み、深い夜が支配する死線。銃火だけが、その下に人間がいることを教える。夜戦装備のスコープ越しに見る火花、火花、火花。

その光景が、永遠に明けない夜だとすら錯覚させた。

大気を満たす銃声に終わりを告げる——爆撃機が空を引き裂く音を肌で感じ、鼓動は大地を踏みしめる足にまで響き渡った。

そしてそれが落ちた。

だが、熱風と閃光は前方からではなく後方から訪れた。圧倒的な破壊、なにひとつ区別することのない炎が吹き荒れた。銃声はやんだ。誰一人として銃を撃たず、それは無意味と化した。

不思議と、疑問は抱かなかった。チカチカと消えかかる電球が、ふっと消える——そんなイメージがよぎった。空から降るそれは、卵ほどの大きさだった。割れた。次々と割れ、徐々に近づいてくる——爆風に呑まれた。

衝撃に翻弄される中、思った。これでやっとこれまで殺してきた者たちと対等になれるのではないか。爆撃の閃光は、全ての罪を明らかにし、殺し、殺させ、殺される日々を清算する終末の炎を思わせた。

呆気ない幕切れ。いつかこんな日がくるのではないかと予感めいたものがあった。

——土に還る。

その結末を受け入れようとしたとき、銃声に意識を呼び戻された。

荒地に響く、もはや向けるべき敵も意味もなくした銃声。届くはずもない叫びとともに、上空の爆撃機に向けて放たれる銃弾。

〈俺はここにいるぞ(ダダダダダダダ)〉

義足は無残に破壊され、地面を這いずりながらも、銃弾を放つティモシーが、そこにいた。

だが銃弾が底を突き、弾切れの音が虚しさを呼び込む。

叫び声も潰(つい)えた。

遠くに響く耳鳴り。

もはやなにも聞こえない。

その静寂が告げる——もうなにもできない。

全ての終わりに近づく間際——訪れる幻視(ヴィジョン)。


あったかもしれない未来——妹夫婦とともに佇む小さな庭で、妹の赤ん坊を抱く。

いつか、どこかで、あったはずの未来。

だが右肩に宿る青い燈火が、お前の居場所はそこではないと輝いた。

腕に抱く赤ん坊が姿を変える。

〈ごめんね、オードリー〉自らの頭蓋を撃ち抜いた女へ。

頭部に銃創のある死者たちへ。そして、自分自身の虚ろな顔へ。

知っていた——戦場(ここ)には、いつかも、どこかも、ない。

答えなど、最初から必要なかった。

迷いなく、自身の右肩にナイフを突き立て、抉り、埋められたチップを取り出した。

右肩の痛みから残りわずかになった命を感じ、理解した。

〝どうして俺はここにいる？〟

答えなど、最初から必要なかった。

誰かのためだという理由も、チップから与えられる理由も、全てのことに意味などなく——

——〝俺は、ただ、ここにいた〟。

それだけだった。

そして空虚な戦場に——最期の夜明けが訪れた。


虚無とはかけ離れた混沌の荒地。なにかが生まれざるをえない圧倒的な破壊の荒地。

世界の終わりにはほど遠く、荒れ狂う地の中心に影が浮かぶ。影が野晒しになったティモシーの義足を引きずり近づく。鉄の腕と脚を携え、大地を踏みしめるオードリー・ミッドホワイトの幻影が告白を求める——言葉ない視線。

〝俺の戦場に意味はあったか？〟

意味などない。

本当に？

だが、本当に、意味はなかったのか——ただ虚ろな銃創のある死者、これまで殺してきた者たちの顔が浮かんでは消え、自分もそこへ加わろうとするなか——唐突に脳裏をよぎる、妹の赤子。

意味などないはずなのに、意味があってほしい。混沌とした想いが逆流し、渦巻く。

「おお――、おお――、おお――!」

矛盾した苦しみが溢れ出し、言葉にはならない呻きが滲む。

――生きていてほしい。

生まれたばかりの無垢なる命へ、この爆撃からすら生かされる者たちへ。想いを馳せる。

生存者の行く末。たとえそれが哀れであったとしても、生きることを許された生存者がこれより向かう場所。

〝俺の戦場に意味はあったか?〟

空が白む、真っ白な闇が広がりそれに呑まれる。その一部へ。

視覚が消え、苦しみが消え、意識の消える間際に抱く最期の願い。

哀れな生存者が辿り着く場所。いつか、戦場ではない、どこか。

願わくば――そこに、救いがあることを。

そして荒地に産声が響いた。

〈――おお、炸裂よ(エクスプロード)!〉

■著者の言葉

本物の戦場も爆撃も経験したことはありませんが、『マルドゥック・ヴェロシティ』の読後感は、爆弾によって吹き飛ばされたと喩えたくなるようなものでした。なのでこの話は、『マルドゥック・ヴェロシティ』という爆弾によって与えられた衝撃を、ボイルドの誤爆という出来事に重ねて書いた読書感想文のようなもの、もしくは、冲方先生へ向けたファンレターのようなものです。たぶん。

とにかく、「冲方作品好きだよ、大好きだよ！」という気持ちを込めたものです。

そんな人間が書き終えて思うことは、一つしかありません。

最新作『マルドゥック・アノニマス』で宣言されているウフコックが到達する結末が、彼の命の価値が、どうか幸福でありますようにと願い信じることだけです。

Ignite

木村浪漫（きむらろまん）

マルドゥック市で十年前に発生した多重交通事故と、潜入捜査をしていた娼婦の殺人事件が交錯する。フライト・マクダネル刑事と巫女能力を持つエンハンサー・ミラによる捜査の結末とは——。０９法案の創設者、クリストファー・ロビンプラント・オクトーバーも登場する。冲方塾「小説部門」大賞受賞作。

まっくらな闇が、ずっと広がっている。
暗闇に火を点けろ、夜に火を灯せ。
暗闇に火を点けて、朝を歌おう。
けれど、まっくらな闇は冷たく広がって、心に灯った炎を消してしまう。
そうしたら、私にできることはもういくつもない。
息を殺して。目を閉じて。
風に歌を託して、夜が明けるのを、じっと待とう。
誰もが暗闇に火を点けられるんだ。

――叩きつける酸性の雨が、銃弾みたいに冷える夜だった。

過去。十年前。フラッシュガン交差点。事故現場。信号機に打ち付けられたバンドワゴンからは、音響機材が投げ出されている。ワゴンにロボット制御のタクシーが激突する。爆音が響く。通報を受け駆けつけた俺の横で、カメラの閃光（フラッシュ）。セルゲイ・ブリズギナ。テレビ局所属のカメラマン。炎上したスクールバスの中で、逃げることを忘れノート型のPCを打ち続ける少年。歌う声がどこからか聞こえていた。ゼア・アイ・スティル・ダークネス。閃光（フラッシュ）。乗用車の暴走は続く。歌がかき消されてしまう。オクトーバーのシティライドが突っ込み、キリヤマのバイクに乗ったライダーの首が宙を舞う。

そして一際大きく閃光（フラッシュ）

「――フライト。フライト！　フライト・マクダネル刑事！」

俺を呼ぶその言葉が、束の間の明晰夢から呼び戻した。

マルドゥック市警＝俺の職場。目の前の男＝抜群の記憶力を持つ俺の相棒、ランデル・コーンウェル。

握ったままのコーヒーカップ／まだ冷めきってはいない。尻の下の固い感触／休憩室の擦り切れたベンチ。この固いベンチが、捜査中の俺に束の間の天国を見せてくれる。

頭を振る。睡魔を追い払う。

「どれくらい飛んでた?」

「ざっと四分半のフライトだ。そろそろブリーフィングだぜ、相棒」

「なぁ、ランド。十年くらい前の事故、覚えているか? 十年前・フラッシュガン交差点・銃弾みたいに冷えた雨の夜」

相棒は何かを思い出すような表情をした後に顔を顰めた。

「正確には九年前の十月二十七日、マルドゥック市の九番街四十一丁目と四番街二十三丁目を繋ぐ交差点。通称、フラッシュガン交差点から半径二百メートルの範囲で起こった大規模な対物、対人事故。死傷者百四名。これは炎焼による遺体の損壊で身元不詳となった十四名の遺体を含んでいる。その日の最低気温は氷点下八度だった。雨のpH値は四・九。確かに銃弾みたいに冷えた夜、だな」

相変わらずの記憶力だった。当の本人は当たり前のような顔でこう続けた。「それで、そいつがどうかしたのかい?」

「その時現場にいたカメラマンがな、取り調べで妙なことを口走ったんだよ。『俺はもう一度、あの地獄を蘇らさなきゃいけないんだ』ってな。……まぁ、結局、シロだったわけだが」

「ありゃ、乗用車のリモートコントロールの制御バグが原因で、事件性はなし、とされたんだっけな」

相棒の言うとおりだ。何故、今更終わった事故の夢など見たのか。

「まぁいいさ。あんたの夢旅行はちょっとしたもんだ、って思ってる。次のフライトでは良い土産話を期待しているよ。……特に今のヤマは、おれの従姉が殺されているからな」

思い出すまでもない。俺の現在の仕事＝ヤクの密売の摘発。このヤマには、ランドの従姉、ジェシカ・フェーレンが潜り込んでいた。そのジェシカが殺された。死因は凍死。氷点下まで冷え込んだマルドゥック市で、薬漬けにされて盗難車に放置されたのだ。

ランデル・コーンウェル――捜査を続行／ジェシカの冷たくなった死体に誓う――必ず犯人に報いるべき社会的制裁を。

親族が死んだ悲しみ――鋼の使命感でカバー／怒りを使命感に昇華――警官のあるべき鑑のような正しさ。

――わたしはまだ、くらやみのなかにいる。

夢の中の歌は、ジェシカの助けを呼ぶ声だったのだろうか。


「ジェシカと連絡が取れなくなったのはいつだ？」

ジェシカ・フェーレンは〝ムーンライト〟の娼婦だった。〝ムーンライト〟はダークタウンのギャングどもがよく使う。不動産、金融、薬、そんな取引で懐の暖かくなった男たちが女を抱く。冷えた心と体を温めるために。

「先週の金曜日だ。デカい取引があったみたい、それっきりだ。ジェシカとはＤ・ブレスの取引がある時だけ、連絡をつけるようにしていた。もうすぐ地図が出来上がるはずだったんだけどな。竜の吐息(ドラゴン・ブレス)の行き着く先の」

――D・ブレス。元々はダークタウンの裏路地を曲がれば誰にでも手に入れることができる非合法覚醒剤(クラック)。貧民たちに甘い夢をみせる安い救済の手段。しかしこいつをオクトーバー社が開発した新薬と混ぜると悪魔的な化学反応を起こすことが判明――製薬会社とベタベタのマルドゥック市議会／新たなシティ・ロウの誕生／麻薬撲滅キャンペーン／覚醒剤(クラック)はあなたの人生を破壊(クラッシュ)します／新薬は回収されることなく、未だ流通し続けている／社会の一端であり公僕たる俺たち＝犬のように鼻を鳴らして裏路地を駆け回る毎日。

「元々、D・ブレスをカフェインと混ぜると効果が上がるってのは、ダークタウンじゃ常識だったんだ。クラックとコーヒーで目を覚まして、煙草をふかしながらボロボロになるまで働いて、夜はスコッチを浴びるように飲んで泥のように眠る。そしてまた、クラックとコーヒーで目を覚ますんだ」

「そのD・ブレスがジェシカを殺したんだ。ドラッグでハイにされて、わけがわからなくなったまま冷たくなって死んだんだ」

「今はそれ以上想像するなよ、ランド。捜査から外されたくなければな。まずはジェシカが会った客を洗い出す。それから、描きかけの地図を完成させる。死んだジェシカに誓って、必ずドラゴンの巣穴を燻(いぶ)りだすぞ」

痩せぎすのスーツ姿の白人男性／*7*_***_****／ヴィクトル・ボーマン＝証券会社のビジネスマン——若いブロンドの白人男性／***_***_*3**／ロイド・ディズレーリ＝ブラウネル・ファミリーの若手——茶髪のアラブ系男性／***_***_***4／アーネスト・アラタ＝大手企業のプログラマー。

〝ムーンライト〟のオーナーから押収した監視カメラの映像——ジェシカが相手をした男の数々／客がジェシカを指名する度にそいつの素性を確認／電話番号から——〝ムーンライト〟のシステム／店側から、指名した女の子の番号を渡される——そのままホテルにしけこむ／デート気分を楽しむ／ジェシカの仕事用の携帯電話に残された数字の羅列。

違和感マックスの客——年端もいかない少女／アッシュホワイトの髪／フロント係にふわりとお辞儀＝場違いな品の良さ／慌てるフロント係／構わず少女はジェシカを指名／怖いもの知らず＝何かに守られている雰囲気。

なんてこった、とランド。「ジェシカは女の子と寝たっていうのか」

少女の使った電話番号——クリストファー・ロビンプラント・オクトーバー／現在も使用されている／盗難の線は消えた。

「男の名前だ。女装癖のある金持ちのガキってところか？」俺は思いついたことをそのまま口にする。

ランドのいつもの顰め顔。検索終了ってところか。

「クリストファーはオクトーバー社の四男の名前だ。軍の研究者だったはずだが」

連想——軍での研究テーマ／例えば化学兵器／戦争が終わったため必要がなくなった化学薬品／ダークタウンでの取引／軍の薬品を麻薬に転用／不要となったものを再び必要とされるものに／再生／リサイクル／満たされる研究者としてのプライドと貯蓄——。

「思い出したぞ。クリストファーのテーマは医療工学だ。クリストファーは負傷兵にあてがう最新の義肢を開発していた。サラノイ・ウェンディとチャールズ・ルートヴィヒと並んで三博士と呼ばれる一人だ。……ふん、そんなにがっかりするなよ。お前が考えていたことを当ててやろうか？」

「そいつが〝ドラゴン〟なら話は早かったんだけどな。……だが、気になるな」

少女を使ってジェシカを買ったクリストファー／あからさまな違和感／開示された情報／隠す気のないクリストファーの素性は、わざと開いた胸襟を連想させる——誘いの意図。

「飛び込んでみるか？」

——答えは言うまでもない。

ロビンプラント・グランドハウス／駐車場付きの四階建てのビル——まだ使いこまれてはいない／応接室に通される／法律関係の事務所にも見える／法律で守るため／法律で戦うため／警戒心が呼び起こされる／応接室のソファに仲良く座り込んだ少女と青年——アッシュホワイトの髪色／監視カメラに映っていた怖いもの知らずの少女／何故か子犬を連想／主人

に対する目には見えない信頼感のようなものが横たわっている／子犬の主人のほうが立ち上がって両手を広げた／クリストファー・ロビンプラント・オクトーバー――まだらに染められた髪／洒落者が好むスーツ／意図されたおふざけ／ようこそ、私の城砦へ！／RPGに出てくる魔法使いのような口ぶり。

「捜査のため、あなたに伺いたいことがある」単刀直入に切り込む。「〝ムーンライト〟でその少女を使って買った、娼婦について。そこであなたは何を得た？」

「伺うのは構わないが私が答えるとは限らない。君たちは事実を好きなように切り取り、自分にとってもっともわかりやすいという形で真実を歪めてしまう。君たちは私に説明責任を求めるが、情報の受け取り手たる君たちは、一体どのような義務を果たしてくれるのかな？」こいつの言う『君たち』が、誰を指しているかはわからない。

「俺に向かって喋ってくれないか。ミスター・クリストファー」

「他でもない君に喋っているのだけどね。さまよえる魂を導くのも預言者たる私の務めだ。いいだろう。君にとって必要な真実を語ろう。おいで、ミラ。これはきみにとってのテストでもある」

アッシュホワイトの少女が立ち上がった――躾けられた従順さで／飼い慣らされた獣が持ち合わせる柔らかな所作／主人の言葉を待つように少女は立ち上がったまま動かない。

「ミラ・ペーパー。科学技術で設計された巫女。ミラの特殊検診の成果――全身に移植された視・嗅・聴・味・触覚に対して複合的に活動する感覚細胞が、化学成分はおろか電磁波を含むあらゆる波を感知する。体全体が巨大なアンテナになっている、と言い換えたほうが判りやすいかね？ 会話のトーン、心臓の音、汗の分泌量、視線、呼吸、無線通信まで——ミラは人間の持つあらゆる感情を読み取り、言語に変換する。例えば、事件について君が相棒と喋っていた時に、コーヒー缶を握り締めた君が、不意に黙り込んだとする。その沈黙の意味(なかみ)さえも。彼女のエスパー並みの感受性は、語られなかった言葉さえも再現する。死んだ人間の(ニューラル・ネットワーク)人格を再構成することも可能だ。ぐー(ロック)、ちょき(シザーズ)、ぱー(ペーパー)。私たち三賢者がこの街に残す、遺産と呼ぶべき代物。これは私の信者たちも知りえない、トップ・シークレットというやつだがね」

「そんなことが本当に可能なのか？」俺は、クリストファーの言っていることが半分も理解できなかったが、当たり前に過ぎる疑問を口にした。

「肉体が遺伝子を運ぶ乗り物に過ぎないのならば、心もまた言葉を入れておくための箱にすぎない」

俺は何と答えれば良いのかわからなかった。それに返す答えを俺は持ち合わせてはいなかった。出来の悪い生徒のように口を噤(つぐ)むしかなかった。

——わたしはまだ、くらやみのなかにいる(ゼア・イズ・スティル・ダークネス)。

そうミラが歌った／頭の中で雷撃を喰らったような衝撃／まだら髪の男がミラの背をこちらに押す／子犬はためらいなくこちらに向かう。

「ミラの有用性を証明したまえ。そして義務を果たせ。ずっと手遅れになる前に」

　こちらの有無を言わさず、一方的に子犬を押し付けられた気分——ミラと目が合う／なんとなくミラの感情を察する／こいつが新しいご主人か。

　クリストファーの居城を後にする／ミラが俺を先導（リード）する——はじめから行き先はわかっている、とでも言いたげに。駐車場に停めた俺のセダンの前で立ち止まる。俺はポケットからキーを取り出してセダンのロックを外してやる／ミラが助手席に乗り込む／俺は運転席のドアに手をかける／視線を感じて振り返る／閃光（フラッシュ）／無遠慮に焚かれたストロボ——セルゲイ・ブリズギナ。

「あんたもあの、わけのわからん男に誘いこまれたってわけだ」セルゲイはそう言った。

「わけのわからん男、ってのは、ミスター・クリストファーのことだな。おまえのほうは、一体何の話をしていたんだ？」

「あんたもあの場所にいただろう。フラッシュガン交差点で起きた、あの凄惨な事故についてだ。事故について話し合いたいと、取材の依頼を受けたのだが。……ずっとあの男が一人で喋っていたような気もするな。——あぁ、そうか。取材という形にしてしまえば、守秘義務が発生するのか。なるほど、なるほど」

　セルゲイは得心がいったかのように頷いた。

「悪いがこれ以上、彼との会話の内容を話すことは出来ないな」

　渦巻きに巻き込まれた気分になる。——食らいつけるキー・ワードは一点のみ。

「十年前の事故に、一体何がある？」

「アレは事故だ。そういうことに、しておけ。あそこには被害者しかいなかった」

どういうことだ、と言葉を問い直そうとした俺の顔をカメラで遮ると、セルゲイはフラッシュを焚いた。

「あんたもあの事故に取り憑かれちまったって顔だ。だがな。誰も、今更真実なんて欲しがっちゃいないのさ」伝えたいことはそれだけさ、と言いたげに肩を竦める。

「俺はさ、ただ、あの地獄を蘇らせたいだけなんだよ」十年前と同じフレーズ。

ということは、やはり十年前の事故がキー・ワードってわけだ。

「――おまえはあの場所で、何を聞いた」

「――まっくらな闇は冷たく広がって、心に灯った炎を消してしまう。そうしたら、私にできることはもういくつもない――おまえもあの場所で、歌声を聞いていたとは驚いたな。もしかしたらあの声は、私だけに聞こえていた幻聴だったのかもしれないと思い始めていたところだ。私には多分、それがまだ、許せないんだろうな」新しいフレーズ。

運転席のウィンドウを開いて、体を乗り出したミラが俺の手を引いた。聞くべきことはもう聞いた、と言いたげに。


セダンに乗り込む。車のオートナビゲーションを起動する。目的地を入力すれば、後は搭載された制御ＡＩが安全運転かつ最速で車庫入れまで全自動でやってくれる。制御ＡＩ――

十年前の事故車にはこいつの頭(オツム)が足りていなかった。いちいち人間の脳波を拾ってコントロールしなければならなかった。高性能かつ軽量の人工知能など、夢のまた夢の話だった。

　事故の引き金――スクールバスの運転手の酩酊運転／市の定める連続運転可能時間を大幅に超えた労働時間／安いドラッグに手を伸ばす／コーヒーとクラックで目を醒ます――ふらついたまま対向車に激突／信号を完全に無視――更にパニックを引き起こしたドライバーたちの思考をリモートコントロールシステムが勝手にフィードバック／初期プログラムに重大な欠陥――交差点を惨劇の渦に。

　この事故をきっかけにマルドゥック市(シティ)の技術屋どもが粉骨砕身――交通制御用人工知能の演算能力は百年分引き上げられた。

――相棒からのコール／お互いの収穫を報告／新たな発見。

――アーネスト・アラタ／ジェシカと寝たプログラマー／十年前の事故に関与／炎上するスクールバスでノートPCを打ち続けた少年／リモートコントロールの何重ものセキュリティを抜けてデバッグ・プログラムを打ち続けた／マスコミはこぞって〝小さな英雄〟と囃し立てた／当時のインタビュー／あの時、どこからともなく歌が響いてきたんです。夜に火を灯せ、暗闇に火を点けろって。心の底を震わせるような、力強い歌が。だから僕は最後まで逃げることはできなかったんです／類い稀なる演算能力――その後の検診で解離性人格障害だと判明／三つの人格がそれぞれ独立しながら思考処理することが可能。

――あんたの夢が、現実と繫がってきたってわけだ。やっぱり、ちょっとしたもんだったな、あんたの夢旅行は。

——俺はオートナビゲーションを切ってハンドルを握る。そろそろ感覚（フィーリング）を横に揺さぶってやってもいい頃じゃあないか？

——ミラが歌い始める／あーれそーれべんじゃみーんぴーざ／流れていく視界にベンジャミン・ピザの広告／コマーシャルソング／いたくーなったらすーぐりりす／なーみだとおんなじせーぶんなんでーす／おーなかにやさしさをー／頭痛薬／目薬／胃薬／ミラの歌に合わせてハンドルを指で押さえる／ギターのフレットを押さえるように／レ・ミレ・ミレララ・ラ／いーたくーなったらなみだとおんなーじやさしさを——レ・ミレ・ミレミララ・ラ・ラララ・ラ——。

——流れていく景色／その度に流れていくＣＭソング／感覚は揺れ続けている。

——セダンが目的地に到着／フラッシュガン交差点／慰霊碑に刻まれた九十名の名前／ジム・ヴァックス＝スクールバスの運転手／バークレー・オニキス＝首の飛んだライダー／リチャード・ヘイム＝巻き込まれて潰れて死んだ通行人／俺の指が目的の名前を捕まえる／エリザ・メロウウィンド＝バンドワゴンの中で生きたまま焼かれた十七才のロックシンガー／あの時、あの暗闇の中で歌っていたのは、エリザ——おまえだったんだな。

「とりあえず、今夜寝る場所を決めてくれ。ベッドかソファか。それとも駅前の安モーテルか」

ミラはソファの臭いを嗅ぎ、それから俺のベッドの臭いを嗅いだ。ソファのほうに膝を抱えて座り込む――「ここでいいわ」

俺はベッドのほうに座り込んだ。「聞いてもいいか？」ミラはこくんと頷いた。

「あの夜、どうしてジェシカに会ったんだ？」

「十年前の事故現場で、ジェシカもあの歌を聞いたの。――息を殺して、目を閉じて。風に歌を託して、夜が明けるのをじっと待とう――クリストファーは、わたしのテストだって言ってた」ミラの視線が彷徨う。「あれは何？」視線の先には『VABE』のロゴの入ったギター。

「昔、弾いてたんだ。ロゴの意味は――」

「Vermilion age break edge」続く言葉をミラに先回りされる。思わず声に詰まる。とっくに忘れていたはずの、何か大切なものに触れられたような気がして。「意味なんかないのね。どうして、今は弾かないの？」

「……どんなにクソつまんねぇミュージシャンだって、ぎりッぎりの崖っぷちでシャウトすれば、神さまがそいつを愛してくれる。もう後一歩も退けねぇってところのシャウト、どうにもならなくなった運命ってやつを前に進める力。それが俺にはなかった。神さまに愛されなかったんだよ、俺は」

「……神さまのことはまだ、よくわからない。でも、これがあなたにとって大切なものだってことはわかった。だって、この部屋で後ろを振り向きたくなると、必ず目に入る位置に飾ってあるもの」

「もう寝ろ」俺は毛布をミラに投げて寄越した。年甲斐もなく赤面しているのを見られたくなかったからだ。


その日、俺は夢を見た。

練習場所に使っていた、俺たちの通っていたハイスクールのゼミ室。管弦楽部の金管の音に混じって俺たちは音楽らしきものをやっていた。

俺たちのメンバーを紹介しよう。曲の終わりにはいつも息切れして力尽きるのがドラムのジミー・モーガン。適当に叩いているふりが最高に上手いんだ。リズム感最悪で他人に合わせる気も腕もないナルシストのベースが、リーダーのラッセル・ロー。流れてくる曲に合わせて、綺麗だが線の細すぎる声が聞こえるだろ？　そいつがベティ。愛称で呼ばないと怒り出す可愛いベティは、ベタベタのラブソングしか歌えやしない。

そして、下手糞なギターを得意気に鳴らしてるバカが俺、フライト・マクダネルってわけだ。これで本人は本物のギタリストのつもりなんだ。大目に見てくれやしないか。

もう懐かしいと思うこともなくなった『ＶＡＢＥ』のメンバー。Vermilion age break edge？　意味なんかないさ。それっぽい単語をそれらしく並べただけだ。

俺たちは夢の中で夢を物語っていた。セレモニーホールの百万人ライブ。マルドゥック市の全市民が俺たちの音楽で熱狂する。男の子も女の子も俺たちの音を聴けば失神する。いつか俺たちの音楽が、俺たちの名前より世界に知られることになる――。

根拠もなく俺たちは天国への階段（マルドゥック）を登っていけると信じていた。

それを傍観しながら今の俺がせせらわらっている。その夢を叶えるのはおまえらではないし、もちろん俺なわけでもない、と。

いつの間にか、後ずさっていた。夢の中の俺たちが、眩しすぎたからかもしれない。後ろには何もなかった。ただ、まっくらなくらやみがずっと広がっていた。目の前に炎が迫ってきていた。思わず息を飲んだ。熱が胸の内を焼いた。咳き込み、染みた煙で歪んだ視界の先で、夢の中の俺たちが炎に包まれていた。

こんなに絶体絶命の状態で、いったい俺は何を叫べばいいってんだ？

目を覚ますと、ミラは『VABE』のギターを抱えたまま眠っていた。

なんとなく取られた、という気がした／ギターを取り返そうと試みる／ミラはギターにしがみついたまま／ギターにぶら下がったまま目を覚ます／ハロー？／ハローと返す／ギターも返す／落下するミラ／寝ぼけ眼（まなこ）のまま呟く／さっきまで空を飛んでいたのに。

予感があった。この少女はギターと心中する。本物なら誰しもがそれをやるように。俺のようにそいつを手放したりはしないんだ。

――描きかけの地図の完成。
竜の吐息(ドラゴン・ブレス)が吐かれる前に取引現場を強襲――ギターとアンプを担いだ少女を連れた警官たちの猛進・爆音を響かせながら現場に突入／相棒は笑いながらフォロー／両手に構えた電磁警棒(スティック)を二匹のガラガラ蛇(ラトル・スネイク)の如くしならせる(ウィップ・ラッシュ)／天性の打撃勘／続々と売人たちをK・O＝怯えるチンピラども――あいつらシラフでイカレてやがる／まったくもって同感。

――連邦検事からの連絡。
滅茶苦茶な捜査の後ろ盾――フレデリック・ウォーマン連邦検事の根回し＝ミラの捜査権／書類上はおれたちと同じ権限を持っているって訳だ／いったいどんな汚い手を使ったものやら／ついでのようにヘッド・ハントを受ける／連邦の検事どもはおれたちのノウハウを知りたがっているのさ。おれたちのように地元のコネがないからな／奇妙な納得――実地訓練(オン・ザ・ジョブ・トレーニング)／ミラにそれを覚えさせようってことか／おれたちのコーチングを見極めているのかもな／俺は陽気な相棒を久しぶりに見た気がしていた。

――ドラゴンの最後の吐息。
残った売人を泳がせる――当然のように減った仲間を補充しようとする／昼間から営業しているバーで、軍人崩れらしき大男に接触／良い仕事がある。ちょいと腕っぷしが必要な、手に汗握るってやつが／商談の途中で突然、売人が大声をあげた／テーブルの上には金色の毛並みのネズミ／くそっいかれた軍属のフリークスどもめ／ペストでもうつされると思ったのだろうか／交渉は決裂したようだ・視線だけで様子を窺(うかが)う・ちらりと大男の顔を覗く――

押し殺した無表情の奥にひどく傷ついた繊細な心が見えた。

　売人がバーから出て行った／後を追う／ミラがバーの支払いを済ませる／売人は不機嫌そうな顔を一度振って、唾を吐き捨てた／今の出来事を切り替えたようだ——商談に皺を寄せた眉間は禁物／売人の顔に軽薄そうな笑みが張り付く／その浮わっついた笑みを消し去ってやりたくなる。

「よう、ドラゴン。会いたかったぜ」

　売人の肩を親しげに抱いてそのまま路地裏に連れ込む／アーネスト・アラタの写真を顔に押し付ける／こいつにD・ブレスを売ったのはお前か／知らねぇ・なんのことだ・誰のことだ／売人の決まり文句／俺は売人の懐を弄(まさぐ)る／自分で売ったものは自分で食ってもらおうか／売人の口を左手で塞ぐ・D・ブレスを鼻腔に突っ込む／大きく息を吸え／いやいやをする売人／腹を殴る／大人しくなる・ゆっくりと深く息を吸い込む／売人の頭を振る／ミラ、やれ／耳元で爆音が鳴り響く／くそくそくそ頭の中で爆発がクソ／ミラ、もう一度だ／脳味噌を引きずりださないでくれ目玉がコンクリにすり潰されちまってるんだやめてくれ／ミラ、もう一曲頼む／売った売った間違いねぇコイツに売ったなんでも女をハイにして抱きたいんだって／売人が大陸弾道ミサイルを売ったなどとのたまう前に拘束してセダンに放り込む。

　違法薬物の所持、準強姦および殺人容疑。これでアーネストの逮捕に必要なカードは揃えた。多少強引ではあったが。

「そういえば、ジェシカとは何を話したんだ？」

ここに至るまで思いつきもしなかったが、ミラがジェシカの記憶と人格を再構成してしまえば、もっと早くドラゴンの居所を突き止められていたのかもしれない。

どうしてそれを今までしなかったのだ、と問われれば多分、俺はまだ、ミラの能力を疑っていたのだと思う。

――いや、それは正直な俺の感情ではない。俺はきっと、ランドと共にこの事件を解決したかったのだ。ミラの能力はおそらく、俺のそれまでの常識を飛び越えて結論に辿りついてしまう。ダークタウンのごろつきを一人ずつ締め上げてD・ブレスの流通経路を推測する。地図と睨めっこしてドラゴンの巣穴の場所を予想する。意見が食い違ってお互いに声を荒らげる。俺は結構思いつきで喋ることがあるが、あいつは事実から逆算して論理的に捜査するからな。むっつりと黙り込んだまま休憩所に逃げる。刺々しくランドが煙草に火を点ける。揺れる紫煙を眺めながら、いつの間にか俺は眠り込んでいる。――なぁ。またあんたの夢旅行の話を聞かせてくれよ。ランドに請われて俺は、俺が見たとりとめもない夢の話をする。休憩室を出る。再び捜査に戻る。それの繰り返し。

そういう何でもない時間の中で、俺はランドの悲しみや怒りを埋めてやりたかったのだ。

――悲しみを癒してくれるのは、時間だけのはずなのだから。

「んーっと。……ちゃんとわかるように説明するのがむずかしい。えっとね、じゃあ、今からわたしがジェシカのやくをするから、フライトはわたしのやくをして。いい？」

「あぁ。……うん？　俺が何をすればいいって？」

「シャワーを浴びて来るから、ベッドで待っていて。こんなに小さな女の子を相手にするのは初めてだけど、優しくされるのが好きなのかしら。それとも優しくするのが好み？」

　後部座席のドラゴンが口笛を吹いた。何か面白いことが始まることを期待するように舌先をちろちろとトカゲのように動かす。思わずセダンの自動操縦（リモート）を切ってハンドルを握り締める。急ブレーキ。拘束されたドラゴンが後部座席の下に転がり落ちた。

「……ミラ？」

「――そう、ミラって名前なのね。それで、貴女、ほんとうは何をしたがっているの？」

　ミラが足を組む。頬に手を当てる。目を細めてこちらをじっ、と見つめる。

　――考え込んだ時のジェシカの癖。

「D・ブレスの……。――あぁ、いや」

　俺はジェシカに聞きたいことが何もないことに気がつく／俺は生前のジェシカに聞けなかったことが幾つもあったことに今更気がつく。

「……少し、話を聞いてもいいだろうか。そうだな。例えばあんたがどうして、こんな仕事を続けているのか、とか」

「――へんな子。お話をしたがっていたってわけね。……そうね。私がここにいるのは、ここに来る人たちをあたためるためよ。ライナスの毛布みたいにね。冷たくなった心を、人肌の温度くらいまでに戻してあげたいから」

「アーネスト・アラタのような男でもか」

「そうよ。当たり前じゃない」

「どうして、俺たちに協力してくれていたんだ？」

「ドラッグはちょっと、冷たく心の中に入りすぎるから。それで乱暴にされるのは、あまり好きじゃないし」

「……嫌じゃ、なかったか」

「そりゃあ、時々こっちまで冷たくなりすぎて、何処にも行けなくなるみたいな気持ちになることだって、あったよ。でも、いつだったかな。歌声が聞こえてきたのよ」

ミラの右手が、ハンドルを握る俺の手に添えられる。それはとても小さな手のはずだったが、俺には紛れもなくジェシカの掌に思えた。

「――暗闇に火を点けろ、ってね」

「――なぁ」

我慢できなくなって、俺は聞かなくてもいいことまで尋ねてしまう。

「薬漬けにされて、一人きりで凍え死ぬってのは、一体どんな気分がするものなんだ？」

「今まさに、体中を冷たい暗闇に抱きしめられてる気分よ」

ミラが俺の手から右手を離した。俺はすまなかった、と誰に向けるでもなく呟いた。

俺の呟きは車内の空気に溶けて、何処に向かうでもなく落ちた。

「──ちょっと順番はちがくなったけど、だいたいこんな感じだった。わかった？」

「──あぁ。ありがとうな」

　ドラゴンが何だかひどくつまらないものを見たような顔で起き上がった。何故だか大変気分が良くなる。

　──おまえにはわからなかったかもしれないが、今、ひどく大切なことが、ここで行われたんだよ。


　セルゲイ・ブリズギナのアパルトマンの一室。おれの前でセルゲイは書き物をしている。このご時世になんと手書きだ。ふと手を止め、息を吐く。「終わったよ」

　おれはセルゲイから原稿──九年前の事故のドキュメンタリーを受け取る。それは、被害者の一人一人と向き合い、彼らの日常がもう一度戻ってくる様子を、誰を責めるでもなく、ただ事実のみが文章と写真だけで書き進められたものだった。ドキュメンタリーの末尾はこう結ばれている──生涯を懸けて追いかける意義があった。私はただ、あの日の地獄を蘇らせたかっただけなんだ、と。

「それと、今から渡すメモは、本に載せるつもりはなかったものだが、あんたらには、渡しておこうと思ってな」

　セルゲイに渡されたメモの束には、九年前の真実が推測を交えながら記されていた。ささやかな悪戯心から、アラタ少年はシグナルを青に変えようと、交差点の信号機に干渉した。その電磁波を交差点の乗用車のリモートコントロールが拾い、青信号だと勘違いした乗用車が一斉に発進した。

――肝心の信号機は赤色のままだった。

さらに、パニックを起こしたドライバーたちの思考もリモートコントロールがフィードバック――初期プログラムの重大なバグ／矛盾したコマンドを同時処理／青信号のシグナル・混乱したドライバー各々の思考／旧型の制御ＡＩはそれらの信号を無限にループさせることで解決／事故の引き金となったドラッグで酩酊したスクールバスの運転手の思考／千鳥足のようにふらつきながら交差点を横断――対向車のドライバーの思考／左にハンドルを切る／発進のシグナル・左折のシグナル／相反するコマンドを制御ＡＩは忠実に再現・加速しながら左方向に横転／交差点の全てのドライバーに連鎖／ループするシグナル／右／左／右／発進／発進／停止／左／停止／発進／左／右／左／左。

――九年前の多重衝突事故の真実。

アーネスト・アラタが未成年者であったことや、この小さな英雄が既に被害者たちの心の支えとなっていたことから、この事実は伏せるべきだ、とセルゲイは考えたようだ。

「私はこれ以上誰かを被害者にしたくなくて、この事実に蓋を閉めた。もし、正しく裁かれなかったことが、彼の良心に傷をつけてしまったのならば、今もまだ、あの少年は炎の中で焼かれ続けているんだろう」

「おれたちが必ず正しい裁きを与えてやるさ」

セルゲイは何故か悲しそうな顔になった——この街で？

「あんたたちに彼が救えるのか」

——それの答えを、おれは持ち合わせていなかった。


フラッシュガン交差点、十年前の慰霊碑。アーネストはそこに花を捧げた。十年経った今も、月命日にはここに来るのだという。

「この事故は、僕の中でまだ、終わってなんかいないんですよ。あの歌が、今も僕を責めるんです。暗闇に火を点けろ、夜に火を灯せ——どうして嘘をついたんだ、どうして本当のことを言わなかったんだ、って」

「逮捕令状が出ている。おそらくは十年前の事故の再捜査も行われるはずだ」

「僕は、ただ、僕の日常を壊されたくなかっただけなんだ。友人とのなんでもない会話や、学校に行って、会社に勤めて。この街に生きて、社会に参加すること。そんな当たり前のことが、何よりも大切だったんです」

アーネストの表情がめまぐるしく変化する／苦悩・憤怒・穏やかな微笑。

「だけど、やっぱり、自分さえ良ければ、他のことはどうだって良いんですよ」

路肩に停めた俺のセダンのエンジンが駆動する——アーネストの手には掌サイズのＰＣ／

サガミ・インダストリの『DIVE.int』からの遠隔操作（スナーク）／百年分は引き上げられたマルドゥック市（シティ）の技術の一つ／セダンのオートナビゲーションを支配（ドミネート）。

殺意を持ってセダンが俺たちに突進する／俺は拳銃を抜いて引き金を引く／青のワゴンが生き物のようにアーネストの盾になる。

操作／赤のスポーツタイプ・操作／青のワゴン・操作／白のセダン。

赤、青、白のトリコロールが路面にラインを引いて俺に迫った。赤を避ける・青を避ける・白の後部座席のドアが開く／衝撃・身を捻る・捩（よじ）れた視界の中で、避けた先の赤と青が激突する・流れ出すガソリン＝質量を持った悪意の三重殺。

気化したガソリンが爆発炎上する／ミラに手を引かれる／爆炎が届かない場所なんてわかりきっている、とでも言いたげに。

爆炎の中からグレーの乗用車が飛び出す／転がるように避ける／ワインレッドとライトイエローが待ち構えていたかのように爆裂する／再び爆炎に包まれる／逃げ場など何処にもない／アーネストの三つの人格が並行して演算処理／三面六臂の阿修羅ぶり。

ここに誘い込んだのか／ここを死地と定めたのか／この街から逃げ切るのか。

おそらくはそのどれもが真実だ。それらが矛盾なくアーネストの中に内包されている。
対してこちらの頭（ミラ）は一つだけだ。いずれ処理が追いつかなくなって轢（ひ）き殺される。

爆炎が続く。熱が俺の肺を焼く。熱と煙に歪む視界。後ろにはなにもない。ただ、まっくらなくらやみがどこまでも広がっている。

十年前の再現が始まる／もう一度あの地獄の光景が蘇る／どこかぼんやりとした明晰な頭の中で思う。

――わたしはまだ、くらやみのなかにいる(ゼア・アイ・スティル・ダークネス)――ミラの声／いや、ミラではない。

「――前に進めなくなって。そのままどうしようもなくしゃがみこみたくなって。まっくらなくらやみにいるときは、いつもそう。わたし、いつだってそうでした。ステージに立つ時も。今だって、あの時だって。熱で喉が焼けて。苦しくて息ができなくて。でも、歌わなきゃ、って思った」

――こんなに絶体絶命の状況で、おまえはいったい何を叫ぶって言うんだ。

「あなたの音楽(おと)を聞かせてください。わたしを、歌わせてください」

――ギターが手渡される。手渡されたギターは、何故だかひどく熱かった。その熱は俺の中の乾ききってしまっていたはずのものに火を点けた。

「もう、その音はあなたの心に生まれているのです」

――そうだな。エリザ。そんなことはじめからわかっていたよ。

俺のギターが叫び始める。暗闇に火を点けろ、夜に火を灯せ、と稲妻のように。走るギターに合わせてエリザが歌う。誰もが暗闇に火を点けられる、誰もが暗闇に立ち向かう光を持っている、と力強く。燃え盛る炎なんかものともせずに。

――届くだろ、小さな英雄さん。そろそろ感覚(フィーリング)が縦に揺さぶられてもいい頃合いだ。矛盾なくおまえの良心ってやつはおまえの中に内包されている。あの時炎上するスクールバスの中でデバッグ・プログラムを叩き続けたのは、他でもないおまえなんだから。

力無くアーネストの両腕が下がる／システムへの命令(コマンド)が止まる。

「僕は……あの時、本当に事故を止めたかったんだ」

――それは、剝き出しの少年の声だったように思う。


演奏が終わる。もっとずっと弾いていたいような気もしていた。だが、ここまでだろう。

ミラ＝エリザが振り返る。ホワイトアッシュの髪が焼けた灰にまだらに塗(まみ)れている／白／黒／白白／黒黒／白／白／黒――ダルメシアンの毛並み。

「わたしを、エリザをもう一度歌わせてくれて、ありがとう。フライト。……最高の演奏でした。もっと前に、あなたが側にいてくれれば、よかったのに」

――心からそう思う。セレモニーホール・百万人ライブ・俺たちの音楽。エリザとなら、夢が夢のまま終わることはなかったように思える。

「もっとずっと歌っていたかった。だけど。……私にさよならを、弾いてくれますか」

そうしようと思った。いくらだって弾いてやるさ。けれど、俺がギターのフレットを押さえる前に、強い風が吹いた。

誰かが、何処か遠くに行ってしまうように。

きょとん、とした表情で、ミラは言う。

「わからないわ、フライト。どうして、あなたはそんなに辛そうにしているの。どうして、わたしは、泣いているの。大切な人にもう二度と会えない。……こんな気持ち、わたしはまだ、知らないわ」

俺はミラの髪を抱きしめる。ギターのフレットを押さえるように。ミレミ・ラララ・ララ・ララ・ラ・ラ――痛みを止められるのは涙と同じだけの優しさだけ。

ミラが顔を上げる。泣き顔のまま。

「歌おう、フライト。この気持ちが、消えてしまう前に」

ジェシカが殺された理由――仕事帰りにジェシカを買ったアーネスト／ベッドの中で仲良くなる／ジェシカの右足の火傷(やけど)／ジェシカが九年前の事故現場に居合わせたことを知る／ベッドの中で怖くなる／強迫観念に駆られる／彼女が本当のことを喋れって言っているような気がして／その足でD・ブレスを調達／乗用車を操作(スナーク)／ジェシカを薬漬けにして盗難車に放置。

殺害にD・ブレスを使った理由――拳銃よりも手に入りやすかったから。

ジェシカはただ、そこにいたから殺された。

被害者の遺族と加害者が取調室で対面する。決してあり得ない光景だ。だが、フレデリック連邦検事はそれをやった。どんな汚い手を使ったのだか。だが、それはおれも同じことだ。

このために相棒が悪魔と取引することになったとしても、おれの知ったことじゃない。おれはただ、理由を知りたかっただけだ。何故ジェシカが殺されなくてはならなかったのか。だがその、こいつの手前勝手な理由は、おれにとって慰めにならなかった。ただ、そこにいたから、殺した、だと。黒々とした感情が行き場を求めておれの底のほうで暴れ始めていた。

首筋にちくりとした痛み。奇妙で歪んだ高揚感。D・ブレス。連邦検事が笑っていた。

「効果はアンタの従姉が実証済みだろ。存分に恨みを晴らすといい。ランデル・コーンウェル」

レンガの壁に、破れかけの麻薬撲滅キャンペーンのポスターが残っている。覚醒剤(クラック)はあなたの人生を破壊(クラッシュ)します／勝手に下の句を継いでみる。使い古されすぎて、当たり前に過ぎるような言い回しで／あなたの人生だけでなく、誰かの人生も――。

ミラの有用性を証明したまえ――クリストファーの言葉が思い返される／語られなかった言葉の再現／突然なにもかもが明らかになる／ミラの有用性の証明は、俺ではなくランドが行うべきものだった。

有用性は証明された――ずっと手遅れになってから。

足音が聞こえた。振り返る。夕闇に長く伸びた影。クリストファー。

「肉体が遺伝子を運ぶ乗り物に過ぎないのならば、心もまた言葉を入れておくための箱に過ぎない」

長く伸びた影の持ち主は、そう問いかけた。

「だがその箱は、開かれる時を待っている。ずっと。暗闇の中にあっても」

口を衝いて出た言葉は、多分俺のものではない。俺の中のエリザが言わせたものだろう。

クリストファーは、出来の悪い生徒がようやく正解を出したように笑った。

「合格だ。フライト・マクダネル。君は義務を果たした。君には0—9(オー・ナイン)法案に参加する資格がある」

「俺の見返りは？」

「ランデル・コーンウェルの命運。彼は事件の被疑者を取調室で殴り殺した。君の署長は、事故死として事実に蓋をしたがっているようだがね。彼の身柄は連邦検事局が預かっている。このままでは刑務所送りを待つ彼を、生命保全プログラムに組み込もう。君が君の有用性を証明し続ける限り、君の相棒の安全は保証され続ける」

俺は、この話を断ろうと思った。これは悪魔の取引だ。ただみたいな貸付で、俺にクソを渡してやろうってことだ。わざわざ騙されてやる必要もない。俺の中の理性はそう囁いている。感情に駆られて馬鹿を見た相棒が刑務所でどうなろうが、俺の知ったことか。

——暗闇に火を点けろ、夜に火を灯せ。

歌声が聞こえた。その声は俺の中で切実に響いていた。何かが俺の中で溢れていた。その何かは理性を押しのけて、俺の中のどうしようもなく深い場所に居座ってしまっていた。

――誰もが、暗闇に火を点けることができる。

その言葉こそ、この街で俺が辿りつくべき場所を示しているような気がしていた。


フラッシュガン交差点。十年前の慰霊碑には「嘘吐きの英雄」「大量殺人のサイコは死ね」「電脳犯罪者たちを許すな」言いたいことだらけの、誰かの心無い落書きばかりだ。

慰霊碑の前には、一人の女性。

「あなたも、死者の名誉を汚しにきたのですか？」

「いや、違う。ただ、ここに来ただけだ」

「……ごめんなさい。そういう人ばかり、ここに来るものですから」

答えるその声は、人工声帯の合成音声だった。

「――その声は、あの事故で？」問うた声は、自分でも驚くほど震えていた。

「えぇ、あの事故で。そこに、私もいたらしいんです」

「――らしい？」どうしてか尋問のようになってしまうのは、職業病だろうか。

「あの、らしい、っていうのは、事故で記憶が飛んでしまったんです。昔のこと、何も覚えていなくて」

女性はそこで、言葉を探すように一度黙り込んだ。

「記憶がなくて。身寄りもなくて。まっくらなくらやみに、心が押し潰されそうで。……そんな時は、〝小さな英雄〟さんのことを想いました。小さな英雄さんは、たった一人で、あの炎に立ち向かったんだぞって」

女性は落書きを消し始める。戦いを挑むように。

「この落書きを書いた人たちは、きっと、自分の暗闇に潰されてしまったんだと、思います」

「でも、そんな人ばかりじゃないって、私、信じているんです」

風が吹く。力強く。夜に火を灯すように。朝を歌うように。

「きっと、誰もが、暗闇に火を点けられるのですから」

■著者の言葉

「Ignite」という物語は冲方塾長の『もらい泣き』から生まれてきた物語だったように思います。

もらい泣きってのは、誰かに感情を分けてもらって、泣くってことなんじゃないかなぁ？

そいつをマルドゥック・シティでやってみたら、どんな物語が生まれてくるんだろう？

ふっと胸に湧いた疑問に、自分なりに答えを出したものが「Ignite」という物語でした。

マルドゥック・シリーズは喪失感を前に進む力に変えていく物語だと思います。

マルドゥックの二次創作をするにあたって、その途方もない喪失感に打ちのめされて、真正面から向き合えなくなって、書けなくなってしまう人も多いのではないのかな、と思います。

でも、逃げずに、それと向きあうことができたなら、たぶん、きっと、きらきらしたものが、見つかるんじゃないのかな？

さよならプリンセス

すがわらてるき
菅原照貴

娼婦アレックスは、反転変身技術開発の実験台となって死んだ弟の復讐を誓う——。菅原氏の「冲方塾」入選作は『天地明察』を題材にした作品だったが、マルドゥック・シリーズを題材にして収録に値する作品を書く、という条件で本企画に参加。

バフン、とプリンタがまた屁をこいた。カビと、油と、溶けたプラスチックのきつい臭いが部屋の中に広がる。

ベッドの下を覗き込んだまま、アレックスは顔を顰めた。

部屋の隅に置かれた3Dプリンタが、中で小人のカップルがセックスでもしているみたいにガタガタと横揺れする。アレックスが正規品の半額以下で手に入れた再生プラスチックのフィルリッジを使って以来、プリンタは層を重ねる度に屁をこくようになっていた。買ってからまだ数えるほどしか使っていなかったが、保証期間はとうに過ぎていた。

窓を開けられればよかったのだが、この日の外はこの近所にしても辟易するほど明るかった。大方、スラムの方からまた有害物質が流れて来ているのだろう。以前なら暗い夜道は通らないというのが社会の常識だったようだが、政府が各工場へ有害物質に対するナノ発光塗料の添加を義務付けて以来、街灯が少ないにもかかわらず周囲が明るいのは空気が汚れている何よりの証拠となり、夜は暗い時にこそ出歩くものとなった。

こんな明るい夜に窓を開けて肺をじわじわと腐らせるくらいなら、いっそ工場の煙突にしゃぶりついて即死したほうがまだマシだ——もっとも、有害物質が可視化される前は皆がこの空気を吸っていたのだが。

ややあって、プリンタは十五年前に死んだ若い声優の声で、プリントアウトの終了を告げた。

アレックスはこれらの音声案内機能を嫌悪していた。『脳死患者の頭に電極を刺して言わせてるみたい』に聞こえるから。同じ声ばかりが聞こえてこないよう、同じメーカーの電化製品は三つまでしか買わないという徹底ぶりだった。故に部屋にあるものでこの3Dプリンタと同じオクトーバー社の製品は、キッチンの分解炉とミンディのテレディルドニクス・マシンくらいのものだった。

部屋に統一感を求めるミンディにはそのちぐはぐさが何とも居心地悪いらしく、アレックスは何度か妥協案を提示されたことがあった。一度、音声案内を全てオフにするという案が採用されかかったが、話がまとまりかけていたところへ折り悪く、システム障害をきたした緊急災害警報が家中のアラームというアラームを一斉に鳴らすという珍事が起こったことで話は頓挫した。そんなわけで中産階級にも浸透しつつあったＩｏＴも、この二人の部屋には未だ普及していない。

お客のどんな要望にも応えるのがウリなアレックスだったが、プライベートではあちこち横柄でわがままなところがある姫殿下（プリンセス）だった。

「で、アレックスはさっきから何してるの？」

部屋の隅でラップトップを弄りながら、ミンディが尋ねた。

「私のデバイス、どこかで見かけなかった？」頭を起こしたアレックスは、服や雑貨で散らかった床の上を見渡して言った。「あのガラクタ、また失踪したんだよね。シャワー浴びにいく前までは確かにあったのに」

するとミンディは「これのこと」と袖を捲（まく）って腕に巻いてあったデバイスを指し示した。

「あ、それ！　何だ、ミンディが使ってたの？　なら早く言ってよ」

「違うよ」ディスプレイでバッテリーの残量を確認しながら、ミンディは薄っすら眉根を寄せて言った。「アレックスがシャワー浴びてる間にバッテリーの残量が五パーセント切ってアラーム鳴らし出したから、今まで体熱充電してあげてたの」

彼女は手首からデバイスを外すと、手の中でのびているそれをシェイクする。たちまち高伸縮性発光コンデンサ（HLEC）＝ディスプレイに磁力統御（Magnetic Domain）が働き、機体は板状に変化した。ミンディは掌に収まるサイズまで縮んだデバイスをアレックスへ投げた。

「ありがと」とデバイスを受け取るなり彼女はすぐにそれを足許のハンドバッグへ放り込んだ。

「自分でも充電したら？　もっとバッテリーの残量を気にしても罰当たらないと思うけど」

皮肉っぽく言うミンディをよそに、アレックスは未だ熱気を放つプリンタの方へ歩を進めると、その出力ケースから巻物状の印刷物を取り出した。

「そういうのこまめに気にしてくれるルームメイトがいましてね」アレックスが印刷物を手で振って広げると、真っ赤なシャツが姿を現した。彼女はまだ温かいそれを頭の上から被った。

トップスはノーブラの上に派手なシャツ、ボトムスは色褪せた穴開きジーンズ――富に地位、ついでに妻子なんかもいる客に限って薄汚れた女を所望する。

「真面目に言ってんの」ミンディは口を尖らせて言った。「最近何かと物騒だし、こういうのが命を救うことだってあるんだから」恐らく、彼女の不満にはアレックスに対するものだけでなく、十パーセント程度しか充電出来なかったデバイスに対するものも含まれているのだろう。一見、機械を使いこなしているような人間に限って、時として機械に理不尽な期待をかけるものだ。

「わかった、わかった」他方、アレックスは機械に過度の期待をかけない質の人間だった。

「これからは気をつけるよ」無頓着と言ってもいい。彼女はデバイスに通話とメール以上の機能を求めなかった（ディルドーが壊れた際、代用品として使ったことはあったけれど）。

「じゃあ私、そろそろ行くね」

ミンディはまだ少し機嫌が悪そうな表情を浮かべたまま「はいはい、行ってらっしゃい」と手を振って彼女を見送った。

背後でドアが閉まると、アレックスの顔から人懐っこい微笑みは消えた。代わりに冷たい余裕が顔を覆う。

もう、アレックスじゃない。

姫(プリンセス)だ。


アレックスが「現実」というラベルの貼られたゴミ箱の中を初めて覗き込んだのは、彼女が五歳の時だった。

その日、彼女は双子の弟のピーターの見舞いに来ていた。

ピーターに病気の兆候が現れ出したのは、二人が五歳の誕生日を迎えて間もなくのこと。目が濁り、髪は抜け、手足が震えるようになった。大病院へかかる金を持っていない両親は市民福祉センターがやっている三ヶ月待ちの無料健康相談に予約を入れたものの、ピーターはそれを待たずして、ある日突然発作を起こして病院へ運ばれた。医者は彼のDNAが綴りを間違えている事実を告げた。治療にかかる費用は両親が全身の臓器を売り払っても賄(まかな)えるものではなかった——そもそも、若い頃に薬をやっていた父親の臓器は売り物にならなかった。

家に帰されたピーターは数日に一度、痙攣(けいれん)の発作を起こし、その度に両親は神に祈った。そんな二人がタダ同然の費用で子供を救おうと手を差し伸べてきた不審な男に縋(すが)ったところで、何ら不思議はなかった。

アレックスが初めて見た時から、その男は得体が知れなかった。医者を名乗る男は、一見すると柔和な青年だが、時折――特に病気の治療に関する話をする際など――目が貪欲な光を宿した。ピーターや両親に対する同情的な口ぶりにも、どこか通販番組を思わせる押しつけがましさが滲(にじ)んだ。

だが、両親には他の選択肢がある訳でもなく、判断する気力もとうに失われていた。

男に連れていかれたピーターは郊外の施設へ収容された。毎日面会しに行ったアレックスは、施設の中で弟以外の患者を一度たりとも見かけたことはなかった。山のような量の薬を飲まされた弟の尿は連日カラフルに変化した。ようやく容体が安定し、本格的な治療を始めたのが数日前だった。

「大好きだよ、アレックス」ベッドに寝かされたピーターがふと、弱々しい声で言った。

「急にそんな女々しいこと言わないでよ」彼女はほとんど反射でそう言った。「あんたの体なんてすぐよくなるんだから」けれどその危惧と拒絶の入り混じった言い方こそ、そうでないことを暗喩していることには彼女も薄々気づいていた。

幼い彼女にはピーターの体に何が起こっているのかわからなかったものの、医者が薬と称して彼の血管に流し込んだ金色の液体が本来、人の体に適さぬものであることは容易に察しがついた。弟に「大丈夫」としきりに言うのは、自分に言い聞かせるためでもあった。

「父さんも母さんも、あのお医者さんもそう言うよ。すぐよくなるって」一方のピーターはと言えば、姉より幾らかその辺りをわきまえていた。「でもわからないんだ。だってよくなってるんだったらどうしてこんなにあちこち痛い――」

彼が言葉の最後までたどり着くことは遂になかった。

音よりも先に痛みが脳に届き、アレックスは思わず耳を手で覆った。最初、そのけたたましい叫び声が目の前の弟の口から発せられているものだとはわからず、咄嗟に音源を探して周囲を見回した。ベッドの周りにあった計器という計器が激しく明滅し、警告音を発した。

「ピーター！」

彼女の呼びかける声はしかし、同時に部屋の中へ入ってきた看護師たちの喧騒でかき消された。

現場を仕切っていた婦長と思しき看護師は計器のモニターを見つめるなり、目を丸くした。

「コンラッド先生を、すぐに！」

出口から一番近いところに立っていた看護師がドアの向こうへ飛び出した。

部屋の隅へ押し遣られたアレックスは、苦しむピーターをただ見ていることしか出来なかった。弟の激しい痙攣に、彼の寝かされているベッドの脚がガタガタと音を立てた。彼を押さえつける看護師が誤って彼のか細い腕の骨を折る音が、罵声と絶叫の中でもはっきりとアレックスの耳に届いた。

病室からそう遠くない場所で双子の父親と話していた医者が部屋にやってくるまで、ものの十秒にも満たなかったろうが、アレックスにはとても長く感じられた。

「しまった！」

それが医者の第一声だった。

続いて部屋の中へ入ってきた父親は何が起こっているかわからず目を瞬(しばた)かせた。やがて顔を上げると、看護師たちを押し分けてベッドの傍(そば)へ駆け寄った。「おい、先生！　息子の体に何が起こっているんだ！」父親が尋ねると、それに応えるようなタイミングでピーターが一際強烈な叫び声を上げた。

「糞、ナノマシンが〝反転変身(Turn-Over)〟を認識出来ていない……！」医者がモニターを睨みながら悪態を吐いた。「逆流した情報が肉体ごとDNAを引き裂いている」

内容こそ理解出来なかったものの、医者が両親や弟に説明するのを何度も横で聞いていたため、アレックスがその単語を耳にするのはその時が初めてではなかった。

〝反転変身(Turn-Over)〟――物質を情報へ一時還元し、次元間ブラックホールへ転送したり、逆に取り出したりする技術のことを指す。理論自体は長らく存在していたものの、本格的に実用化を目指した開発研究が行われるようになったのは先の戦争以降だ。ピーターの治療にもこの技術が使用されていた。遺伝書換治療(gene edit)は通常、書き換えたい部分の『標識』、その部分の『切除』、そして新たな情報の『加筆』という三つのプロセスを踏むことで遺伝情報を書き換えるものだが、ピーターの体ではこの『切除』と『加筆』を行う間に遺伝子が勝手に復元してしまうため、従来の治療法が通用しなかった。

今回の治療では情報の瞬間的な入れ替えを可能とする〝反転変身(Turn-Over)〟技術を搭載したナノマシンを使うことでこれら三つのプロセスを同時に行う。これなら遺伝情報が復元する前に書き換えが済むため病を根治出来るだけでなく、再び問題が発生すればナノマシンがその都度修正するため再発の心配もないのだという。少なくとも、医者の説明では。

「どういうことだ！」父親が医者の胸ぐらを摑み上げた。「お前、一体何をしたんだ！　息子を元の体に戻すって言っただろ！　お前――」

先生、とピーターの体を押さえつけていた看護師が、ヒステリックな声で呼んだ。

一瞬、ピーターの痙攣と絶叫がピタリと止まった。

アレックスは彼の許へ駆け寄ろうと前のめりになった。

直後、弟の体が爆ぜた。

弟の死によってアレックスが得た唯一の恩恵は、後にセックス・ワーカーとして働くことなった際、どんなプレイも平気になったことだ。大好きだった弟が汚物の塊となって降り注いできた経験に比べれば、どんな変態的なプレイも大したことはなかった。

しばし、部屋の中が静まり返った。皆、呆然とした面持ちで数秒前までピーターが寝ていたベッドを見つめていた。

ただ一人、例の貪欲な色を目にたたえた医師を除いて。

男が口元に浮かべた笑みを、アレックスは確かに見た。


M役の女の子が胸を鞭で打たれて、喜悦混じりの悲鳴を上げた。

クラブ・ミスティークは今日も通常営業。ステージも盛況だった。

金曜日はSMショーの日だ。Mの女の子にミミズ腫れが生まれるたび、ステージの周りに群がる男共は歓喜の声で囃し立てた。ホールの照明が暗く設定されているのは、ステージの女の子が映えるようにするためだけでなく、客が互いに突っ張った各々の股間を見ずに済むための配慮でもあった。それでもアレックスが客席の横を通り過ぎれば多くの者が振り向く。店で一番高い値札を付けた女というのはそういう存在だ。

「プリンセスじゃないか！」常連の一人がアレックスを源氏名で呼んだ。「どうだ、プリンセス。あんたもステージに上って一つ、俺達にとびっきりいい思いをさせてくれよ！」

「ごめんね、甘えん坊さん（sugar）」アレックスは顧客のことを絶対に名前で呼ばなかった。「今日はお客さん取ってるの」

客へ手をひらつかせながら、アレックスはホールの最奥部に位置するボックス席へと歩を進めた。

ママ、とボックスの中へ顔を突っ込んで彼女は言った。

「私、出てくるから」

ママの前にはミンディと同い年くらいの女の子が立っていた。ほんの数日前に来たばかりの子で、ママが珍しく扱いに悩んでいた。容姿は申し分ないのだが、感情に乏しいのだ。笑いもしなければ泣きもしない。客にセクハラ紛いのことをされても気にする素振りさえ見せない。人形のような娘だった。今もそのことでママから説教を喰らっていたようだ。

アレックスは新人に向かってウィンクすると〝辛抱しなよ〟と声に出さず言った。新人はただ小さく頷き返した。

「少し早くない？」ママが新人からアレックスへ視線を移して言った。「確か八時からの予約でしょう？」

「街にちょっと用があるの」

そ、とママは素っ気無く言うと溜息を吐いた。「ところでプリンセス、例の契約の話なんだけど――」

ママが声のトーンを下げて話を切り出すや否や、アレックスはうんざりと言わんばかりに顔を掌で覆って呻き声を漏らした。「勘弁してよ、ママ」

ここ数週間、ママは事あるごとにアレックスへとあるスタートアップ企業との契約にサインするよう求めていた。技術開発に携わる研究者などに対して、フィールド・テストや治験に必要な人材のコーディネートを主な業務とするその企業は、この辺りの店や下流階級の移民が多く暮らす住宅街などを訪ね回っては『いざという際にはタダで最新の治療を受けられる』というウリ文句で治験ボランティアを募っていた。法的にグレイ・ゾーンの契約だったが、オキシコドン一ケース買うのもままならない貧困層の人々は次々とこの話に飛びついた。

当初は懐疑的だったママも、リストに載っていたために命拾いしたという話を一つ聞き二つ聞き、次第に考えを改めるようになった。現在、この近所でリストに名前が載っていない者など、アレックスとミンディ、それに目の前の新人くらいのものだった。

「治験って言ったって安全性がさっぱりってわけじゃないんだから。万が一の保険だと思えばいいじゃない」

「何度言われても答えは同じ。嫌なものは嫌なの」アレックスはきっぱりとした口調で言い切った。店の中でママにこんな口が利けるのはアレックスくらいのものだった。新人の女の子から視線が注がれる。

「そんなこと言うけど、あんた、今日の客だって――」

「それとこれとは話が別！」アレックスはぴしゃりと言ってのけると踵（きびす）を返した。

「アレ――プリンセス！　まだ話は終わってないよ！」自身を追いかけるママの声を無視して、出口へ向かう。だが苛立たしげに肩をいからせてドアの手前に敷かれたマットを踏むと、アレックスはママの方を振り返った。

「ママ」

「何？」と呆れ返った表情でママ。

アレックスは口を開いたものの、結局思い直して頭を振った。

「――何でもない」

アレックスが外に出ると、そこには既に黒光りするリムジンが乗り付けていた。運転席のデレクへ軽い目配せを送る。彼が小さく頷き返すと同時に辺りが少し暗くなった。車体の下に付いた重力素子式（グラビティ・デバイス）エンジンが出力方向を変えることで、アレックスの進行方向に浮いている発光有害物質を散らしたのだ。

「出していいよ、デレク」アレックスが後部座席に乗り込んだのを確認すると、デレクは返事をする代わりにドアを施錠し、アクセルを踏み込んだ。

デレクは九歳の時に保健所の強制措置でA10（エー・テン）手術を受けさせられた。

それから十年後。頭で考えていたことが支離滅裂な言葉の羅列として口から飛び出すようになったのは、当時同居していた女と結婚式を挙げる二週間前のことだった。なりふり構わず方々から金をかき集めて治療を受けた頃には、既に脳の言語野がスポンジになっていた。ついでに女からも愛想を尽かされた。唖者となって働き口を失った彼は、路頭をさまよっていたところを旧知の仲だったママに見出され、ドライバー兼ボディガードとして雇われた。ママを除いてアレックスより前からクラブで働いているのは彼くらいだ。既に四十歳を越えているが、二メートルの長身に筋肉の盛り上がった体軀は、立っているだけでもそこらのチンピラより余程（よほど）頼りになる。

車は娼婦とドラッグのショーケースが並ぶ通りの横を通り過ぎた。少しずつこちらへ侵食しつつあるスラムの最前線――煌々（こうこう）とした道を行き交う者達は誰も空気中の有害物質など気にしない。皆、体の中に感染症の一つや二つ持っていてもおかしくない連中ばかりだった。

デレクは女の子の送り迎えをする時によくこういった場所を通った。それが口を利けない彼の『手遅れになる前にさっさとこんな商売から足を洗え』というメッセージであることを理解している娘は数少ない。

スラムを抜けて歓楽街を後にした車は、中産階級者向け高層アパートが整列する地域へと進んだ。

　旧共産国の公営住宅を思わせる建物達の間を走り抜けることおよそ十分、赤信号に差し掛かったところで、アレックスはタイヤがグラビティ・デバイスに切り替わる際に生じる静かな振動を座席の下に感じた。ゆっくりと宙に浮いたリムジンは信号が青に変わる直前、他の車より一足早く空へ向けて発進した。

　間もなくして、リムジンは富裕層向けブティックや高級レストランなどが立ち並ぶ繁華街に辿り着いた。

「ここでいいよ。ホテルへ行く前に寄りたいところあるから」

　アレックスがそう言うと、デレクはバックミラー越しに頷き返し、リムジンを軽やかに路肩へ寄せた。

　ありがと、と言いながら車を降りて、リムジンが角を曲がるのを見送ると、彼女は華やかな店には目もくれず裏道へと進んだ。

　世界で最も富が集まる場所と言われているこの高級繁華街にも、普通の人間が近づきたがらない場所はある。近くに足許を照らす街灯はなく、また地域全体で有害物質をブロックアウトしているため、きらびやかな表通りから届く僅かな光だけが頼りだった。アレックスは進行方向の掃き溜めに人影を見つけて立ち止まった。

「プリンセスか」ちら、とアレックスへ顔を向けた男は、フードで頭をすっぽりと覆っていた。

イエス、と答える代わりに彼女は言った。

「支払いの前に商品を見たいんだけど」

男は足許の紙袋を拾い上げると、中から取り出した拳銃をアレックスに見せた。

「直接金属光線焼結（DMLS）手法でプリントアウトした四五口径セミ・オートだ。狙うのも簡単、撃つのも楽勝、再装塡だって余裕。親愛なる隣人殺しにこいつよりうってつけの品はない」

「弾（たま）は？」拳銃を見るのは初めてではなかった。買うのも。ただ、望んで買うのだけは今回が初めてだった。

男が紙袋の口を開いて彼女へ向けた。中にフィルリッジが重なって入っているのが見えた。

「七発入りのフィルリッジが五つ。既に入っている分はオン・ザ・ハウスだ」

顔を上げたアレックスは、不敵な笑みを浮かべて言った。「そういうの大好き」

「商売成立ってことでいいか？」

　ええ、と彼女は頷いた。

「ところで言い忘れてたが、ウチは基本的に電子マネーの類は受け付けてなくてな。今ここで商品を渡すとなるとキャッシュか、もしくはあんたに限って言えば――」

「それなら大丈夫」アレックスは男の言葉を遮って、ハンドバッグから取り出した分厚い封筒を押しつけた。「キャッシュ・オンリーなのは私も同じだから」

ボディラインをなぞる男の視線には最初から気づいていた。

封筒を手にした男は中の現金を確認すると、渋々といった風で拳銃の入った紙袋を彼女へ差し出した。

「一応言っとくが、あんたがそれを持ち歩いてパクられたとしても――」

「――私とあなたは赤の他人」

アレックスはそれを受け取ると、すぐさま元来た道を戻り始めた。


アレックスは七歳の時に両親を失った。その日は朝から雨が降っていた。

「お母さん、大丈夫？」父親が部屋を出て行く音を聞くや否や、アレックスはベッドの下から這い出し、母の傍へ駆け寄った。

「ええ、アレックス。大丈夫」彼女の母は祖父母譲りだという東欧系のアクセントで答えた。左目の周りには青黒い痣が出来ていた。

ピーターが死んでからというもの、家族はあちこちの住まいを転々とするようになった。それが家のあちこちで見かける注射針と関係しているのだと気がついたのはごく最近のことだった。母はアレックスに見せまいとそれらを回収したが、一つ拾う度に二つ新たな注射器が見つかった。堕ちるところまで堕ちて、ようやく転居こそ止まったが、注射針の数は減らなかった。代わりに父が暴力を振るう回数が増えた。

この日は、母がアレックスを友人に預けたいと言い出したことがきっかけだった。

アレックスはよろめく母の手をそっと引き、ベッドまで導いた。ベッドに腰掛けた母の前にぺたんと座り込んで尋ねた。「お母さん、どうしてお父さんはお母さんを殴るの？　どうしていつも怒っているの？」

　戸惑いがちに視線を泳がす母へ、アレックスは更に尋ねた。

「――私のせい？」母の受けている暴力の少なからずが、元は自分に対して向けられたものだと彼女は自覚していた。

　母は一瞬、呆然とした表情を浮かべてから頭を振った。「アレックス……」

　その悲しく、また同時に悔しそうな母の表情を目にして、アレックスの目にたちまち涙が溜まった。「やっぱり。私が悪い子だからお父さんは怒って……だからお母さんが殴られるんだ」

　母に抱き寄せられると、涙の粒がアレックスの頬を伝った。

「違う。違うの……」母はそんな彼女の顔を自分の胸に押しつけて言った。「あなたは何も悪くない。あなたは私達のお姫様(プリンセス)なんだから」

「それじゃあ」と、喉に絡んだ痰でむせてアレックスは咳き込んだ。「どうしてお父さんは怒っているの？」

　彼女の耳元を熱っぽい吐息がかすめた。母の呼吸は小刻みに震えていた。「わかってちょうだい。ピーターが死んで……あんな風に死んでしまうのを見て、お父さんが一番辛いの」

　そう言うと母は一旦体を離して、アレックスの瞳を真っ直ぐ見つめた。

「でもね、今にきっとよくなるから。そうしたらまた私とあなたが大好きなお父さんが戻ってくるから。それまで待つの。いい？」

　毅然とした母の口調。アレックスは袖で涙を拭き、小さく頷いた。そんな彼女を母は再度抱きしめた。一際強く。

「どんなにいい人でも時として悪い誘惑に負けてしまうことがある。それは仕方のないこと。だから、そんな時こそ周りにいる人達が支えてあげなければならないの。希望を捨てず、堪え忍んで。そうすればすぐに――」と、急に母の言葉が尻すぼみになって途切れた。

　大人の体重がアレックスの両肩に沈んできた。

「お母さん？」困惑したアレックスは、覆い被さる母の体を引き剝がそうともがいた。

「愛してるからね、アレクサンドラ」母の囁きに、呻き声が混じった。「私の……プリン……セ……」

「お母さん？　どうしたの、ねえ。お母さん？　お母さん！」

　母を呼ぶ娘の悲鳴は、雨の音に圧し潰された。

　母の遺体が部屋から運び出されたのは、翌朝になってからだった。脳出血ということだった。昼過ぎになってようやく帰って来た父親はその場で警察に逮捕され、連行されて行った（スラムの警察も、捜査の手間がかからない犯罪に限っては迅速に動いた）。アレックスがその後、父の消息について知ることは遂になかった。

　走り去っていくパトカーのテール・ライトを、彼女は母の友人を名乗る女と見送った。元高級娼婦で、最近自らの店を持ったばかりだったために忙しかったという女は、アレックスの家に来ると開口一番『もっと早く様子を見に来れば』と悔しそうにひとりごちた。

「お父さんはどこへ行くの？」

それまで黙りこくっていたアレックスが初めて女に口を利いた。女はコートのポケットから煙草の箱を取り出し、一本抜き取ると吐き捨てるように言った。

「地獄へ引きずり込まれるまでの待合所だよ」

パトカーが消えた方向を眺めていたアレックスは、女を見上げた。

「私は？」

訊かれた途端、女の端正な顔が歪んだ。

「あんたは、その――」女はズボンのポケットへを手を突っ込んだ。落ち着かない様子で中を弄っていると、ポケットの端からライターが滑り落ちた。

尋ねるべきでないことを尋ねたのだと悟ったアレックスは、詫びる気持ちでライターを泥の中から拾い上げた。パジャマの袖に一度それを包んで泥を拭い落としてから、火を点けようと試みた。不器用な手付きで二度三度と失敗し、四度目でようやく成功する。

女の口元へライターを近づけた瞬間、二人の目が合った。

しばし見つめ合っていると、やがて女が不意にバツの悪そうな表情を浮かべてそのまま俯いた。嘆息し、頭の後ろを撫でつける。そして咥えた煙草の端を固く噛んだまま、喉の奥で「あたしも馬鹿だな」と自らを罵ってからようやく火を受け取った。

「あんたの面倒はこれからあたしが見てやる」煙で肺を満たして女は言った。「んで、あんたをこの街で一番の女に育て上げてやるから」

　わかった、とアレックスは頷き返した。

「それから母親を失ったばかりで悪いんだが、店の子達にも皆にそう呼ばせてるし――」

　あたしのことはママと呼んで、と女は心地よさそうに煙を吐き出しながら言った。


　ホテルに到着したアレックスはロビー中央にホログラムされている時計を確認した。八時ジャスト――約束の時間より少し焦らしてから部屋を訪れるくらいの方が丁度良い。

　ヘンリー、と彼女はフロントに立っている若いホテルマンへ手を掲げた。相手はちら、とこちらを見上げて「アレックス」と返すと、すぐにまた視線を落とした。

　アレックスはフロントの方へ歩を進めながら尋ねた。

「今晩はどの部屋？」

「えーと……六〇五号室」と言って、ヘンリーはカード・キーを滑らせた。部屋の鍵はチェック・インの際にバイオメトリクス認証登録を済ませるのが基本だが、中には生体情報をホテルに知られるのを嫌がる客もいるため、カード・キーのような磁気ロックもこのホテルでは未だ健在だった。

　アレックスはキーを受け取ると、先ほど売人に与えたのと同じ厚みの封筒を取り出し、彼に差し出した。「今晩部屋で起こることの一切について、そっぽ向いててほしいんだけど」

わかった、とヘンリーは封筒を受け取りながら言った。

「今晩の六〇五はオフ・リミッツとしよう。どうせ僕も今日は忙しい」

「今日はどこの誰？」フロントに身を乗り出したアレックスがデスクの下を覗き込むと、一組の男女が組んず解れつする様子を映し出す小さなモニターが目に入った。

「八一三号室。この間の選挙で初当選した市長派の若手筆頭議員と、最近市長に対する辛口コメントで人気急上昇中のキャスター。届けたクラックを仲良く分け合いながら、楽しくやってるよ」

ヘンリーはこのホテルのナイトシフト・マネージャーだ。宿泊中に必要なものがある時は、彼に頼めば何だって手に入るし、プレイの最中に遊び相手を誤って殺しても、彼の手にかかれば全て無かったことになる。ただ一方で、宿泊客のデバイスを乗っ取り、ゴシップ・マガジンへプライベート情報をリークするのも彼なら、ディープウェブに宿泊客の痴態をアップロードするのも彼だ。

ヘンリーに明後日の方向を向いてもらうには、それなりの額を積む必要があった。

アレックスがエレベータへ向かおうとすると、ヘンリーが呼び止めた。「ねえ、この前の週末にエイミーが客取った部屋なんだけど、ママに使用料割増してくれるよう頼んでくれない？　カーペットから臭いが取れないんだ」

「その代わり、全部終わった後に女の子の衣装からシモまでネットオークションで売り捌いてるのを大目に見てもらってるんでしょ？　その稼ぎから出しなよ」

痛いね(Touche)、と肩を竦める彼に背を向け、アレックスはエレベータ乗り場へ向かった。

やって来たエレベータに乗り込んだ彼女が、ガラス張りの後壁から外の風景を見下ろすと、派手な服に身を包んだ若者の集団が道端でふざけ合っているのが目に入った。そのうちの一人は、頭に鳥の嘴(くちばし)みたいな角を生やしていた。隣にいる女の頭髪もよく見れば羽毛だ。

トランスヒューマニック・コスメティクス(THC)——体内にナノマシンを注入して体の容姿に関わる遺伝情報を一時的に書き換える、一種のボディアートだ。美容整形などより余程安値かつ手軽に出来る上、鱗を生やすも目鼻を増やすも自由自在という点が十代後半から二十代前半にウケた。

この技術にもまた〝反転変身(Turn-Over)〟が使われていた。

アレックスは若者達を見つめたまま、ハンドバッグの上から拳銃の感触を確かめた。


アレックスがTHCについて知ったのは、十六の時だった。当時の彼女は客を取り始めてまだ間もなかったが、既に男も、男に股を開くことの意味も十分理解していた。

その日の客はオクトーバー社の重役だった。部屋に入ると、股間だけをタオルで隠した半裸の男がベッドの端に座っていた。

男の興奮によるものか、部屋の温度は廊下よりも高かった。肌がみるみる汗ばんだ。

「プリンセスか」男は問うた。若い。齢は三十前後といったところだろうか。

うん、とアレックスは抑揚のない声で答えた。客の素性や好みについてはあらかじめママから聞かされていた。男の好みは「家出少女」——窮屈な日常に退屈して家を飛び出した世間知らずの小娘。アレックスはよれよれのTシャツに穴の開いたジーパンという出で立ちで行くことにした。髪はボサボサなまま。ブラも着けて来なかった。

男が彼女を爪先から頭のてっぺんまで眺める。股間にかかったタオルが瞬く間にテントを張った。「もっと近くに来るんだ。そして腹を出せ」

彼女は言われた通りにした。躊躇いがちに、不安を押し殺そうとする少女のつもりで。

男は座ったまま鼻先を彼女の臍に近づけると、深く息を吸った。二度三度と息を吸い、ようやく満足すると元の体勢に戻って言った。

「時間が限られている。シャツを脱いで。それから跪け」

彼女は小さく頷くと、ゆっくりシャツを脱いだ。自分の白い乳房が露わになった瞬間、相手が息を呑むのがわかった。シャツを床に落とすと、彼女は静かにその場へ跪いた。

客が求めているのは、セックスという行為こそ知っているものの、その意味を少しも解していない馬鹿女。彼女は頭のネジが二、三緩んだような表情を浮かべて男を見上げた。そのまま、相手が何か感想を口にするのを待つ。

「緊張してるのか」男の唇が横に大きく伸びた。「男は何人知ってる」

「——三人」妥当な数字を返した。背徳感はあっても罪悪感は抱かないギリギリの数を。

「文句無しだ」そう言う男の鼻息は荒かった。「歯を立てないようにだけ気をつけろよ？」

言うや否や、彼はタオルを外して立ち上がった。姿を現したペニスは主の鼓動に合わせて嬉しそうに上下した。

だが、口を開きながら男の方へ身を乗り出したアレックスは、視界に異様なものを捉えると静止した。男の左膝の一部が緑に変色していた。質感も人の肌というより両生類の粘膜を思わせる。

ねえ、と彼女は素に戻って尋ねた。

「膝のそれ、病気じゃないよね」

性病の有無は、ママが客の素性を調べる際に最も念を入れる項目だ。客が過去に性交渉を持った人間まで一人一人調べ上げ、本人が気づいていないうちに感染していたものまで探り当てる。とはいえ、それでもセックスする本人が注意するにこしたことはない。

「これのことか？」男はアレックスの視線の先にある膝頭を指差した。「先週、別の女に勧められて試したＴＨＣの名残(なごり)だ。心配ない」

「ＴＨＣ？」

「トランスヒューマニック・コスメティクスのことだ」男は多少興ざめした声で返した。

「〝反転変身(Turn Over)〟って技術で遺伝子を書き換えて、一時的に容姿を作り変える今流行りのファッションだよ。伝染(うつ)る心配はない」

だが、男の声は彼女へ届かなかった。

彼女の耳の中では、過去がこだましていた。看護師の喧騒。弟の叫び。父親の怒声。そして。

『糞、ナノマシンが〝反転変身〟を認識出来ていない……！』

　胃から熱いものがこみ上げてきた。

「さ、わかったらさっさと咥えて――」と、男が言い終えないうちにアレックスは彼のペニスに嘔吐した。


　アレックスはもうあの頃のウブな少女じゃない。今の彼女は女だ。昔の彼女を知る者の中にはこれを成長と呼ぶ者もいたが、実際は単にあの少女が死んだに過ぎない。男共のどんな変態的な欲望にも応え、耐え忍び、やがて平気になるまでのどこかで、少女は自らの祈りに窒息して死んだのだ。幸いなことに。

　お姫様。他者の幻想を満たす器。欲望の泡沫からなる元人魚。

　それが今の彼女だった。

　アレックスは六〇五号室の前に立つと、深呼吸をしてからドアをノックした。どうぞ、と中から返事があった。

「やあ」出迎えた男は、ママから渡されたプロフィールでは四十代後半ということだったが、身だしなみが整っており、年齢の割に若々しく見えた。

「初めまして。フィルだ」そう言って男は椅子から立ち上がるとアレックスに手を差し出しかけ、だが思い直してそれを引っ込めると照れ隠しの笑みを浮かべた。

プリンセス、と彼女も簡潔に自己紹介をした。

目のやり場に困ってきょろきょろする男にとって、今回が初めての買春であることは想像に難くなかった。結局、男は彼女に背を向けて備え付けのミニバーへ向かった。

「何か飲むかい?」

「ありがとう。でも平気」とアレックスは頭を振った。

「なら自分の分だけ注ぐとしよう」フィルはグラスを一つ手に取ると、それにウイスキーを注いだ。「正直言うと、何をすればいいんだか見当もつかないんだ。というのも、君をここに呼んだのは僕自身じゃなく、僕の商売相手でね」

「どんなビジネスを?」アレックスは自分の声が緊張していないか確かめながら、ゆっくりと訊いた。男の商売自体に興味があったわけじゃない。それは既に知っていた。

そうだな、とフィルはグラスを手に彼女の前へ戻ってきた。

「一言で言うなら、研究者に対して治験者を斡旋する業務だ。緊急時の医療行為を提供する代わり、その際まだ試験段階にある技術の使用について許諾してもらうって契約で、主に医療費が賄えない貧困層の人々から治験ボランティアを募集してる。聞いたことない?」

「同じ所で働いている女の子が契約してる。私はまだだけど」

そうか、と彼はグラスから一口飲んだ。

「まあ、セックス・ワーカーと言っても君くらい高級ならそれなりに貯えもあるだろうしな。

で、僕はそんなベンチャー企業のトップに立つ――」と、男は一旦言葉を止めて言い直した。「――トップに立っていた人間だ。ついさっき、会社はオクトーバー社に買収されたんだ。目の飛び出るような額でね」

ワオ、と彼女は落ち着いた感嘆を口にした。「おめでと」

「ありがとう。まあ、そんなわけで君はオクトーバー社から僕へのささやかな餞別というわけさ。だから、こういうので何をするかさっぱりなんだ。いや、セックスをするのはわかるんだけれど、そこに至る過程と言おうか……そういうのは普通、どうするのかな」

アレックスは「あなたの気が向くままに」と、恭しく肯いてみせた。「私はあなたが望む通りの女になるだけだから」

泳いでいた彼の目が、彼女の胸の辺りで止まった。やがて再び顔を上げた男からは幾らか紳士らしさが削ぎ落とされ、代わりに下卑た笑みが浮かんでいた。「成程。多くの男がどうして社会的なリスクを冒してまで女を買おうとするのか、段々わかってきたよ」

そう言うと、フィルはふと目を細めた。

「――その、こんなこと尋ねるのは安っぽい誘い文句みたいで気が引けるんだけど……僕達もしかして以前どこかで会っていやしないか？　君の顔、どこかで見たことがある気がするんだ」

「ええ、確かにあなたの言う通り」俄に目を丸くしたフィルを弄ぶようにアレックスは言った。「安っぽい誘い文句みたい」

違いない、と男は恥ずかしそうに顔を手で覆った。

「やれやれ、ティーンに戻った気分だ」

「大丈夫。初めての人は皆そんなものだから」

「なら、そろそろ男らしいところを見せないと」手を下ろした彼はマッチョな声で言った。

「SMとかって出来るのかな？　いつか試してみたかったんだ」

勿論そうでしょうね、と内心彼女は嘯いた。既に調べは付いている。ママから顔写真を渡されて、次の客が長年探し続けてきたこの男だとわかった時点で、すぐにクラッカーを雇い、彼が普段自宅でどんなポルノを見ているのか調べてもらった。結果、彼が女王様の――この場合はお姫様の――下僕になりたいという欲求を持っているらしいことがわかった。

「横になって。縛ってあげるから」

こうかい、とベッドの上で仰向けになる彼を見つめながら、アレックスは緊張が胸をせり上がってくるのを感じた。先程酒のオファーを断ったことが悔やまれた。

「じっとしてて」彼女はバッグをベッドの横へ置くと、その中から黒いタオルを取り出して、その一端を彼の左手首に巻いた。念を入れて結び目を二重にする。本番中にほどけてびっくりなんてのはごめんだ。もう片方の端も同じようにヘッドボードの格子へ括りつける。

作業する間、男は終始無言だった。

アレックスがそれとなく視線を下へ向けると、異様な光を帯びてゆっくりと動く男の目が見えた。彼女の全身を、腕から胸へ、腹から腰へと、間違い探しでもするように眺め回している。単に見惚（みと）れているのか。それとも、さっき口にしていた既視感を拭い切れていないのか。

「ふん、やっぱり君はどこかで見たことがある気がしてなら――」と、男の声が途切れた。

彼女の脚をなぞっていた目が、視界にハンドバッグの中身を捉えていた。

「ねえ、それって拳銃？」

「――糞（Shit）」

後から考えれば護身用だとか贈り物のレプリカだとか、言い訳はいくらでも出来た。けれど、その時のアレックスは咄嗟に男から飛び退（の）くことしか思いつかなかった。バッグを拾った彼女は全身に鳥肌が立つのを感じながら、中から銃を取り出した。

「な……！」男の困惑した顔は雑誌の表紙でも飾れそうな間抜け面（づら）だった。

アレックスは男の胸を狙った。が、銃を持っている手首をもう片方の手で支えなければならないということを思い出したのは、指が引き金を引いてからのことだった。

発射の瞬間、銃が荒々しく跳ねた。軽い音が耳を突き、二の腕を叩かれたような衝撃が走った。

男の叫び声が部屋中に響き渡った。ベッドから転がり落ちた男の右肩から真っ赤な血が溢れ出した。ヘッドボードへ縛り付けられたままの左腕が、びくびくと跳ねる。

アレックスはそれまでの余裕ぶった態度から素の自分に戻って言った。「あんたは私のことを知ってる」それでも声は驚くほど落ち着いていた。

「何だって……？」男は痛みと恐怖に身悶えしつつ、どうにか考えるだけの集中力をかき集めて女の顔を凝視した。

「――君は」丸くなった双眸を起点に、驚愕が顔に広がる。「君はあの少年の」

「ピーター」彼女は嫌悪をむき出しにして言った。「弟の名前はピーターだ、糞野郎(Asshole)」

「そうだ。ピーター……ピーター・イーツォ。そして君はアレクサンドラ・イーツォだ」彼の顔に表れていた驚きの色は、彼女が頷くと共に益々色濃くなった。

「どうして……どうしてこんなことをするんだ」男は困惑気味に頭を振ると、腕から伝わる痛みに歯を食い縛った。「た、頼む。救急車を呼んでくれ。早く治療しないと」

「治療って？　十八年前にあなたが弟へ施したみたいな？」どうして自分が撃たれねばならないか相手が理解していないことに彼女は苛立ちを覚えていた。

こっちは一秒だって顔を忘れられずに、これまでずっと探し続けてきたというのに。

「あなたは当時許可されていなかったどころか、自分でも確証のない技術を弟の治療に使った。弟はあなたの実験台にされた挙句、肉の塊になって死んだ」突き出した銃が激しく震えた。「あんたはピーターを殺しただけじゃない。私の家族全員を引き裂いたんだ！」

「違う……！」声を絞り出してコンラッドは言った。その額には大粒の汗が浮かんでいた。

「僕に選択肢はなかった。僕は……僕は生きるために自らの有用性を示さなければならなかった」

そう言って彼は肩を押さえようとしたが、手首を縛るタオルに阻まれた。顔を上げて銃を向けるアレックスと目が合うと、怯えて身を縮めた。

「戦争中、軍部に無理やり技術開発部へ連れて行かれた僕は、そこで当時まだミクロレベルでさえ机上論の域を出ていなかった〝反転変身(Turn-Over)〟をマクロレベルへ応用した新型兵器の開発を命じられた。けれど、僕は最後の最後であれをネズミの形にするのを手伝っただけで、情報へのアクセスだって限られていた。なのに、戦争が終わったら他の連中と同じく0 9(オー・ナイン)法案を適用されて……ぼ、僕は君や君の弟と同じ、被害者なんだ!」

　痛みの大波に脳を貫かれて、彼は一旦言葉を止めた。奥歯を噛みしめ、拳を固く握った。再び喋り出せるまでしばしかかった。

「ピーターの治療が残念な結果に終わってしまったことについては、本当に申し訳なく思っている。けれど僕なりにベストは尽くしたんだ。それに、彼のデータがブレイク・スルーのきっかけになって、僕はあの技術を確立することが出来た。ピーターは謂わば、尊い――」

　気がつくと、アレックスは銃で男の頭を殴り付けていた。

「尊い犠牲なんて言葉を使うな！　ベストを尽くした？　そんな自己満足でピーターの死がチャラになると思ったら大間違いだ！」

　ついさっき目にした若者達の姿が脳裏にフラッシュバックする。「第一、あの技術が今どうやって使われてるか知ってる？　あんたは弟で実験して、次世代フリークショーを世に送り出したんだよ！」

「それは僕に関係ない！」コンラッドは怒鳴り返した。「僕は大企業が興味を持って許可申請に手を貸してくれるまで研究を推し進めただけで、認可された技術がその後どう使われるかには一切関わっていない。信じてくれ。僕はあくまで科学の徒だ」

「科学の徒？」アレックスは鼻を鳴らした。「よく言うよ。さっき自慢気に喋ってたじゃない。新しいビジネスのこと」

男がはっと息を呑んだ。

「あんたは自分の技術の権利を売って自由を得た後、今度は治療費を賄えない人達を上手いこと言いくるめてあちこちの研究機関へモルモットとして売りつけ始めた。あんたはかつてピーターにしたことを、更に広めようとしたんでしょ」

彼女は男の額に銃口を押しつけた。「何人殺せば気が済むの？　そうして今度は何を生み出すつもり？　あんたみたいな科学者が何でもかんでも可能にするから、世界がどんどんおかしくなっていくんだ！」

「や、やめてくれ……！」

戦慄いていたコンラッドはやがて観念したのか、おもむろに項垂れかと思うと、そのまま黙りこんだ。

アレックスはいやに重く感じられる銃を構え直した。怒りと異なる感情が、指先の感覚を鈍らせた。躊躇しているとでもいうのだろうか。この機を逃せば、二度と復讐のチャンスは巡って来ない。今更、迷うことなどない筈なのに。

「最後に言い残すことはある？」彼女は感情を排した声で言った。

「ああ――」男はのろのろとした口調で答えた。「――君は何もわかっちゃいない」

「な……！」

感情に流され、いつの間にか近づき過ぎていた。

アレックスが反応するより早く、コンラッドは彼女の足首を払った。バランスを崩したところへ再び蹴りが入ると、衝撃で銃が彼女の手から離れた。今一度蹴り入れた爪先が、彼女の膝裏へヒットして転倒を誘った。顔から床に激突するところを、アレックスは手をついて免れた。

「動くな」起き上がろうとした彼女の顔の前に、まだ熱い銃口が突きつけられた。「相互理解に至ることが出来なくて残念だよ。信じてくれないかもしれないが、君には多少同情もしているんだ」

その声には、解放の安堵も勝利の喜びもなかった。

肩の傷を確認すると、コンラッドは恨めしそうにアレックスを睨んだ。

「あらゆる文明というのは間違いで出来ている。僕らの周りにあるものは数え切れない過ちと、天文学的な数の死から成り立っているんだよ。壊し、殺し、そうして人間は石器を振り回す生活から現代の社会に辿り着いたんだ。人は皆、糞溜めの上で踊ってる猿なのさ！」

彼を激高させているのは痛みなのか怒りなのか、それとも全く別のものなのか。言葉の奔流は止まらない。

「研究を完成させるために幾らか命を犠牲にしたから何だ！　科学が何百人と殺したところ

で、発展という大義名分の前でならそんなのはいくらでもまかり通る！　世界はそういう風になっているんだ！　言っておくがな、僕だって君と同じなんだ。命がけで生み出した自分の発明がガキの化粧に使われてるのを見て、毎日ハラワタが煮えくり返るようだよ！」

一息に捲し立てるとコンラッドは荒々しく息を吸った。そして、再び訪れた痛みの波に呻きながら、彼はアレックスの眉間へ照準を定めた。

「さよなら。君と君の弟が来世ではもっと幸福になれることを祈るよ」引き金にかけた指へ力が入る。

するとその時、部屋の中にリングトーンが響いた。

「何だ……！」突然聞こえてきた音にコンラッドは思わず振り向いた。

そのチャンスをアレックスは見逃さなかった。彼女はその場に転がり脚を跳ね上げると、銃を持った相手の手を思い切り蹴った。悲鳴。宙を舞った銃はベッドの反対側へ落下した。彼女はすぐにベッドに飛び乗り、それを追いかけた。すぐ後ろにコンラッドも続くものの、片方の手首をヘッドボードに縛られた彼は反動で後ろへ引き戻された。

銃を拾い上げた彼女はがら空きになった相手の胸へ銃口を向けた。

「長々としたスピーチをありがとう――」もう、手は震えていなかった。「――でもこれは私個人の問題なの」

弾丸が飛び出した瞬間、全身に衝撃が走った。弾けるような音が鼓膜を叩き、やや遅れて火薬の臭いが鼻を突く。弾丸の行方は定かでなかったものの、確かにコンラッドへ命中したことは飛び散った血が証明していた。相手に悲鳴を上げる暇を与えず、再び引き金を絞った。もう一度。更に一度。やがて銃が空になると、彼女は部屋の中を見渡して、床の上に転がるハンドバッグを目指した。中の紙袋から新しいフィルリッジを取り出すと再装塡。体は驚くほど軽やかに動いた。またコンラッドへ向けて撃ち始める。撃つ。一発。また一発。

世界の成り立ちなんて知ったことじゃない。彼を殺して社会が変わろうと変わるまいとどうだって良い。

彼女は自分のためだけに引き金を引いていた。ピーターのためでさえなく。ピーターを失った自分のために。一発撃ち出す度、頭にかかっていた靄が取り払われていく。再装塡する度に正気が——十八年前からかさぶたみたいにこびりついていた狂気が——失われていく。

最後のフィルリッジを半分ほど撃ち尽くしたところで、銃が壊れた。四十発も撃ってないのに。所詮は3Dプリンタ製ということか。

肩で息をしながら、彼女はコンラッドの残骸を見つめた。

既に男は十八年前に自分の弟が化したのと同じ汚物の塊になっていた。

アレックスの手から滑り落ちた銃は、床の上でバラバラになった。気怠さと中途半端な快感だけが残った。

自分の命を救った謎のリングトーンは、まだ部屋の中に鳴り響いていた。彼女は音源へと歩を進めた。それは最初に争った際に床へ落ちた自分のデバイスだった。バッテリーの残量が残り僅かであることを報せるアラーム——そういえば、ミンディに充電しろと言われていたか。

ふ、と思わず笑みが漏れた。「本当に命を救われたみたい」彼女はデバイスを拾い上げると、それを手首に巻いて充電し始めた。それからベッドの端へ腰を下ろし、深く息を吐いた。

頭を起こすと、壁にかけられた鏡に映る自分の姿が目に入った。全身に返り血を浴びていた。

ふと、涙が頬を伝った。拭う気にはならなかった。滴った粒は足許に落ちて、耳に心地よい音を立てた。

警察が来るまでどれくらいかかるだろう。逃げるつもりはなかった。もう、逃げたり隠れたりは疲れた。

終わりにしよう。いつも誰かの姫だった自分に。今なら別れを告げられる気がした。

彼女は顔を上げると、晴れ晴れとした表情で言った。

「さよなら、プリンセス」

■著者の言葉
冲方塾応募作が『天地明察』を『プリズナー No.6』にぶっ込んだような換骨奪胎ぶり甚だしい作品だったため、完全に他人の土俵で物語を作るというのは今回が初めての経験でした。冲方丁先生の作り上げた『マルドゥック・スクランブル』の世界観は地盤がしっかりしていながらも自由度が高く、非常に魅力的で自然と想像力をかき立てられました。

『マルドゥック・スクランブル』においてバロットに少し言及されただけのプリンセスですが、そこから醸し出される人柄のようなものに惹かれ、今回彼女について考えを巡らせてみるに至りました。

読んでくださる方に少しでも楽しんで頂ければ幸いです。

マルドゥック・ヴェロシティ
“コンフェッション” —予告篇—

八岐次（やまたやどる）

『ヴェロシティ』の前日譚ともいえる一篇。麻薬組織のスパイ疑惑がかけられた女性と、０９メンバーの一人、“盲目の覗き魔”クルツ・エーヴィスの邂逅を予告篇形式で描く。

「隣、よろしいかしら」

凜とした、女の声だった。

ミッドタウン北区／高級住宅街近くの地下バー――飾らぬ内装／落ち着いた照明／木目調で統一されたカウンターとテーブル――宵の口とあって客もまばら。

カウンターの奥に座る男――顔の上半分を覆う盲人帽／壁に立てかけた杖(つえ)＝一見してわかる盲人(ブラインド・マン)のよそおい。男は手に取りかけたグラスをコースターに戻し、ゆっくりと振り向いた。

「もちろん」

「ありがとう」

音も立てずに座る女――気取らないスーツ姿＝三十代のキャリアウーマン風／小さな真珠のピアス／濡れ羽色の髪と黒曜石の瞳がおだやかな照明を受けて艶めく。

女の注文——モッキンバード／緑色に光るカクテル。おのずと始まる自己紹介——天気の話題／景気の話題／ウェストサイドの再開発ラッシュの話題——無難な話題で距離を測る。

「重力素子式(グラビティ・デバイス)の車がずいぶん増えたと思いません？」「街に来たばかりでして……」場にふさわしい静かな語り／余裕のある微笑——表情を観察する／声音に耳をすます——徐々にプライベートな話題に近づく。「なかなか都会の雰囲気には慣れませんな。しばらく外国にいたので」女性＝リタは小さく眉を上げて、「まあ。もしかして……」男＝クルツのよそおいから当然の推測——傷痍(しょうい)軍人。「ええ、戦争で。大陸です」「まあ……」迂回を重ねる／ゆったりと言葉で踊りながら踏みこむステップを探す——半ば共犯者めいた会話のダンス。

「いまのお仕事は何を？」

クルツ——ごく自然にひと呼吸置いて、「法律関係で、少し」

「立派だわ」

「あなたの想像したようなものとは違う。やくざな下請け業だ」

「謙遜していらっしゃる。わかるのよ」リタ——控えめな微笑み。「立派だわ。戦場から還ってきて、きちんと人生を再開できているなんて」

クルツはわずかに虚を突かれた。数秒の黙考——確かに、パートナーとチームを得た現在の生活は充実しはじめている。流血と焦げつきの世界からは逃れるべくもないが、最悪の光景しか見ることのなかった戦場とは違う。しかし——

「もう私の人生から戦場を切り離すことはできない。その意味では中断も再開もない」皮肉気に唇をゆがめそうになるのを苦笑でとどめた。「すまない。実際、いまの仕事は悪くない」

「それが一番ね」リタ——困惑するでも笑いとばすでもなく、真摯に受け止める表情。「人生は続くんだもの。納得できる生き方をしなくっちゃ」

互いに無言で向き合う。くすりと笑いの合図——あらためてグラスを持ちあげた。

マルドゥック市（シティ）——戦中から戦後へ。

経済成長＋新世代の科学技術＋戦後の秩序再編＝都市の生まれ変わり。

都市改造計画——議会／行政／司法——そして都市を表／裏から牛耳（ぎゅうじ）る巨大企業／ギャング。

激変期——市長選／ギャングの世代交代。

激動期——都市の未来と自分たちの生き残りを賭け、多数の勢力が都市改造レースを競う。

レースのダークホースとして急浮上する〝マルドゥック・スクランブル－09（オー・ナイン）〟とその従事者たち——〝緊急事態における禁じられた科学技術の使用〟を許された証人保護プログラム。

メンバー＝十人＋二匹——元軍人／科学者／軍の実験動物。

その理念——証人保護による有用性の証明。

09が扱う事件——大半が麻薬絡み／都市をじわじわと蝕（むしば）み、腐敗させる病。

生存とキャリアを賭け金に、都市の暗部に挑み続ける日々——

事件——ブラウネル・ファミリー系列のギャング組織の幹部＝カルロ・ランポーネが自首しようとしたところ、警察署から二ブロック離れた街角で撃たれる。カルロは負傷し逃亡——警察に助けは求めず／むしろできすぎた襲撃タイミングに警察内部からの情報漏洩を疑う。襲撃犯——手口からブラウネルの差し向けた暗殺者だろうという推測。やっかいな〝親子喧嘩〟事件。

09の発動——アンダーグラウンドの情報収集とプロファイリングからカルロの隠れ家をすみやかに特定——保護拘束。直後に隠れ家を襲った暗殺者たちを制圧／拘束。カルロを証人に、ブラウネルによる殺人未遂事件の成立を狙う——ブラウネルは末端組織の尻尾切りで対応／スピード決着／本家のダメージは限りなくゼロに近い。

なんとも悔しい結果。

しかし収監されたカルロを尋問する機会を得る——新たに興味深い情報。

自首の理由——新興ギャングに麻薬売買のシマを荒らされ、上がりを納められず、ブラウネルから脅されていた。落としどころ——幹部の首のすげ替えを予感して刑務所に逃げ込もうとした。

シマ——学生街／大学周辺。未来ある若者の軌道を麻薬でねじ曲げて稼ぐ悪党。

事件の発展可能性を検討——オフィスでミーティング。

「ともかく、現在麻薬を扱っているという新興ギャングを叩く必要がある。ブラウネルとの大規模な抗争に発展すれば、犠牲者の数が桁違いに増える」盲人帽／杖――クルッ＝戦場で失明した元狙撃手。血中に光学伝達機能を持つ線虫(ワーム)を飼育／指先や口腔から散布――失った視界を数十倍にする多元的視界を獲得。

《同感だ。焦げつきは早いうちに取り除くにかぎる。どうかね、プロフェッサー？》クルッの足元に黒い大型犬＝オセロット――知性を得た実験動物／クルッの忠実なパートナー／光学繊維の体毛により必要とあらば瞬時に透明になる不可視の猟犬。

猟犬の視線が注がれる先――クリストファー＝09の指導者／あるいは教祖。まだら色に髪を染めた四十代のパンク青年。通称〝渦巻き(ホイール)〟――言葉を交わすことで誰も彼も渦に巻き込む／回らせる／真実の回転軸の上で踊る道化。

視線に応えてうなずくクリストファー。「我々の手でとっちめるまで、ブラウネルに暴れる理由も隙も与えてはならない。麻薬の元締めを暴きたまえ。流通ルートをさかのぼり、新興ギャングを追い詰める証人を見つけて保護だ。都市を蝕む毒をすみやかに取り除くのだ、私の信者たちよ！」

捜査の進展――噂／事実――大学生の間で新型の麻薬が蔓延／市内にある、連邦でも有数の大学キャンパスで警察の捕り物が多発。

捜査の進展――学生コミュニティを探る。逮捕された売人学生に共通のサークルなし／共通のスポーツ・チームなし／学生経営の怪しいライブハウスに忍び込む——オセロットの鼻で麻薬の臭いを探らせる——《混ぜ物だらけの酒のひどい臭いだ。だが麻薬はない》
視点を移す——逮捕された学生たちの親。共通の職／労組／市民団体／宗教的バックグラウンド——いずれもなし。利益が絡む集団が介在していない。

クルツ——リタとの何度目かの再会／最初に会ったバー。

「どうかしら、お仕事のほうは？」

「少々やっかいな案件と踊りはじめたところだ。やりがいとも言う」

「いいことね。エスコートし甲斐のある相手は好きよ」リタ——声に疲労を滲(にじ)ませて。

「君こそ踊り疲れたようだ」

「そうでもないのだけど、まあ、立てこんでて、相談できる相手もいないから。難しい仕事じゃないのよ。ほとんどただの事務屋で」

リタの職業——医療系翻訳出版の社員／曰く〝昔取った杵柄(きねづか)ってやつね〟。

リタはグラスを取り、酒を喉に流しこむ。緑の光——いつものモッキンバード・カクテル。

「正直、あなたとこうやっておしゃべりする時間に感謝ね。普段あなたみたいなタイプには会わないか、会ってもムカつくだけだもの」クルツを見つめて含み笑い。「こんな気取り(ジェントル)屋(マン)」

「光栄だ」盲人帽の下に余裕の笑み——発散するダンディズム。

いくつかの小競り合い——学生街を嗅ぎまわるクルッ&オセロットとギャングたちの睨み合い——連日オフィスに届きまくる脅迫電話／脅迫メール／脅迫ファックス。
捜査の進展——警察との情報取引——カルロの情報を漏らした警部補を特定／フライト刑事＝09の協力者を通じて交渉／〝警察自身による腐敗摘出〟とする見返りに情報を取得。
新興ギャング組織——これまでに逮捕された構成員＝すべて釈放済み／全員元軍人。
イースター。「何とか彼らの軍人時代の記録を洗ってみるよ。ちょっと待ってて」

誰かに似ていると感じていた——はじめから誰かの面影を見ていた。

「ねえ。ここで会うのは何度目かしら？」

「さて。少なくとも飽きるほどではないはずだが」

漆黒の髪と瞳／表情の薄い美貌／見透かすような神秘的な視線——自明の答え＝オードリー・ミッドホワイト。

光への執着のためにこの手で殺した女。

最良の仲間の一人だった／自分が真実を受け入れるべきだった／自分が死ぬべきだった。

彼女とは違う——しかし熱を持つ焦げつき——〝今度こそ最悪の光景を見たくない〟

「一つところでも、人はさまざまな顔を見せるものだ」

「でも、ここ以外で会っても何かおかしいってことはないんじゃないかしら、私たち」

「もっともだ」

口にして初めて、自分がそれを強く望んでいることを知る。そう、オードリーとは違う。だから確かめたい、どこが違って、リタの何に惹かれていて、自分が何を見ているのか。

＊＊＊

渦巻き（ホイール）。「告白とは、自己を溢れ出るものを裡（うち）に抱いてしまった者の、挫折を定められた自覚であり、自分の罪のいかに深きかを知りえないということを知っている者の業（わざ）だ。神は、その人智の及ばぬ責を人が負うことを赦（ゆる）す。それを良心と呼んでもいい。ここでは神に代わって０９法案が君の良心を赦す。ゆきたまえ。無力な者たちの生命と軌道を守りたまえ。私がその機会と報酬を約束しよう、私の信者よ」

「私が求めているのは、交換ではない」

渦巻き（ホイール）。「そうだろう。だが交換が行なわれるのは、つねに常軌を逸した贈与と赦しの大地の上でだ。君の求めるものは、誰かの足元にしかない。その点では、君のパートナーのほうがよほどよくわかっている」

「オセロットとの出会いは私の人生の最後の幸運だ。だからこそ私の焦げつきに巻き込みたくはない」

《俺は、初めて俺の魂の実存を信じてくれた者とのパートナーシップに忠実でいるだろう。最後まで。それだけだ》

＊＊＊

捜査の進展——そして変転。

イースター＝うきうき声。「ギャングたちの背景がわかったよ！　逮捕歴のある全員が、かつて同じ隊に所属していた。ホットなトピックが二つ。一つ、部隊の指揮官、ゲオルグ・ロスは現在この都市にある製薬企業のトップだ。どうやらこの製薬企業からギャングに資金が流入してるらしい。もう一つ、この部隊は戦時に物資横流しに関与した疑いをかけられている。ほら、当時のニュース記事——『陸軍医科試験部隊、他部隊の将校と協力して物資横流しの疑い。将校は帰国寸前に戦死』」

クルツは胸にざわつきを覚えた。物資横流し、帰国寸前に戦死——

「結局証拠は出なくて、でも世間を納得させるために隊員たちが顔と名前を報道されたうえで自主的に除隊している。リストを送るよ」

携帯端末の画面に並ぶ軍人たちの顔／プロフィール。スクロールする——一点で止まる。

目が釘付けになる／一瞬呼吸が止まる。

〝リタ・グリューネワルト〟——心を許しはじめていた女性の名前と顔。

さらなる衝撃——ロスの部隊と結託して横流しを行なっていた将校＝クルツの上官。

よみがえる記憶——報いを——しかるべき報いを与えるために握った銃把の感触。

上官による物資横流し——最悪のタイミングで敵の猛攻——必然的な弾薬不足。

結果＝壊滅的打撃——多くの兵士が、体の一片さえ故郷に還ることができなかった。

将校だけが無事に帰国するなど許されない／だからクルッ自身の手で報いを与えた。

だが——誰かが殺害の瞬間を撮影していた。それをネタに脅され、本来０９の十三人目のメンバーだったはずの女性、オードリー・ミッドホワイトを殺すことになった。

生き延びた先で見た最悪の光景。自己の生存への憎しみと虚無感。

本当は、自分はあの戦場で死んだのかもしれない——そんなふうにさえ思った。

同時にそれが反転した、狂おしいまでの生への執着／光への執着。

そして今になってこの事件。私の人生を戦争から切り離すことなどできない——あらためてそう確信した。


腰を抜かすイースター。「ロスの部下の一人が、君がプライベートで会っている女性だって⁉　そりゃ罠だよ、どう考えても」

クルッはうなずいた。至極真っ当な推測——０９の動きを探るためのスパイ。

「情報対策は一度も緩めていない。こちらの動きや捜査情報が漏れている可能性は低い」

ほっと胸をなでおろすイースター——しかしさらに言い募るクルッ。

「むしろチャンスだ。彼女を証人として保護する。ロスの今の犯罪だけでなく過去の犯罪も立証できるかもしれない」

「え……何を言ってるの。無理だよ、無理無理！　裁判の場で偽証されたらどうするの！」断固とした口調。「説得できるかもしれない。少なくともやってみる価値はある」「とにかくプロフェッサーに確認しなきゃ。君も何とか言ってよ、オセロット」おろおろするイースター。

《09の規範の範囲内だ。俺はクルッに従う》猟犬の変わらぬ忠誠。

「説得できなければ私が始末をつける。とにかく今は伏せておけ。私に任せろ」

踵を返すクルッ——こつこつと杖を鳴らし、オフィスを出ていった。

事件の進展——製薬企業の黒い噂をマスコミも嗅ぎつける／取材の矢面に立たされるロス＝涼しい顔。

「順風満帆な船に逆風を吹きかけたくなることもあるということでしょう。しかし偽りの風による風評で我が社の信頼が揺らぐようなことはない」

説得的な語り口／計算された抑揚／選び抜かれた効果的な文言——教祖の素養。情報を引き出されるのではなく、質問者を誘導して取材を演説に転換。

捜査の進展——〝製薬企業〟〝大学生〟——浮かび上がるもの＝〝治験〟

都市における製薬業の興隆が、新薬の認可に必要となる臨床試験を巨大利権と化さしめた。学生にとっては割のいいアルバイトだが、制度上はボランティアのため公的記録に残りにくく、データも匿名で管理される。利益とのつながりの盲点。

治験施設を持った病院をあたる――かまをかけて本命を探し当てる。

なりふり構わず深夜に侵入――イースターの助力で治験記録を発見。

逮捕された学生たちが全員、過去一年に複数回、ロスの製薬企業の新薬にかかわる治験に参加していた。


静寂――高級ホテルの展望レストラン／防音の個室――オセロットも連れず。

「私たちには話すべきことがあるようだ。ずいぶん焦げ臭い話題だが、それによって解決することもある」

「熱いタンゴがお好みなのね」冗談めかした薄い笑み。

「君は最初から私を知っていた、そうだな？」

「ええ」見透かす視線――ただ真っ直ぐに。「誰彼となく踊ったりしないわ」

彼女の手がバッグに伸びるのを、クルツはあえて止めなかった。テーブルの下で拳銃を向けられるのをワームの視界を通して見た。

「我々の保護証人になれ。いまは余裕ぶっていてもいずれロスは追い詰められる。背後が暴かれた以上、学生たちが有効な証人になる」

首を振る。「無理ね。学生たちは一様に証言を拒否するわ」

「どういうことだ？」

「あなたたちは勝てないわ」

射抜くような視線——何かが違うという感覚／そして反転。

「いまの君はロスの部下ではなく、告発者なのか？」

無言——見透かすように／見極めるように。

リタに信実を証明しなければならない。

告白の時——

盲人帽に手をかける——ゆっくりと外す。

「ああ……」女の口からもれる声。口元を押さえる／銃を取り落とす。

あらわになる傷跡——男の眼窩（がんか）を横一線に貫く破壊の痕跡／あまりにも雄弁な喪失。

ささやき——可能なかぎり冷静な声音で。「私があの男を殺した」

リタの目が見開かれた。

「だが君が考えるような理由ではない。私はあの男の権益を掠（かす）め取ったのではないし、あの男に代わってロスと組んでいるのでもない」

「あなたの部隊のほとんどは戦死。あなただけが、完全な空白期間の後に、ロスのいるこの都市に現れた。これで疑わずにいろと？」

空白期間——クルツを再生させた〈楽園〉での日々。決して口外できない最高機密。

「09は、麻薬犯罪が駆逐されるべきだという理念を有している」

「もし取り締まりに従事する人間みんながそうだったなら、都市に麻薬がはびこることなんてないのよ」痛ましい決意に震える声。「私は、私が加担してしまったことのすべてに報いをもたらすわ。すべてよ。あなたがいまロスと取引しているなら、あなたも――」

「戦場が私から光を奪った」微動だにせず告げる。「最悪の光景はもう十分だ。この都市で、いまだに戦場にいるつもりで他者の人生の軌道を弄(もてあそ)ぶ人間を許すつもりはない」

リタ――答えず、男の顔に手を伸ばす／おそるおそる指先を近づける。

動かないクルツ／誰にも接触を許したことのない喪失＝悪運の根源。指が近づく／動かない／近づく／動かない――指の腹がそっと触れた。「痛い……？」

「いや」女の腕に触れる／やさしく撫でる。

見透かすような黒曜石の瞳――力がこもる／何かを決意するように。

静寂――それを破る銃声／破砕音。

リタを連れて走る――ホテルの出口へ。廊下の先に飛び出す三人のギャング＝各々の手にサブマシンガン――クルツはワームの視界により十秒前から存在を把握。
血気はやるギャングどもを細い輝きが囲む――ワームの連結／ノコギリ刃を持つ針金虫(ワイヤー・ワーム)に。
切断能力の発揮――三分の二秒でギャングたちの手から親指が分離／支えを失った銃を取り落とした。
「襲撃を受けた。誘導しろ」

《何だって！　だから言ったじゃないか、ロスの組織の罠だって――》
「違う。狙いは彼女だ。位置は追えているな？　逃走ルートだ」
《ああ、わけがわからない！　とにかく経路を示すから逃げてくれ！　なんてこった、彼女は君を嵌めるためのスパイじゃないのか？》
「彼女は最初からロスを告発しようとしていた。かつての上官を」
《なんてこった。それじゃあなんで09を探るようなまねをしたんだ！》
「彼女の懸念は私だった。彼女の因縁に間接的に私もかかわっていた。だが……もういい。すべて決着させて、彼女を証人として連れ帰る」

偽名で借りた別のホテルの一室――いっときの隠れ家／長くはもたない。
「ロスがばらまいてるのはただの麻薬じゃないわ。意識を拡散する――それも『明晰なまま引き延ばす』薬よ。自己延長感覚に立脚する強力な全能感。自己支配と自己超越。科学的な霊薬……かつてロス自身はこう説明したわ――『これは〝私〟が真の意味で〝我々〟になることができる秘蹟なのだ』って――

逮捕された学生たちは治験時に脳チップを埋め込まれているはずよ。治験薬と偽って注射された分子機械が脳に向かい、チップを自己形成する。複数回に分け、脳の三か所に設置する。それが薬と連動し、彼らは〝我々〟の結節点としての特殊意識を持つことになる。群体の司祭として、群体の生存のための意志を遂行する。だから全員が証言を拒否する」

「君も彼の実験に参加していたのか」

「見事に踊らされていたわ……言い訳するわけじゃないけど、彼は優秀な科学者であるだけでなく、人心掌握の天才でもあった。そして残念ながら倫理観は持ち合わせていなかった」

「しかし君はステップを踏む足を止めた」

「そうね。〝赤い靴〟さながらに仲間が死に向かって踊り狂っていくのを見て我にかえったわ。気づいたら頭も体もボロボロ。残った正気をかき集めて逃げ出した」

「だがそれで終わらなかった」

「何度も思ったわ、私なにしてるんだろうって。きついリハビリをこなして、ほんとに苦しくて、何度ももうダメって諦めかけて……ようやく人生これからだって言えるようになったのに、それを全部自分でぶち壊しにしようとしてる」

リタの証言はロスを確実に追い詰める。現在だけでなく過去の犯罪までも暴く。しかしそれは同時に彼女の過去の告白となる。マスコミの好物の話題――生体実験の被験者だったことも報道されるだろう。いまの職場からは追われるかもしれない。彼女を受け入れてくれる職場や新たなキャリアを保証するものは何もない。

「ため息ばっかりで老けそう。全部忘れてやり直した方がいい、もう十分頑張ったって自分に言い聞かせた。でもね――

やっぱりこうするしかないのよ。正義感だなんて言うつもりはないわ。意地になってるのよ、結局。そうよ、人生は続く(ライフ・ゴーズ・オン)。でも私は、私の人生を取り戻したかった。そして私の人生の続きはそこにしかなかったのよ。悪意と狂気のすべてに、報いをもたらした先にしか」

「報いは必ずもたらす。ロスと、そして君にも。君の告白もまた、報われなければならない。それが君の人生の続きであることを私も願う」

「彼の……ロスの信者が来るわ。裏切り者を消すために」

「私が君の告白の機会を守ろう」

罠――なし。バックアップ――なし。

「君は上階へ」

リタ――揺るがぬ瞳。「私があなたのバックアップになる。言ったでしょう。報いをもたらす、それが私の意地なのよ。ただ生きていたいだけなら、こんな場所にはいないわ」

ぞっとするような音――虫の大群の羽音。跳びのく――クルツの多元的視界がとらえていた雲霞(うんか)のごとき群れがコンクリートの柱に衝突／ぎりぎりと掘削音――ライオンに食いちぎられた動物の腹のように柱がごっそり削り取られる。

雲霞が旋回――一人の男を守るように囲む。ブーンと羽音／何千も重なる虫の合唱。

〈スクレープ・スワムビー〉。ロスの部下にして彼の実験を耐えきった狂信者よ。浮遊飛行する一センチ大の殺人機械の群れを脳チップで操る機械性愛者(メカノフィリア)。一つ一つの機虫(ビー)がナノチップの知能を持ち、全体として群体知能を形成して半自律機動する。単分子羽が、鉄骨を削り取る攻撃と、高周波による空間認識を兼任する、まさに知能を持った殺人蜂の群れよ）

（群体知能？）

（ロスの生涯をかけた研究コンセプト。あの薬と同じよ。スクレープは完全に薬漬けで、もう自我よりもあの機虫の群れと総合された〝我々〟の方が強くなっているわ）

「女はどこだ」半月状の笑みを浮かべて手をかざすスクレープ――それに反応して雲霞が動き出す／襲い来る――ベッド・テーブル・柱を次々と削り取る。

途端にきらきらと空中でワイヤーが乱舞／雲霞とぶつかったワイヤーが悲鳴を上げる／スクレープの頭上の換気扇が落下――空中で雲霞がぎりぎりと削る／男の脇に落ちる。

「我々はお前の武力に対する最適な対応を組み立てつつある」

ワイヤーの刃を放って後退するクルッ――無数の火花が散りまくる／床から天井まである窓ガラスが砕け散る／すべて男の身体に届く前に防がれる。

スクレープの抑揚のない不気味な笑い声。「無駄だ。ロス様の与えてくださった力に抗うなど」

ワイヤーの嵐――ひたすらに。機虫の群れが苦もなく防御＝群体知能の学習によってさらに効率化／生じた余裕が攻撃に向けられる――腐肉にたかる蠅のように雲霞の一部が襲来――飛び退く／転がる／ワイヤーで体を引っ張って逃げる――避けきれずに服と肉を削られる。

「虫の一部になって満足かね？」
「お前を削り尽くしたら、あの女の番だ。足の指先から一ミリずつ、じっくりとすりおろしてやる」抑揚のない声——〝群れ〟がもたらす容赦なきサディズム。
「悪寒がするな。これが人生を賭した研究の成果とは、貴様のボスの品性を疑わざるをえない」
手をかざすスクレープ——最適化された防御だけを残し、猛烈な勢いで機虫を繰り出す——
銃声——立て続けに——窓の外から。
初めて感情を——驚愕をあらわにするスクレープ。その肩／胸／腹から流れ出る血。
窓の外——夜景を背にして空中にぴたりと静止したリタ／その手が握る拳銃。
理解不能という表情を浮かべるスクレープ——一瞬、群れ（スワム）の動きが停止する。
ワイヤー一閃——スクレープの首に赤い線が走る／ずるりと頭部が落ちた。
続けてワイヤーがすさまじい乱舞——ますます動きが鈍る機虫たちを次々と切り落とす。
滅多切り——十秒以内に、宙を舞うものは一つもなくなった。
報いを——リタの手が確かにそれをもたらした。
ワームを服に仕込む／ワームを使った合図で真上の部屋から飛び降りる／クルッツがワイヤ

ーを形成しビル壁に固定──最適の射撃ポイントで静止。

虫の群れが行なうのは目前の作業の効率化だけ──予想外の一撃に対しては脆弱。

まさしく信頼と勇気だけが為しえた一手だった。


法務局へ──告白を携えて。

「ありがとう。これで私は私の人生を続けられるわ」

「光栄だ」応答──心からの。

次なる告白を予感するように、この悪徳と失意の都市にもやはり、朝陽が昇っていた。

■著者の言葉

その日の勢いで書いてしまったものに後からあれこれ理屈をつけても仕様がありません。とっさに「予告篇」と付け足したところで、本篇などこの世のどこにも存在しないのだから、PV用の素材しか撮っていない映画のようなものです。つまり、幸運にも、私には「告白」すべきことなど何ひとつないというわけです。

わかるのはただ、マルドゥック・シリーズ、ひいては冲方作品に、それだけ書くことを誘惑する力があったということです。二次創作に限らずですが、多くの人が、まるで互いの顔も知らず一生出会うこともない同志のように、同じ作家の作品群から力を得て書きはじめる——私はそうした伝播の力能に、喜び以外の感情を覚えたことはありません。

doglike

滝坂融（たきさかとおる）

こちらもクルツと、そのパートナーである人格を得た“不可視の猟犬”オセロットの平凡な朝の風景を描く掌篇。穏やかな雰囲気が、オセロットの落ち着いた視点で綴られる。

AM5:30。

クルツの朝は早い。

が、オセロットの朝はもう少し早い。目覚まし時計が電子音を立て始めるきっかり五分前、しなやかな体軀(たいく)を起こし音もなく寝台の下から滑り出る。断耳された耳——オセロットの犬種はおおむね、その幼犬のころに本来なら垂れるところのそれを切られ、ぴんと立つように処置される——を片方だけ動かし、相棒の呼吸を確認。深く、静かで、規則正しい。

アラームが鳴り始める一分前。オセロットの頭の上に降りてくる一本の手。短毛の毛並みを撫でる手つきは無造作だがことさらに優しい。焦茶(アンバー)の瞳を細めるオセロットに起き抜けの一言——眠りの為にややかすれた声音。

「お早う。よく眠れたか」

《問題ない》

電子音声を放っていつも通りの会話。脳波で会話することもむろん可能だが、クルッは存外、おきまりの手順を踏んで互いの意思疎通を確認することを好む。おそらくは——オセロットにもその体系は把握しきれないが——かれ一流の美学だ。手が頭を滑り喉の毛をくすぐられるとつい、低く機嫌よい唸り声が本来の喉から洩(も)れる。もう一方の手でクルッは鳴る寸前の目覚まし時計を止めている。カーテンの向こう側、部屋とともに世界はまだ薄暗い。

皿の中の新鮮な水と、カップの中の淹れたての珈琲(コーヒー)。
用意するもの——引き綱、首輪、愛犬用処理バッグ。
オセロットには普段必要のないものばかりで、最初にあてがわれたときには大層機嫌を悪くした——が、クルッはこれを結構楽しんで「変装」と呼ぶのでまあ、付き合ってやらないこともないと思う。盲人と盲導犬の変装。じっさいには確かにそういう一面もないことはない、線虫(ワーム)の光学的伝達機能に何らかの障害が発生した場合クルッはその常人を遥かに凌駕する視界を失うし、オセロットはかれと組(セル)になってから介助犬としての訓練も受けていた。
連れ立って郊外のモールまで出掛け、あれこれとその種のものを品定めする——というのも馴れれば結構楽しいものだ、いまは月に一度くらいは一人と一匹でそういうこともする。滑革(ぬめかわ)に小洒落(こじゃれ)た銀の留金が光る今の首輪も、そうやって選んだ。品物は特に問題ではなく、あの型は具合が悪いとか色合いがいまいちだとか言い合うのが楽しいのだ。むろん店員を驚かせるといけないので、脳波通信で。

オセロットがそれらを一つずつくわえて運び所定の場所に揃える間、相方は軽いストレッチ、シャワーとワンセットになった身支度。クルツの朝の支度はそれなりに時間がかかる。洒落者の上に凝り性なかれは、タイ一本おろそかにはしない――今日はアスコット・タイに貝殻で出来た細工のピン。カジュアルながらこざっぱりとアイロンの利いた上下。香水は持っているし、たまにつけるが、こういうときには使わない。オセロットがあまり好かないことを知っているのだ――脳波でも電子音声でも言ったことがないのだが、何故か知っている。手には杖（つえ）、仕上げにはいつもの帽子――頭頂から鼻の先までを覆う盲人用帽子（ブラインド・ハット）。

「では、行こうか」

クルツはいつでも余計なことは言わない。

《了解（コピー）》

オセロットも大抵、余計なことは聞かない。

引き綱を柔らかい力で握られるとき、何故か――ほんとうに自分でもふしぎなのだが――いつでも尻尾がはたはたと動いてしまうことを内心、少しばかり恥ずかしい、とは思う。軍属の実験動物であり、スクランブル‐09（オー・ナイン）・第一期構成員であり、クルツ・エーヴィスの相棒にしては少し、只の犬であり過ぎはしないだろうか。

時刻は七時前。扉の先で、外の世界はもう薄明るい。

休日の朝食は大抵、スクエア横のオープンカフェで摂る。
少し遠いが大型犬のオセロットには程よい運動量であるし、クルツはかたわらの公園の景観が気に入っている。秋、大ぶりの乾いた掌のような葉を落とすプラタナス――花や草の持つこまやかな情緒よりは木々のたたずまいのほうに興味があるのだ。ことに冬がいい、とクルツは言う。余計なものが削ぎ落とされ、あらわにされたかたちの中にかんと立つ何ものか――クルツはいつでも、そういうものに興味がある。かれの趣味のスクラップ・ブックをかたわらから覗き込んでいると、なんとなくわかる。
角の売店でコインと引き換えに新聞を二種類購入。政治や経済や諸外国の動向等という記事をゆったりと食事を摂りながら読みふける――たまにオセロットに意見を求めたりもする。傍から見れば少し風変わりだが、充分に愛犬と愛犬家の範疇におさまる習慣。
クルツが手にしているのは卵形の点字翻訳機――印字を読み取り、掌に触れるラバー状の表面に点字として打ち出す機械だ。栄養バランスの取れた肉と野菜の煮込みに歯ごたえある骨を添えたメニュー――カフェはむろんペット同伴可で、人間用は勿論、こういうメニューも充実している――をたいらげてしまうと、オセロットには少し手持ち無沙汰だ。『待て』が出来ない仔犬の頃などもうとっくに卒業したが、出来る出来ないと衝動を持つ持たないはまたべつの問題だ、といまは姿をあらわしている〝不可視の猟犬〟は考える。新聞を読み進む都度ちょうどいい位置に降りてくる袖口を噛んで引っ張りたくなるのはさて、どういう問題として思索すべきだろう。本能もしくは依存もしくはパートナーシップの確認行為？

　だがむろん、オセロットはそんな真似はしない――十九世紀末に作出された矜（ほこ）り高い犬種の一員として。代わりに脳波通信を接続。

《何故新聞を読むのにそんな面倒な装置を使うんだ？》

線虫（ワーム）を行使すれば手元どころかキロメートル単位先の新聞の文字さえ読み取れる〝盲目の覗き魔（ブラインド・ピーピング・トム）〟は神経を集中していた指先から顔をあげた。いまは行き帰りに必要な、最低限の視界しか確保していない。

「何故（Why）？」

　発された言葉を繰り返す――味わうように、舌の上で転がすように。低い、深みある声。大型の弦楽器が弦と弓の間から擦り出す音に少し似ていると思う。犬の聴覚が聞き取る音域は人間のものよりずっと幅広い。

「何故？」

　もう一度繰り返す――繰り返しながら、顎の先に手を触れる。何故、そう、何故だろうな――声にはされない呟き。脳波で接続しなくても口元の表情や、ほんのわずかなしぐさや、顔の角度でそれと知れる。やがて、わずかな苦笑とともにオセロットの首の下に指をくぐらせてくる。

《クルツ、》

思わず不機嫌な唸りが洩れた——自分を誤魔化してうやむやにしようとするのかと思った。オセロットは確かに犬だが、犬だからと言ってそれに甘んじるわけにはいかないのだ、オセロット自身の為にも、そして組であるクルツの為にも。ちょっとあわてたように指を離すそぶり、かれ一流のいつもの優雅さには少々似つかわしくなかった。

「いや、悪かった——」

指を組み合わせ、膝の上に乗せ、特に顔を向けるということはせず。

テーブルには二種類の新聞、重石のように置かれた翻訳機、風が無作為に頁を繰る。盲人用帽子にかくされた下でクルツがどういう表情をしているか、オセロットにはわかるような気がする——ように失った目を伏せ、瞼を閉じ、やや思い切ったように口火を切る表情。むろん一度たりとも、それを目の当たりにしたことはないのだが。

「そうだな、オセロット——私は不安なんだよ。恐ろしいんだ、またこの〝目〟を失うのが」

得たものはいつか失われる。

永続するものは何もなく留めようとする努力は無為でしかなく執着は不安でしかないのなら。

「だから今からでも、馴れておくべきだと思うんだろうな。そのときにどうなるかはまだわからないが——」

いつか。

元軍属の特殊性ゆえに自分たちがこの都市から廃棄される日。あるいは——考えたこともなかったが——自分たちが老化やその他諸々の限界によって与えられた機能を失う日。

《クルッ》

名を呼ぶ。脳波で形にされるお互いの記号。椅子のかたわらに滑り込むと、まるで初めからそうあるべき場所であるように降りてくる一本の手。舌を出して軽くその指の先を舐めると少しばかり驚いた表情——普段オセロットはあまりこういう事をしないのだ。お互いに適切な距離感をちゃんと承知している。

《俺はお前と一緒に行く》

たとえば、とオセロットは思考する——あるいは夢想する。老いた退役軍人のようにしてかたわらの男がマルドゥック市を出ていく日。片手にはトランク一つ、もう片手には年季の入った引き綱、その先に繋がった自分の首輪。変装ではなく、老いた一人の男とその忠実なる盲導犬として、この街を出ていく日。だがそれは種族としての習性ではなく、繰り返された訓練の成果でもなく、自分の意思だと思う。思考する一個の自我としての、自分の意思だと思う。

「そうか……」

クルッツは呟く。独白のように。あるいは、途方に暮れた人のように。手はオセロットの耳の間に置いたまま外そうとはせず、けれど力を込めようともせず。

「そうか……」

どうしても見えない先に目を細めるような表情、何処かしらうつろな声音、オセロットはわずかその様子をいぶかしみ、しかし応えるべき言葉は思いつけずにいる。表したいイメージの言語化に、明らかに語彙が足りていない。

休日の朝の光。遠く、自動車の排気音。短い毛並みの上に置かれるだけの骨張った指の感触。普段二分以上先の事はオセロットの思考の範囲にはなく、二分以上前の事はオセロットの思考の範囲の外だ。老いた軍人とその忠実なる犬。

それでも、いつか、そうなればいい。

犬の色覚の乏しい視界にそよぐ樹木の葉に目を細めながら、飼い主の手を感じる只の犬のように、それだけを願っていた。

犬はそもそも、祈るための言葉は持ちあわせないものなのだけれど。

B.G.M "We are the lost" "Sing for ever"

■著者の言葉

「doglike」の一番はじめの原型はヴェロシティ発売当初に人様からのリクエストで書いたものだと記憶しております。クルツとオセロット書いて！　というお言葉にお応えし、ええよ！　という経緯で、書きあげるまで所要時間は約一日。非常に軽い。

話自体はスクラップブックに挟まれた、何の変哲もない街角の写真の一枚、というイメージが最初にありました。その一枚から想起されるマルドゥック市の一人と一匹の一日——仄暗い部屋のベッド、その下のうす闇で瞼を押し上げるオセロットの焦茶色の眸、息遣い、よく手入れされた被毛のなめらかさ、てのひらで感じる渋い鼻息の熱……などなどを皆様にお裾分けできていたらよいな、と思います。

The Happy Princess

近藤那彦（こんどうやすひこ）

著者オリジナルのキャラクター、元研究者の事件屋ヘリオニ・パッチワーカーと、その相棒であるエンハンサー、ラヴェンナ・ドーネイターの物語。有用性を証明し続けなければならない事件屋の悲哀が、現在と過去、２つの事件を通して描かれる。

――かつんかつん、と足音が響く。

ひび割れたリノリウムの床。とうに廃棄された病院の亡骸(なきがら)の最奥に、彼女の寝室は存在する。

屋内に入って五分ほど歩いただろうか。ヘリオニ・パッチワーカーは一つの部屋の前で足を止めた。

土色に変色したネームプレートが並ぶ中、そこだけが白く真新しい。しかし、掲げられた名前はいずれも同じ、一人の女性の名前だった。

初めて訪れたときこそ部屋の主のセンスに少しだけ笑ったが、今となっては笑えない冗談のように感じてしまう。

――また、彼女をここから連れ出すのか。

ノックのため拳を作ったまま、ヘリオニは扉の前に立ち尽くした。

荒事向きではない彼女を、いったい何度過酷な現場へと誘っただろうか。

自分も彼女も事件屋だ。本来禁止された技術をその身に宿す以上、有用性を示さねば自由と機能を奪われる。

ましてや、その技術が生命の根幹に関わる彼女にいたっては、間違いなく命を落とすことになるだろう。

しかしそれでも。

彼女に課せられた役割のために、扉を叩かなければならない。それがヘリオニにはつらかった。

いっそのこと、それこそ病人のようにそっとしておくべきなのではないか――そう思った瞬間、見計らったかのように部屋の中から声がかかった。

「開いてるわよ。どうぞ、先生」

そっとため息をついて、病室へ足を踏み入れる。

廊下に比べれば、はるかに清潔な空間だった。きれいに整えられた書類棚が壁に並び、電子端末がわずかな音を立てて駆動している。画面には病室の前の映像が映し出されていた。

どうやらためらっていた姿を見られていたらしい。気恥ずかしくなって、窓の外へと目を移す。

鈍色(にびいろ)の空の下、天へ上る階段のような建造物が屹立(きつりつ)している。マルドゥック市(シティ)のシンボルともいえるモニュメント、「天国への階段」だ。

「こんにちは、先生。待っていたわ。また、わたしの助けが必要なのね？」

部屋の主は、寝台に腰掛けたまま穏やかに笑っている。

透き通った蒼玉（サファイア）のような目が印象的な女性だ。まっすぐな金髪と、ゆったりとした患者服の上からでもわかる優美な肢体。恐ろしく整った容貌と相まって、おとぎ話から抜け出したお姫様のようだった。

ラヴェンナ・ドーネイター。

ヘリオニの被験者にして、事件屋としての相棒だ。

「元気そうで安心したよ、ラヴィ。ここに来るたび、君がその辺の吹き溜まりで倒れていないか心配になる」

「あら、そう簡単に死ねないわ。だって、わたしが助けてあげたい人たちはまだ大勢いるんだもの」

ラヴェンナはいたずらっぽく言う。その聖母のような笑顔がどうしようもなく痛々しくて、ヘリオニは彼女から視線を切った。持ってきた事件について説明する気力すら、早くも尽きかけている。

つくづく、自分はこの仕事に向いていないと思った。

もともとは軍の施設で働く研究者の一人だった。しかし、戦争が終わって研究所は閉鎖。ヘリオニたちは禁じられた最先端技術とともに、平和な世間へと放り出された。

軍の庇護を失った彼らに残された道は、いつ解けるとも知れない拘禁を受けるか、その技術が社会にとって有用であると証明し続けるか、という二つだけ。

ヘリオニは二つ目の道を選んだ。すなわち、マルドゥック市の治安秩序の一角を担う、事件屋となったのだった。

これまで、事務方として何人ものフリーの事件屋と組んできた。魔法じみた能力を持つ彼らは戦闘のスペシャリストではあったが、自身のメンテナンスには無頓着な者が多かったため、研究畑だった彼は歴代の相棒たちからそこそこ重宝された。

しかしその誰とも長続きしなかった。なぜならヘリオニの相棒たちは、組んで一年以内にすべて殉職していたからだ。

事件屋の六割が三年以内に廃業すると言われる。組織からのバックアップを受けられないフリーならばもっと短い。

相棒が先立つのを見送るたび、ヘリオニはそれが紛れもない事実であることを思い知らされた。いま傍らにいるラヴェンナすら、遠からず同じ道をたどることになるだろう。

軍属でありながら、ヘリオニは戦場を知らなかった。だがいまは、自分が何を研究していたのかを知っている。だから、自分の培った技術によって、よく知っている人間が死んでいくのをひどく恐れているのだ。

「それで先生、今日はどんな人がわたしの助けを必要としているの？」

そんなヘリオニの気持ちを知ってか知らずか――たぶん気づいてはいるのだろうが、ラヴェンナが仕事の内容を催促する。

――また、彼女を失うのか。

予定された犠牲を思い、ヘリオニは目を瞑った。ため息すら出なかった。

「マリア・ムイーズ・アトフクローテ、か。綺麗な娘ね。それに責任感の強そうな目をしてるわ」

旧式のガソリン車に揺られながら、ラヴェンナは一枚の写真を眺めていた。

学校の学生証から抜き出した少女の顔写真だ。

ラヴェンナの言う通り、整った顔立ちをした少女だった。しかし儚さよりも勁さを感じるのは、ダークブラウンの瞳に確固たる意志を感じるからだろう。髪は短めに切りそろえられ、少女の中性的な凛々しさを引き立てている。

ラヴェンナは痛ましげに目を伏せた。

「この娘が、今回の依頼人なのね？」

「あぁ。意識を失う寸前、契約内容に同意したよ。瀕死の重傷を負いながら、それでも正確な判断力を保っていた。とてもティーンとは思えない精神力だ」

ハンドルを握ったヘリオニが答える。

二人が向かっているのは、事件屋御用達の市立病院の一つだ。軍の医療技術が例外的に許可された、治外法権めいた権限を持つ特別病棟。

少女――マリアは、彼女の父親を狙ったと思われる爆破事件に巻き込まれ、この病院へと運び込まれた。

オクトーバー社関連企業の社長であった父親は即死。彼女自身も、左腕切断、全身と気管に重度の熱傷、右大腿骨完全骨折、内臓に達する複数の刺創、その他大小の打撲・骨折あわせて二十数カ所という重傷を負った。とりわけ、飛び散ったガラス片によって、魅力的だったその両目は完全につぶれていた。

まさに半歩間違えば死んでしまうような状態で、彼女は駆けつけたヘリオニに対してこう言ったのだ。

――犯人を見た、と。

「それで、この娘は助かりそうなの？」

「私の同業が全力で治療に当たっている。なんとか一命を取りとめそうだという話だ」

信号で止まる。浮かない表情でヘリオニは言葉を継いだ。

「……だが、いくら回復しても、彼女が失明したままでは犯人を特定することはできない。軍の技術には全盲でありながら視界を得るという反則じみたものもあるが、そうすると彼女までこの道に引き込むことになってしまう」

「だからあくまで、彼女には普通の目によって光を取り戻してもらわなくちゃいけない、か……うん、よくわかったわ」

バックミラーの中のラヴェンナは目を細めた。青い瞳には優しい光が宿っている。

「わたしのこの目を、彼女に移植するのね？」

信号が変わり、ヘリオニはゆっくりとアクセルを踏んだ。

重苦しい沈黙が車内を包む。

言い出せずにいたヘリオニに代わって、ラヴェンナ自身がその使命を明言した。

あるいは、ヘリオニに言わせまいとする彼女なりの優しさなのかも知れない。しかし、自身の情けなさを自覚するヘリオニにとって、その優しさはむしろつらかった。

「……ラヴィ。なにも両目である必要はない。事件解決のため、そして彼女が今後の日常生活に支障が出ない程度の視力を取り戻せれば、どこからも文句は出ないはずだ」

「ダメよ。だって彼女、こんなに綺麗なんだもの。女の子なんだから、ちゃんと元通りにしてあげないとかわいそうでしょう？」

うきうきとしたラヴェンナは、さながら、娘を着飾る母親のようだ。自身の一部を他人へ引き渡すことに頓着せず、むしろそれによって相手がどう変わるかに期待している。

それこそが、彼女の事件屋としての能力だ。

かつて、〝再来者（レブナント）〟と呼ばれた事件屋がいた。全身に癌化した胎児の胚を移植することで肉体の即時再生を可能とした、不死身の能力者だった。

ラヴェンナの能力はこれに近い。しかし彼女の場合、移植されているのは特殊な多能性幹細胞であり、自己再生機能を持たない代わりに、その肉体はどんな人間とも適合する。生来のRHヌル型の血液とも相まって、その存在はまさに〝歩く臓器バンク〟と言えた。

彼女にとってその肉体を捧げることは仕事であり、義務であり、使命であり——そして何よりも、それによって救われる人間がいるという無上の喜びなのだ。

「——もう、そんな顔しないで、先生。せっかくのハンサムが台無しよ？」

ラヴェンナが身を乗り出し、ヘリオニの頬を軽くつねる。知らず、眉間に皺が寄っていたようだった。

「……正直、君をこの世界に引き込んだことを、いまでも後悔している。事故で瀕死だった君を救うためとはいえ、私は、君に与えられるはずだった未来を閉ざしてしまった」

「未来の代わりに、わたしはこんなにも素晴らしい身体を授けてもらったわ。あまりに素晴らしすぎて、困っている人たちにおすそ分けしたいくらいに、ね？」

ミラー越しに、ラヴェンナがウィンクを送ったのが見えた。

「だから笑って、先生。最後に見た先生がそんな悲しそうな顔だったなんて、わたし、死ぬときまで後悔しそうよ」

屈託のない笑みを浮かべるラヴェンナを見て、ヘリオニはぎこちなく笑った。

いつだって救うのは彼女で、救われるのは彼を含めたそれ以外だ。遠い昔、医学を志したのは誰かを助けるためだったはずなのに、いまとなってみれば、大切な相棒一人救えない。

──かつて、ヘリオニは戦場を知らなかった。だがいまは、自分が何を研究していたのかを知っている。

それは、被験者を生き残らせるための、絶対的な能力などではなく。

被験者を戦場に縛りつけるための、呪いにも似た十字架だった。


──ラヴェンナ＝マリア間の眼球移植手術はつつがなく終了した。

当初はマリアの体が十分に回復してから行われる予定だったのだが、警察と検察からの強い要請によって、手術に手術を重ねる形で強行されたのだった。

施術を成功させたのは、何をおいてもマリア自身の若さから来る体力だろうが、同時に執刀を担当したヘリオニの手腕も賞賛されてしかるべきものだ。研究所由来の技術は在野にあってさらに磨かれ、こと整形・移植術式においては超一流と称される域にある。

長時間に及んだ執刀を終え、控え室に戻ったヘリオニは、崩れるように椅子へと座り込んだ。

結局、ラヴェンナから移植されたのは眼球だけにとどまらなかったのだ。

修復不可能と判断された臓器のいくつかと、切断された左腕、右腕の指を三本、顔の大部分の皮膚移植など、その対象は広い範囲に及んだ。無論それは、ラヴェンナ自身の希望によるものだ。

それによって、マリアの姿は事故前と遜色ないほどまでに整えられた。しかしその代償として、ラヴェンナは光を永久に失い、おそらく自力で立って歩くことも難しくなった。ラヴェンナに自己回復機能はない。ゆえにこれからの一生を、その欠落を抱えたまま生きていかなくてはならないのだ。彼女の先のことを考えると、ヘリオニの口の中に苦いものが広がった。

「……甘いものが欲しいな」

ぼそりと呟いたヘリオニの前に、紙コップが差し出された。立ち上る湯気と香りが、ヘリオニの頭をほんの少しだけ覚醒させる。礼を言ってコーヒーを受け取り、その手の持ち主に視線を移した。

くたびれたベージュのジャケットを羽織った、禿頭の男だった。皺の刻まれた顔にどこか測るような笑みを浮かべたまま、ヘリオニへその片手を伸ばしてくる。

「お疲れさん、先生。相変わらずすげぇ腕だって、ここの連中絶賛してたぜ?」

「こんなところにまで足を延ばす、君の方にこそ頭が下がるよ、マック刑事」

ヘリオニは差し出された手を握り返した。

マック・ジェネロー。〝ファースト・バイト〟の異名を持つ、ヘリオニら事件屋とも馴染みある市警殺人課の刑事だ。

「おかげで捜査が一気に進みそうで助かった。動機は割れてるんだが、なにせ容疑者が多すぎるもんでな」

「……やはり、パルームバル訴訟の怨恨の線かい？」

「おう。先生はまさに生命保全プログラムで関わった張本人だろう？ それで話を聞きたくってな」

パルームバル訴訟――ある皮膚病の特効薬が、副作用として重い心臓病の原因となってしまった薬害事件だ。当時、アトフクローテ社長は、渦中の製薬会社のトップだった。

特効薬の名を冠したこの一件。社会的反響は大きく、一部の人権派弁護士や、地方検事昇格を狙う検事補たちによって、製薬会社側は厳しい追及にさらされた。

あるいは、市に冠たるオクトーバー社が、その親会社として控えていたことも影響していたかも知れない。大企業の横暴を許すな、というスローガンは瞬く間に広がり、一時はあのオクトーバー社の株が大きく値を下げたほどだ。

そして、他の事件屋や当時の相棒とともに、薬害被害者を証人として保護したのはヘリオニ自身だったのだ。

「ここだけの話だが、会社関係者がすでに何人か同じ手口で殺されてる。嫌でも疑わざるを得ないだろうさ」

「そうか……だが、すまないね刑事。彼らはもう私の手を離れている。協力できることはそう多くないよ」

「そうかい。まぁ先生も疲れてるだろうし、嬢ちゃんが回復するのを待つのが賢明かね……っと」

　そこまで言ったところで、マックの懐から電子音が鳴った。端末を取り出し、画面を眺めたマックの顔が微妙に歪む。

「……相棒からだ。アイツの文面は毎度微妙にイラッとするな」

「ほう、君が誰かと組むというのも珍しいね」

「成り行きでな。変人だが頭と舌はよく回る。どうせまた会うことになるんだろうが、何か思い出したら連絡をくれ」

　マックは足早に扉へと向かう。その背へと、ほんの少しの感傷を乗せてヘリオニは声をかけた。

「刑事。相棒は大事にするといいよ。君の言うとおり、失ってからその価値に気づいたのでは遅いのだから」

　マックはちらりと振り向いた。何か言おうとして、しかし結局何も言わずに控え室を出ていった。

　一人となったヘリオニは、マックの置いていったコーヒーに口を付ける。

　砂糖は入っていなかった。

「こんにちは、先生。待っていたわ。病院の人たちもよくしてくれるけど、やっぱり先生といるときが一番楽しいもの」

術後の安静期間を経て、ヘリオニはラヴェンナと対面した。

アイマスクと、指の欠損を隠すための手袋。肩から先が垂れ下がった左袖。心なしか痩けた頬。やつれきったその姿でなお、ラヴェンナは微笑みを絶やさない。

彼女をこうしたのは自分だという自責の念を、義務感の盾で押し返す。

ヘリオニが病室を訪れたのは、ラヴェンナの容態が落ち着いたからというだけでなく、マリアへの事情聴取が開始されることを伝えるためでもあった。

「彼女、元気になったのね？」

「あぁ、経過は順調だよ。もう普通に会話することはできるみたいだ」

ラヴェンナは顔に喜色を浮かべた。我がことのように何度もうなずくのを見て、ヘリオニもようやく心が軽くなったような気がした。

「ついてはラヴィ、彼女が君に会いたがっている。事件屋として聴取の場に立ち会わせてもらえるよう、刑事たちに取りはからってもらったんだが、行くかい？」

「もちろんよ、先生。あぁでも、わたしこんな格好だけど、彼女を怖がらせたりしないかしら？」

「彼女は聡い。きっと大丈夫だよ」

それでも最低限の身支度はしたいからと、部屋の外で待たされること数分。

ヘリオニはラヴェンナの車椅子を押して、マリアの待つ病室へと向かった。

「……不自由はないかい？」

廊下を歩きながら、ヘリオニはラヴェンナに問いかける。ラヴァンナは鼻歌を止めると、首だけ動かしてヘリオニを見上げた。

「とっても不自由だわ。正直なところを言うとね、先生。わたし、見えなくなるってことを甘く見てたの。だって着替えようとしても、ボタンを一つかけ間違えてることさえ、自分で気づくことができないのよ？」

言葉に反してその口調は明るい。彼女がどんな苦境すら楽しめる希有な人種であることを、ヘリオニは改めて実感した。

「でも、こんな世界にあの娘が放り込まれなくてほっとしているの。あの娘にはもっと、明るい未来があるはずだから」

「……君にも、そんな未来が約束されてしかるべきなんだよ。ラヴィ」

「わたしは幸せよ？　先生。誰かを助けることができて、そのうえ、こうして先生とお話をしていられるなんて、夢の中にいるみたいだもの」

ヘリオニの手に、そっと手が重ねられる。ラヴェンナが、光を失った目を彼へと向けた。

「いままでのわたしも、こうしてきたんでしょう？　そして、多分これからもそうだわ。わたしのわがままにつき合わされる先生はたまったものじゃないだろうけど……」

「……そんなことはないよ、ラヴィ」

向いていないと知りながら、事件屋などという因果な職にしがみつくのは、彼女の存在があるからだ。

慈愛に満ち、いついかなる時も笑みを絶やさない優しき聖女。

他人を助け、その身を差し出すこともいとわない〝幸せなお姫様〟。

彼女の宝冠は頭上にではなく、魂にこそ戴かれる。たとえそれがヘリオニが押しつけた茨の冠であったとしても、その輝きは微塵も損なわれることがない。

彼女に過酷な運命を強いた己の罪の重さを悔い、そしてその気高さに惹かれたからこそ、ヘリオニは彼女の意志を補う燕であろうと心に決めていた。

「これからは、私が君の目になろう。私が見たものを君に伝え、君が見るはずだった世界を教えよう」

手を重ねる。いままで失ってきた相棒たちの姿が、寂寞の念とともに胸をよぎる。

「君と一緒にいるよ、ラヴィ」

「……ありがとう、先生」

ラヴェンナの声はわずかに震えていた。

周囲が気づかないほどのかすかな嗚咽が止むまで、ヘリオニは指の欠けたその手を優しく包んでいた。

「助けていただいてありがとうございました。ミス・ドーネイター。そしてすいません、この目は、本来貴女のものだったはずなのに……」

「気にしないで、ミス・アトフクローテ。あぁ、マリアちゃんって呼んでいいかしら？　わたしのことも、気軽にラヴィって呼んでね？」

　寝台に座るマリアは、車椅子のラヴェンナに深々と頭を下げた。

　ラヴェンナの眉がわずかに寄る。

「ごめんなさいね。マリアちゃんの目、写真ではすごく魅力的だったのに、いまのわたしの目が似合ってるかどうか少し不安で……」

「そんな、もったいないくらいです。こんな綺麗な色、いままで見たことありません」

　マリアはラヴェンナに歩み寄り、残された右手を取った。自身の左腕、そして頬にその手を当てて、ラヴェンナの仕事の成果を手袋越しに伝えようとする。

「わかりますか？　貴女の……ラヴィさんからいただいた命です。腕も肌も、そして目も。こうすることでしかお伝えできないのがもどかしいですけど……」

「いいえ、わかるわ。なんといっても、わたしの信頼する先生のお仕事ですもの。……綺麗になったわね、マリアちゃん。わたしの目、大事にしてね。失くしたり、落としたりしちゃダメよ？」

「はい、大事にします。……絶対に」

　笑い合う二人の間に、穏やかな空気が流れる。

　いっそこのまま面会が終わってしまえば、ともヘリオニは思った。しかし残念なことに、マリアの置かれた立場は状況に反して切実だ。

「——遮ってしまって申し訳ないが、本来の目的に立ち返らせてもらっていいかね」

咳払いとともに、同席したマックの同僚刑事が切り出す。マリアは居住まいを正してその問いを待った。

「ここに、容疑者十二名の写真を持ってきた。ミス・アトフクローテには、予定通り首実検をお願いしたい」

「お願いします」

マリアの返答に対し、折り畳み式の台の上に、十二枚の写真が広げられた。

年齢不詳の髭面の男性。

三十代とおぼしきビジネスマン。

杖を突いた白髪の老女。

褐色の肌をした作業服の女性。

眼鏡をかけた学者風の紳士——

それらを一瞥すると、マリアは迷いなく一枚の写真を指さした。

「この人です」

刑事たちは神妙にうなずいた。

一方で、ヘリオニはマリアが選んだ写真を見て、鼓動が速まるのを感じた。

癖のついた赤髪、切れ長の目。顔に皺が多く刻まれているが、それは皮膚病の後遺症だろう。

彼女の実年齢は二十代の半ばだったはずだと、ヘリオニは記憶していた。

しかしなぜ彼女が――そう考えたところで、こちらを注視するマックに気づく。軽く首肯し同意を示すと、マックは納得したようにうなずいて扉へと向かった。

刑事たちが退出すると、息苦しさから解放されたマリアとラヴェンナは、すぐに意気投合して話し込んだ。

「お母様とは会った？　マリアちゃん」

「会いましたけど、ずっと泣きっぱなしで……会話らしい会話はありませんでしたね」

苦笑するマリアは気丈だ。父をテロで失い、彼女自身も瀕死の重傷を負ったのだから、彼女こそ泣き通しでもおかしくない。

「他にご家族は？」

「父も母も一人っ子で、祖父母はどちらももういません。でも、代わりにクラスメイトがよく来てくれたのは嬉しかったですね」

「父君の知り合いもかなり訪ねて来たんじゃないかい？」

ヘリオニの何気ない問いかけに、マリアは首を振った。

「仕事以外の付き合いを極力絶っていたみたいです。関われば先方に迷惑がかかるというのが口癖でした」

その言葉に、亡きアトフクローテ社長の人柄を見た気がした。

オクトーバー社とその関連企業は、徹底した訴訟対策で知られている。パルームバル訴訟においても、企業側は最後まで争う姿勢を見せていた。その流れを変えたのが、他ならぬアトフクローテ社長だった。トップながら良識派であった彼の主導の下、企業と被害者たちの歩み寄りが行われ、社会的決着がついたのだ。

うつむくマリアの顔に苦渋の色がにじむ。

「……わかってはいるんです。父の会社がひどいことをして、それをろくに反省もしていなかったということも。でも父は、せめて個人では誠実でありたいと、収入のほとんどを救済基金に入れていました」

アトフクローテ社長は薬害被害者と和解したが、それを嫌ったオクトーバー社の圧力によって、社長の座を追われてしまった。その後、別の企業の社長に就任したが、それでもなお、薬害被害者たちへの償いを続けていたのだ。

「お金ではないと言われれば、その通りでしょう。でも、道を行けば石を投げられ、後ろ指を指され、買い物一つとってもゴシップにされるような生活の中で……それでも父は正しいと、娘に胸を張らせてくれるような、そんな……」

マリアは言葉に詰まった。

「……そんな父が、なぜ殺されなければいけなかったのでしょうか」

マリアの言葉に、ラヴェンナが表情を曇らせる。ヘリオニもまた暗澹たる気分になった。

なぜ、なぜ、なぜ……殺す側の論理は、決して殺される側には伝わらない。そしてその齟齬が、救いのない復讐の連鎖を生んでいく。

果たしてマリアはどうか——そう考えるヘリオニの横で、ラヴェンナが動いた。

車椅子を漕いで声の下へと近づくと、マリアの身体を自らのもとへ抱き寄せる。

「許せない？　犯人のこと」

「許せません。わかってはいますが、許せません」

かつてラヴェンナのものであった蒼玉の瞳から、透明な滴が流れ落ちる。

「父を殺されて、私も傷つけられて、それを恨みに思わないほど、私は聖人君子になれません。教えてください、どうすれば良かったのですか？　どうすれば、父は死なずにすんだのですか？」

マリアの問いに、ヘリオニもラヴェンナも答えることはできない。

「本当は、恨みたくなんてない。犯人も苦しんだはずだってわかってます。でもそれじゃあ、私はいったい誰を恨めばいいんですか」

「あまり自分を追い込まないで、マリアちゃん。あなたの怒りも恨みも、なに一つ間違ってはいないわ」

「怖いんです。今度は私が、関係ない被害者の人まで恨んでしまいそうで怖い。父のように正しくありたいと、私は、ただそれだけなのに……」

マリアは声を殺して泣いていた。

正当性の在処(ありか)——父親は加害者で、犯人は被害者だ。その構図が前提にあって、マリアは犯人の恨みを理解してしまっていた。それゆえにマリアの怒りは行き場をなくし、その痛みに苦しんでいる。

ヘリオニは思わず天を仰いだ。パルームバルに関わった自身にも、いまの状況を作った一因がある。

救ったはずの人間が、救われない人間を生み出していた。あまりの皮肉に、ヘリオニはマリアへかける言葉を失ってしまう。

――しかし、ラヴェンナは違った。

「そう。……じゃあきっと、許さなくてもいいのよ」

マリアが顔を上げる。そこには、慈母のようなラヴェンナの微笑みがあった。

「マリアちゃん、わたしの好きな言葉を教えてあげる。それはね、〝ただ真っ直ぐに進め（キープ・ムービング・フォワード）〟っていうの」

「真っ直ぐに……？」

「そう、振り返らず、ひたすらに。わたしはそうやって生きてきたし、きっとこれからもそうでしょう。……本当は、迷うことを全部先生が受け持ってくれているから、できることなんだけどね」

ラヴェンナは照れくさそうに舌を出した。対して、マリアがおずおずと言う。

「でもそれは……逃げている、のではないでしょうか」

「逃げていいのよ。〝それ〟に立ち向かえるほど、わたしたちは強くないんだから。だからせめて真っ直ぐに進む（にげる）の。強がりでも、これがわたしの選んだ道だって胸を張れるように」

マリアの視線は、ラヴェンナに向いたまま動かない。それはさながら、教えに耳を傾ける敬虔（けいけん）な信徒を思わせた。

「だから、まずは一歩を踏み出しましょう？　追いつかれたのなら、改めて自分自身に問い直せばいいわ。きっとできる。だから頑張って。いつもそばで、わたしは応援してるからね」

マリアは涙ぐみながらうなずいた。

その所作が伝わったのだろう。ラヴェンナは嬉しそうにマリアを抱きしめると、洋服や菓子のあれこれといった何気ない話をマリアに振った。

泣いて胸のつかえがとれたのか、涙を拭ったマリアの表情にも笑みが戻る。年頃の女性同士の会話についていけなくなったヘリオニは、ラヴェンナに看護師の手配をすませて部屋を辞した。

――これで、ラヴェンナの事件屋としての役割は終わりだ。しかしヘリオニにはまだ仕事が残っている。

〝ただ真っ直ぐに進め（キープ・ムービング・フォワード）〟――しかし、その途中で振り返ってしまった者がいる。

彼女を逮捕するため、ヘリオニはマックたちに合流しようと足を速めた。

あの日から四日。

ヘリオニは、マジックミラーの向こう側で、拘束用の椅子に座らされた一人の女性を見つめていた。

荒んだ目、せわしなく動く手指。皮膚病の後遺症だろうか、以前よりもさらに皺やひび割れが目立つ。ろくに予後治療も受けられていないことが一目でわかった。ヘリオニはその線から闇医者を洗い出し、瞬く間に彼女を追い詰めたのである。

――爆破事件の犯人、ヘレン・リードが逮捕されて最初の尋問。

その場に、事件屋としてヘリオニとラヴェンナは同席していた。

『――アタシが以前、薬害被害者の支援に回ってたことは知ってるな？』

ガラスの向こうで、動機について尋ねられたヘレンはそう切り出した。

『ある日のことだ。アタシはいつも通り、被害者の見回りに出かけた。向かった先は一人暮らしの爺さまで、笑い声が外まで響くような陽気な奴だったさ』

薬害被害者の中には入院費用をまかなえない人間も数多く存在し、彼らは在宅での療養を余儀なくされた。

見舞金すら渋る企業側に期待することなど当然できず、彼ら在宅者の援助はもっぱら支援団体任せとなっていた。専門の介護士などほとんどいない状況で、それでもヘレンは同胞を助けようと日夜働いていたのだが――

『そいつがな、死んでた。トイレから出ようとして倒れたまま、うつ伏せで。たった一人で』

当時の資料をマックが投げて寄こす。ヘレンが第一発見者となったこの一件は、事件性のない、単なる老人の孤独死として処理されていた。

『――でもな。あの爺さまの右手は、胸を押さえてたんだよ』

その声音は、毒が滴る音に似ていた。

『アタシたちは見捨てられた。ただ、その事実に打ちのめされた。足下の覚束なさに初めて気づいて、恐怖を感じた。死はこんなにも近しい。「前に進め」とあの人は言った。でも、進むのが怖くなった』

――アタシを見ろ。

部屋を見回すヘレンの視線が、ヘリオニのそれとぶつかった。煮えたぎるその熱の底に、ヘリオニは冷え切った孤独感を垣間見た。

――見えているんだろう無視をするな。振り向かせてやるぞ許さない。

その冴え冴えとした情動が、ヘリオニの耳に幻聴を響かせる。機構から、己の意思に因らず弾き出された者の怨嗟を。

ヘレンは嗤った。血を吐くような、凄絶な笑声だった。

『これが！　この掃き溜めが！　パルームバルの成れの果てだ！　街に食われて、糞のように放り出されたアタシたちの末路だ！　それでも！　アタシたちは生きてるんだよ！　なら、声を上げなきゃ嘘だろうが！』

こめられた怨憎の情に、その場の誰もが呼吸を止めた。

傷つけることが自分の存在証明だと、そう吼えるヘレンを見ていられず、ヘリオニは一人控え室を出た。捜査の疲れもあって立っていられず、壁にもたれて目を覆う。

「――先生、一つ聞きたいんだが、奴さん、あとどれくらい生きられる？」

「保って一ヶ月。延命はほぼ不可能だ」

ヘリオニを追って出てきたマックに対し、絶望的な答えを返す。

ヘレンの歴代主治医――もちろんヘリオニ自身や闇医者も含む――が記した診断書。それらに目を通したヘリオニが弾き出した結論だった。

皮膚の緩慢な壊死と不整脈の漸増。そこから来る全身の不快感や、胸の締めつけを紛らわせるための多幸剤の常用。そして何より、正規の医療機関での診察を受けてこなかったせいで、治療したはずの心臓病までが再発しているのが致命的だった。

本当は会話することすら苦痛のはずなのに、ヘレンは逮捕される直前まで、マリアを再度襲撃する計画を練っていたという。

――どうして、彼女たちはこうなのだろう。

燃え尽きることを前提としたまばゆいばかりの輝き。有用性、あるいは自身の存在証明のため、まるですべてを置き去りにして駆け抜ける流星のような。方向は違えど、ヘリオニはそこにラヴェンナと同様の信念を見た。

救いたかったのだ。ただ助けたかった。君たちは生きていいのだと、その証明を与えたかったただけなのに。結果として、彼女たちに与えられたのは茨の冠と十字架だけで。その事実に、ヘリオニは自身の無力さを改めて呪う。

舌打ちとともにマックが言う。

「余罪がありすぎて、被告席に座るまでには間に合わん。勝ち逃げされた気分だ」

「私としても助けたい。しかし……」

ヘリオニはその先を言いよどんだ。一瞬だけ見えた解決策を、頭を振って否定する。

――多幸剤(ヒロイック・ピル)は生活習慣を見直せば脱却できる。皮膚病もパルームバル以外の投薬治療で持ち直せるだろう。だが心臓はどうする？　治療不可能か？　為す術なしか？　いいや、その治療法は、かつて自分の手で実践しているではないか。

そう、心臓病までが、再び彼女の体を蝕(むしば)んでいるのならば――

「い、い、い、い、い、い、い、い、い、い、い――」

「もう一度、別の心臓を移植すればいい――そうじゃないの、先生？」

自ら部屋の外へと漕ぎ出たラヴェンナが、ヘリオニの考えを先回りして言った。

果たして、いま自分はどんな顔をしているだろうか。アイマスクの微笑みを浮かべるラヴェンナを前にして、ヘリオニは声を震わせて懇願した。

「待ってくれラヴィ、それだけはどうか……」

「いいえ、先生。わたしはそのために生きているの。それこそが、わたしの有用性なの。たとえ先生だって、わたしが前に進むのを止めたりはできないわ」

穏やかだが、断固とした口調だった。その雰囲気に気圧(けお)されたかのように、マックが一歩後ずさる。

「マックさん、ひとつお願いがあるんですけど」

「お、おう。美人からのお願いとあれば喜んで。何なりと申しつけてくれ、ミス・ドーネイター」

ラヴェンナは尋問室へと顔を向けると、

「あの人……ヘレンさんとお話をしたいの。許可をいただけないかしら？」


「よう、先生。こうして会うのは何年ぶりだ？」

「ざっと三年だ、ヘレン。あのときとは立場がまるっきり変わってしまったがね」

「違いない。あんときのアタシは守られる側だったが、いまじゃこうして捕まえられる側だからな」

尋問役の刑事が退出し、部屋にはヘリオニとヘレンだけが残された。

気さくに挨拶するヘレンだったが、その顔には死相が色濃く出ていた。いつ倒れてもおかしくない、そんなぎりぎりの体力で尋問に臨んでいたのだ。

「まだ殺したりないかい、ヘレン？」

「聞いてたんだろう、先生。アタシが殺すのは、アタシが生きているってことを思い知らせるためだ。連中がアタシたちにしたことを、爆弾で吹っ飛ばして思い出させてやるためだよ」

ヘレンは不遜な笑みを口の端に乗せる。

「殺したりないかって？　当たり前だろ。アタシはいま生きている。生きている以上、パルームバルを終わらせない。アタシは追いつかれたが、次は奴らが、アタシというパルームバルに追われる番だ」

「追いかけ、捕らえ、殺し、そうして君はいったい何を得たんだい？」

「何もないさ。いつだってアタシは失くしてばっかだ。三年前のあのときから」

「しかし彼女は、失くしたもの以上の何かを手に入れて欲しいと、君が前に進むことを願っていたはずだ」

「……前に進んで、いったい何になるってんだよ」

　ヘレンは吐き捨てるように言った。

「前に進むってのはつまり、忘れるってことだ。進み続ける街の中に、いつからかアタシたちの居場所はなくなってた。そして弾き出した連中が、アタシたちが死んでいくのに素知らぬふりを決め込んでやがる。許せるか？　許せねぇだろうが」

　煮えたぎるヘレンに、ヘリオニは研究所が閉鎖された直後の自分を思い出した。

　お前は要らぬと突きつけられる喪失感。拠って立つ地を奪われる絶望。ひとり孤独をかこつことがどれだけ人の心を蝕むのか、ヘリオニは身をもって知っていた。

　しかし、ヘリオニには相棒たちがいた。そして、ヘレンにはいなかった。ただその一点だけが決定的な差となって、二人の間に横たわっている。

　ヘレンは天井を仰ぎ見た。自身の根源を見つめ直す遠い目だった。

「だから、アタシは進むのをやめた。だってアタシまで忘れたら、アイツらも、あの人のことだって、いったい誰が拾い上げてやれる？」

「……君自身をすら虐め抜いているのは、それを忘れないためかい？」

「アタシだけ全快して日常に帰るって？　できるわけないだろうが。それじゃあの企業の連中と同じだ。そんな屈辱はごめん被(こうむ)るさ」

ヘレンは見せつけるように胸を張った。そこにはパルームバルの治療のため、ヘリオニが移植した心臓があった。

「見ろよ、先生。この鍍金(メッキ)がはがれたような肌も、鉛のような心臓も、アタシがアタシを生きたっていう証明だ。全部なかったことにさせないために、アタシがパルームバルを背負っているっていう覚悟だ」

ヘレンは笑った。犬歯をのぞかせ、ヘリオニを喰い殺さんばかりの猛獣の笑みだった。

「そうとも、アタシはヘレン・リードだ！　お前たちの罪の形であり、お前たちにとっての死神だ！　忘れたのなら思い出せ、パルームバルは終わってないってことを！」

叩きつけられる熱量。ヘレンは拘束具がきしむほどに身を乗り出す。

「アタシたちが死んでるんだ。お前たちも死ね！　そうしてパルームバルは永遠になる。そうでなきゃ、アタシの中のパルームバルは終わらないんだ！」

びりびりと、マジックミラーが音を立てた。

ヘレンの凶念を前にして、ヘリオニはただ目を伏せることしかできなかった。

命を救うことはできる。しかし、道を正すことはできない。それがヘリオニの限界だ。

幸福を願って手を尽くした二人は、かたや自己犠牲の事件屋に、かたや自身の死をいとわない復讐者となってしまった。こんなはずではなかった――封印したその一言が、思わず口からこぼれそうになる。

しかし、彼女ならば――そう意を決し、ヘリオニは再び顔を上げる。

「……ヘレン。もう一度、生きたいとは思わないかい？」

「言うわけないだろ。殺してるんだ、死にもするさ。その終わり方を否定しないくらいのプライドは、アタシだって持ってる」

「その矜持という枷こそ、彼女が最も危惧したものだよ。君はまだ終わっていない。私たちが終わらせない。真っ直ぐに前に進む機会を、もう一度与えることができる」

「私〝たち〟……？」

いぶかしむヘレンの問いには答えず、ヘリオニは彼の相棒を部屋へと招き入れる。

車椅子姿のラヴェンナを見て、ヘレンの表情が固まった。

「……嘘、だろ。だってあなたは、あのとき……」

「ええ、死んだみたいね。あなたに心臓を移植した三日後に。でもね、わたしは困っている人がいる限り、何度だって生き返るわ」

ラヴェンナはいつもの聖母の笑みを浮かべて言った。

「初めまして。わたしは覚えていないけど、また会えて嬉しいわ、ヘレンさん」

　呆然とした表情のまま、ヘレンの視線がヘリオニとラヴェンナを行き来する。

　パルームバル訴訟の折、瀕死の態だったヘレンを、ヘリオニは心臓移植手術によって救った。他ならぬ、ラヴェンナの心臓を使ってだ。

　体機能が一般人と変わらない以上、心臓を失っては生きていられない。当時のヘリオニとヘレンに見守られながら、ラヴェンナは息を引き取った。はずだ。

　では、いまここにいるラヴェンナはなんだ？

　ヘレンの疑問に、ヘリオニもラヴェンナも答えない。二人の有用性は、目の前の患者を救うためだけに存在する。

　ヘリオニが車椅子を押し、ラヴェンナとヘレンは机を挟んで向き合った。

「前に、わたしがあなたになんて言ったのかは覚えていないけど。でもきっと、真っ直ぐ進んで欲しいとは言ったのでしょう。そしてあなたは、その言葉に応えようとしてくれた。そのことが、わたしはとても嬉しい」

　ヘレンの背を押したのは、間違いなくラヴェンナの言葉だった。自身のつらさを押し殺してでも、薬害被害者を救おうとした。そしてその先に、自身の救いもあると信じていたはずだ。ラヴェンナの語る優しい忘却、傷を他人と共有できる地平線が。

　ラヴェンナの柳眉（りゅうび）が寄った。

「でもね、我慢する必要はなかったのよ。自分はつらいんだって、いくらでも弱音を吐いて良かったの。それを聞いて、分かち合ってくれる人がそばにいれば、あなたは過去を正しく忘れることができたはずなのに……ただ、それだけが悔しい」

しかしラヴェンナは死んでしまった。後に残ったのは忘れ得ぬ過去、そしてその象徴たる鉛の心臓ただ一つだけで。

ヘレンは間違えてなどいなかった。しかしその正しさが、彼女を逆に追いつめた。忘れるべき死者にまで手を伸ばし、逆に彼らに手を引かれた。背負う重さはいや増し、やがて一歩も進めなくなった。それでも、彼女は弱音を吐くことを拒んだ。

「……吐けるわけ、ないじゃないか」

ぽつりと、ヘレンはつぶやいた。

「だって、アタシは生き残ってしまったから。あなたと、同じことをしなくちゃならないと思った。与える側に――救う側に回るんだって。でも、アイツらばかりが先に逝って、それを見送るたびに心臓が重くなっていくのを感じた」

その肩はわずかに震えていた。先ほどまでの熱に浮かされたものとは違う、何かに耐えているかのような震えだった。

ヘレンが苦しげに息を吐いた。その様子に気づいたラヴェンナが、気遣わしげに声をかける。

「痛いの？」

対して、ヘレンはかぶりを振った。

「何も……痛くなんて、ない」

ぽたりと、机に透明な雫が落ちた。

「痛くなんて、なかったんだ。それがどうしても許せなかった。アイツらが苦しんでるのに、アタシだけがのうのうと生きるなんて、できるはずがなかった」

歯を食いしばるヘレンを、ラヴェンナは痛ましげに見つめた。

「……何重の意味でも、わたしがあなたに背負わせてしまったのね。つらい思いをさせて、本当にごめんなさい」

「謝るのはアタシのほうだ。結局、ラヴィさんや先生の努力を無駄にしちまった」

ヘレンは言葉を切ると、

「……でも、だからこそ、アタシはここで死んでおくべきだ。もう一度生きたところで、きっと同じことを繰り返す」

うなだれるヘレンに、ラヴェンナはゆっくりと首を振った。

「ねぇヘレンさん、先生も言ったけど、あなたはまだ終わってないわ。だからもう一度、わたしからの贈り物を受け取ってくれないかしら」

くしゃり、とヘレンの顔がゆがむ。

「もう一度、あなたを殺して、心臓を背負えと？」

「ええ。わたしの分まで生きて欲しいの。それに最初にも言ったでしょう？　困っている人がいる限り、わたしは何度だってあなたたちを助けたいと思う」

「どうして、そこまで……」

「それがわたしの有用性だから」

ヘレンの髪をなでながら、ラヴェンナは優しく微笑む。ヘレンは、申し訳なさそうにうつむいた。

「……パルームバルを取り上げられたら、アタシには何も残っちゃいない」

「心臓(わたし)がついてるわ。それに先生も。それだけじゃ不足?」

「アタシは殺人者だ。それを直視するのが怖い。復讐だけがアタシを支えてた。それまで失くしたら、アタシがアタシでなくなるような気がして……」

「でも、あなたが殺そうとしていた娘は、父親が犯した罪から逃げずにいたわ」

驚いたようにヘレンの顔が上がる。

「……自分の罪と、真っ正面から向き合え、と?」

「そう言って、あなたは復讐をしてきたのでしょう? ならあなたは、絶対にそれから逃げてはいけないわ」

光のない目で、ラヴェンナはヘレンの顔をのぞき込んだ。

「〝ただ真っ直ぐに進め(キープ・ムービング・フォワード)〟——犯した罪が重すぎるなら、わたしも一緒に背負いましょう。だから、今度こそがんばって。ずっとそばで見守っているからね」

ヘレンは痛みに耐えるように泣いていた。そしてその痛みは、ラヴェンナの死とともに取り払われる。

パルームバル訴訟を巡る爆破事件の、それが終幕だった。

手術が始まる直前の凪の時間。

ヘリオニは、寝台に横たわるラヴェンナの傍らにたたずんでいた。

「もう、そんな顔しないで先生。せっかくのハンサムが台無しよ？」

「……見えていないんじゃないのかい、ラヴィ」

「だってわかるもの。そうやって静かにしているときの先生は、いつだって必ず難しい顔をしていたわ」

気遣うような微笑みを浮かべたラヴェンナを、自分はこれから切り刻もうとしている。罪の意識に押し潰されそうになりながら、ヘリオニはラヴェンナの残された手を取った。

「結局、私は君に何もしてあげられなかった」

「ずっとそばにいてくれたじゃない。それに先生の手、温かいわ。これだけで、わたしは安心して前に進める」

「……ラヴィ、君は」

続く言葉を、ヘリオニは飲み込んだ。

何も要らないと、ラヴェンナは言う。たった一羽の無力な燕、それがそばにいることだけが幸せだと。とても満ち足りた顔で――他人に異論を挟ませずに。

『まるで聖女のようだ』――ヘリオニすらそう思う。しかし、ヘリオニはラヴェンナの信条を知っていた。

〝ただ真っ直ぐに進め（キープ・ムービング・フォワード）〟

ヘリオニの握る手に、マリアに会いに行ったときのような震えはない。表情はむしろ晴れ晴れとしていて、いつにもまして輝くようだった。

その意味するところを考え、ヘリオニは唇を噛みしめる。逃げていいのだとラヴェンナは言った。ならば、彼女の強さだと思っていたその信条は、実はまったく別の意味を持っているのではないか？

追いつかれ、覚悟を決めたラヴェンナに対し、ヘリオニは言葉を絞り出した。

「……憎いのではないかい？　ラヴィ」

声が震えているのを自覚した。それは、ヘリオニが研究所時代から抱え続けてきた恐怖の問いだった。

「恨んでくれていいんだよ。石を投げてくれて構わないんだ。それだけのことを、私は君にしてしまったんだから」

かつての相棒たちに思いを馳せる。彼らは与えられたギフトについてどう考え、それを振るっただろうか。死の際にあって、彼らをこの道に引き込んだ研究所、そしてヘリオニをどう思っただろうか。

考えるほど、恐ろしくてたまらない。しかし、ヘリオニは逃げ出すほど厚顔にはなれなかった。ただ、その負の情念を受け止めることが、せめてものけじめだと思っていた。

「──先生は、強いのね」

だから、ラヴェンナの言葉を聞いたとき、ヘリオニはひどく驚いたのだ。

「迷って、悩んで、悔やんで。いつまでもそこに立ったまま。先生はわたしをつらそうだって思ってるのかも知れないけど、わたしは先生こそつらいだろうなと思う。……その原因がわたしなんだってわかってるから、なおさらね」

「……買いかぶりだよ、ラヴィ」

「でも先生は、ずっとわたしのそばにいてくれたでしょう？」

ラヴェンナの手が、ヘリオニのそれを強く握り返す。

「何があっても逃げ出さない先生。わたしだけのヒーロー。だから、わたしはあなたに甘えてしまう。恨まれるならわたしのほうだわ。わたしが、先生を前に進めなくさせてしまっているのだから」

「……私が望んでやっていることだよ。君の責任ではない」

「そういう先生に、わたしは憧れてるの。あなたのようになりたかった。自分を犠牲にしてでも誰かを想う、無私の聖人に」

ラヴェンナの言葉が、ヘリオニの胸を抉った。

二重の意味で、いまのラヴェンナを形作ったのはヘリオニ自身だった。肉体と精神、その類い希な聖性を、ラヴェンナに与えてしまったのだ。

自分など取るに足りない。被験者の怨憎を恐れ、しかしそれから逃げることすらできないちっぽけな人間性だ。それでもラヴェンナは、そこに自身の生きる道を見出した。自らを犠牲に捧げる苦難の道（ドロローサ）——真の聖人としての道を。

ヘリオニは息苦しさを覚えた。

「私は、君に生きて欲しかった。何でもない平穏の中でゆっくりと過ごすような。だが私は、そんな平和な時間を君に用意することができなかった」

「わたしはこの上なく生きているわ。〝誰かのために〟は事件屋の合言葉でしょう？　その一点だけは、他の誰にも負けないっていう自信があるもの」

ヘリオニが言葉を続けようとしたとき、手術時間を告げる電子音が二人の会話を断ち切った。

二人きりの時間もこれで終わる。名残惜しそうに——しかし恐れを一切見せず、ラヴェンナはヘリオニへと微笑みかけた。

「いよいよお別れね、先生」

「……約束だ。せめて最期まで一緒にいるよ、ラヴィ」

「頼もしいわ。……ねぇ先生、一つだけ、どうしても伝えておきたいことがあるの。聞いてくれる？」

その言葉はささやくように。しかし確実に、ヘリオニの心に刻まれた。

「大好きよ。先生。わたしを生かしてくれて、ありがとう」

それが、彼女の最後の言葉となった。

——かつんかつん、と足音が響く。

ひび割れたリノリウムの床。とうに廃棄された病院の亡骸の最奥に、彼女の寝室は存在する。

屋内に入って五分ほど歩いただろうか。ヘリオニ・パッチワーカーは一つの部屋の前で足を止めた。

土色に変色したネームプレートが並ぶ中、そこだけが白く真新しい。掲げられた名前もすべて同じ——しかしよく見れば、その場所が以前に掲げられていた病室の一つ隣に移動していることに気づくだろう。

——また、ここに来てしまった。

ノックのため拳を作ったまま、ヘリオニは扉の前に立ち尽くした。

先のパルームバルに関わる一件、それが解決してからさほど間も空いていない。しかし街は変わらず回り、新たな事件が発生しては、ヘリオニら事件屋の出番が回ってくる。

ふと、有用性とは何か、と考えた。それは単純に言えば、誰かの役に立つということだ。

そういう意味で、事件屋と一般人の間にさしたる違いはない。どんな場所であれ、無能者は弾かれる——別の事件屋の言葉を借りればそういうことだ。

しかし彼女はどうなのだろう。自らの身体を、命を捧げることをその有用性とする彼女は。

その天秤はあまりに傾きすぎていて、誰かのためにという目的の代わりに、そこに至る過程がすっぽりと抜け落ちている。自覚はないのだろう。しかし、有用性の証明――ただそれのみに特化した生き方はとても歪で、それゆえにひどく尊い。

そんな彼女を助けたいと思った。傍らにあって、その意志の代行者となりたいと思った。でも心の奥底では、その生き方からこそ、彼女を救い出したかったのだ。

しかしヘリオニは失敗した。彼女を継ぐ二人は生きながらえたが、やはり彼女は命を落としてしまった。

いまもまだ、喪失感と倦怠感が身体を支配していた。それなのに、またこうしてこの場所に立っている自分が、どうしようもなく恥知らずに思えた。

果たして自分は、彼女に会う資格があるのだろうか――そう思った瞬間、見計らったかのように部屋の中から声がかかった。

「開いてるわよ。どうぞ、先生」

そっとため息をついて、病室へ足を踏み入れる。

部屋の内装はあのときと――いや、いつもとまったく変わらない。整えられた書類棚、駆動中の電子端末、窓から見える「天国への階段」のモニュメント。そして――

「こんにちは先生。大変だったみたいね。お疲れさまでした」

部屋の主の姿まで、一切変わらず元のままだった。

蒼玉の目はその眼窩に収まり、硝子細工のような両手指はそのままに。まっすぐな金髪は手術前のように長く、白磁の肌には損なわれた部分など微塵もない。

ラヴェンナ・ドーネイター。

ヘリオニの相棒たる事件屋、死んだはずの女がそこにいた。

その手には何枚かの紙が握られていた。先にヘリオニが送った今回の一件、パルームバルに関わる事件の顛末についての報告書だ。

ヘリオニは言う。

「マリア嬢は無事退院の運びとなったよ。その場に立ち会ったが、重ねて君に感謝を伝えたがっていた」

「そう……なんだかこそばゆいわね。わたしがやったわけじゃないのに」

ラヴェンナは照れくさそうに頬をかいた。

その指が、愛おしげに報告書の写真をなでる。

「きっと、格好いいのでしょうね。一目見たら好きになっちゃいそう。ねぇ先生、この娘、どんな子だった？」

ずきり、と胸の奥が痛む。

「……勁（つよ）い、責任感の強い娘だったよ。紛れもなく君の後継者だ、ラヴィ」

「嬉しいわ。じゃあマリアちゃんが頑張ってくれれば、わたしも楽ができちゃうわね」

うきうきと、無邪気に笑うラヴェンナ。何も覚えていないがゆえに何も背負うことなく、彼女はいつだって幸福だ。

しかしふと、その眉根が寄った。

「でも、もう一人……えぇと、ヘレンさんは？」

「先ほど面会してきた。術後の経過も良好で、痛みを訴えることもないそうだ」

一方で、憔悴しきった様子であったことは伏せた。ヘレンが自分の犯した罪と向き合おうとしているのをヘリオニは察したが、果たして彼女はそれを背負いきれるだろうか。

ここから先はヘレン自身の問題だ。ラヴェンナの心臓がヘレンを支えてくれるよう、ヘリオニには祈ることしかできない。

「……よかった。今度こそヘレンさんが正しく生きられるようになって、わたしはそう思っていたはずだから」

その微妙な言い回しに、再びヘリオニの胸が痛んだ。それを悟られぬよう、努めて平静にラヴェンナに尋ねる。

「君はどうなんだ、ラヴィ。動き始めてから、それほど日も経っていないんだろう？」

対してラヴェンナは快活に笑った。

「ばっちりよ、先生。だって健康じゃないと、わたしの身体をあげることができなくなってしまうもの。目が覚めた直後から、わたしの身体は万全であるようにできているわ」

ラヴェンナ・ドーネイター。その身体はあらゆる人間に適合する、〝歩く臓器バンク〟である。

しかし唯一にして最大の欠点――すなわち、彼女の身体は一つしかない。加えて、彼女に自己再生機能はない。それゆえに、どれほどその能力が希少であろうと、その肉体は一回こっきりの使い捨てにならざるを得ないのだ。

その弱点を、彼女はドナー・〝クローン〟体となることで克服した。この廃病院の各部屋には、何人ものラヴェンナ〝たち〟が眠っていて、一人が命を落とせば、また別の一人が覚醒して活動を始め、再びその肉体を提供する時を待ち続ける。

すべてのネームプレートが同じなのは当然だ。それは、やがて目覚めるラヴェンナ〝たち〟の分娩室であり――そして、いままで死んでいったかつての相棒〝たち〟の墓標でもあるのだから。

「いままでのわたしも、こうしてきたんでしょう？　そして、多分これからもそうだわ」

あのとき、マリアの病室に向かう途中での会話がよみがえる。ラヴェンナの記憶は、彼女が事件屋となったときのまま止まっていた。ラヴェンナたちは目覚めた後、関わった人々と言葉を交わし、全力で生きて、そしてその記憶を受け継ぐことなく、肉体を提供して死んでいくのだ。

それが、いったいどれほど過酷な道なのか。ラヴェンナ自身ですら、あのときかすかに震えていたというのに。

「それで？　先生。今度は、いったい誰がわたしの助けを必要としているの？」

そう微笑むラヴェンナの足下に、ヘリオニは無言でひざまずいた。

その手を取り、自身の額へと当てる。

謝ることも、泣くことも、ヘリオニは自身に禁じていた。ラヴェンナに使命を押しつけた張本人に、そんな甘えは許されないからだ。しかしたとえ偽善であったとしても、彼女を想う気持ちに偽りはない。

——君のそばにいるよ。

そう、約束した。そんな約束しかできなかった。

助けてくれ。誰でもいい。彼女を助けてあげてくれ。

そうやって、自分を呪い続ける男の頭に、そっと手が添えられる。

「……大丈夫。わたしは大丈夫だから」

顔を上げたその先、輝くような微笑みがあった。

ヘリオニの罪を許し、自ら傷を負う。髑髏(ゴルゴタ)の丘へと向かう、茨の王のように。

すべてを受け入れるように微笑む、〝幸せなお姫様〟が、そこにはいた。

■著者の言葉

以前から、ハザウェイに限らず肉体再生系の能力者を見るたびに「君ら何で病院勤めじゃないの?」という血も涙もない感想を持っていたのですが、そこに幼少のみぎりに読んだ絵本と、手塚治虫全集に着想を得たアイディアをねじ込んでみたらこのような作品ができあがりました。……どこで何が生きるか、わからないものです。

作品を完成させるにあたって、公式二次創作だし好きにやってやろうと、他の冲方先生作品からもいろいろな要素をお借りしました。キャラクターのレンタルを快く承諾してくださった塾生同期の上田さんにも、この場を借りてお礼申し上げます。ありがとうございました。

マルドゥック・アヴェンジェンス

上田裕介（かみだ ゆうすけ）

殺人課の刑事マック・ジェネローと鑑識課のキューブリック・クイーンは、疑似重力が使われた痕跡が残る現場を捜査する。マック刑事は、『スクランブル』のささやかなエピソードに登場する無名のモブキャラに、本作の著者が命を吹き込んだもの。

その部屋はありとあらゆる物が破壊されていた。
どこにでもあるようなアパートメントのワンルーム。
テレビの画面には蜘蛛の巣を描いたような罅(ひび)が入り、
キッチンには陶器の破片と化した食器の残骸が広がり、
天井からぶら下がった埃と油にまみれた電球は砕け、
部屋の中央に置かれたテーブルと椅子は穴だらけで、
床には新聞紙と紙屑ときらきらした薬莢が散らばり、
四方を囲む壁には星座を描くかのように弾痕が刻まれていた。
その壁にへばりつくようにしゃがみ込む男が一人。
KEEP OUTの文字が印刷されたテープで入り口を閉ざされた部屋の中に一人。
くせっ毛のその男は薄いビニール製の手袋を塡(は)めた手でピンセットを握り、壁材の粉が眼鏡に張り付くのも気にせず、壁にめり込んだ弾丸を摘出していく。

弾丸は傍らに置かれた、SF映画に出てくるマスコットロボットのような筒状のシルエットの機械に吸い込まれていき、一つ弾丸が吸い込まれる度に、市に銃器登録された誰の銃から発射された弾なのかがディスプレイに表示されていく。

同時にその弾丸が部屋のどこにどの角度で埋まっていたのかが記録されていく。

そうして摘出された弾丸の総数が三桁に届こうかとしている頃、唐突に作業の手が止まる。

忍ぶこともなく堂々と足音を立てて部屋に侵入してくる人の気配。

腰のホルスターの銃に手をかけながら振り返り、その気配が部屋に入ってくるのを迎える。

「そこまで。KEEP OUTの文字が見えませんでしたか？」

足を止めた侵入者は右手を挙げ、反対の手でくたびれたベージュのジャケットをめくりベルトに引っかけたバッジを示す。

「マック・ジェネロー。殺人課の刑事だ」

既に髪の毛の大半が禿げ上がったマックと名乗る男は、皺の入った顔にしかめっ面を浮かべることでさらに皺を寄せる。

マックの自己紹介に対して男は首を傾げた。

「殺人課が？　応援を呼んだ覚えはありませんよ」

どちらにせよ、と前置きをして男は、

「今は現場検証中です、終わるまでは殺人課であろうと市長であろうと家主であろうとここに入ることはできませんよ」

「だろうな。ここにきたのは、ここの住人に用があったからなんだが……どうやら留守のようだな」

一目瞭然の状況を茶化すようにマックが肩をすくめる。

「で、あんたは？　現場検証ってことは鑑識か？」

「ええ。キューブリック・クイーン。おっしゃるとおりに鑑識課です」

「まぁ随分と派手なパーティが開かれたみたいだな」

マックはぐるりと部屋を見渡す。

「ここの住人……ええと、ロビン・ファブリックと知り合いで？」

キューブリックは事前に目を通した資料を思い出す。

ロビン・ファブリック。肩書きは「ヤクの運び屋」。

殺人課の刑事がそんな男に何の用事があるのか。

キューブリックの疑念を感じ取ってか、マックは苦笑いを浮かべる。

「あぁ、〝おしゃべりロビン〟は俺の情報屋の一人でな。あいつの仕事に目をつむる代わりに情報を寄越させているってわけだ。で、今、追っかけてる事件の情報をちょいと吐いてもらおうかと思ったんだがね。しっかし、ウチのほうには特に連絡は入ってなかったが殺しじゃないのか？」

「ええ、このアパートの住人から通報を受けてパトロールの警官が現着したときにはもう部屋はこの状況でした」

「なるほどね……これは全部ロビンの奴がやったのか？」

マックは無数の弾痕が刻まれた壁を指さす。

「いえ、どうやらそうではないようです。チッカー、来てくれ」

『イエス、マスター』

軽く手招きをすると、壁際で佇んでいた筒状のポッドが四足の車輪を転がして近づいてくる。

ピタリと足下で停止したポッドを見てマックが感嘆の声を漏らす。

「最近の鑑識は随分とまぁ便利な玩具を持ってるもんだな」

キューブリックはディスプレイに表示された情報を見ながら答える。

「いえ、このチックアプレイサーは支給されたものではありません。僕の自作の捜査端末です」

「自作ぅ？　科学者ってのは機械まで作るのかい？」

「科学者が趣味で機械を作ることに問題でも？」

あからさまな不快を示しキューブリックは反論する。

「きちんと許可を取り、実際に成果をあげています。このチッカーを現場に投入することで、現場で得た証拠をラボに運び、手続きを踏んで証拠を調査する時間を短縮させることができます。また自律で行動させることも……」

　マックは両手を挙げ、降参の意を示して、キューブリックの言葉を遮る。

「オーケイオーケイ。悪かったよ。あんたも、そのチッカーとやらもすげぇや。そいつとあんたでちょちょいと事件を解決できちまうのはよくわかったから、今回の事件のことを教えてくれ」

　不満げな顔のままキューブリックは頷く。

「摘出した弾丸の線条痕から考えて、全てひとつの銃から発射されたものです。登録されている銃の持ち主は、エド・フランクリン。製薬会社の営業部長の一人です」

　思わぬところで名前を聞いた、とでもいうような表情のマック。

　その反応にキューブリックは違和感を覚える。

　製薬会社の営業部長という肩書きに反応した？

「貴方が追っている人物ですか？」

「いや、そういうわけじゃないが……」

　製薬会社の営業部長と違法薬物の運び人には薬物を扱うという共通点はある。しかし、そのどちらも殺人課の刑事の獲物とは縁があるとも思えなかった。

「ところで、まだ肝心なことを話してないぜ？」

「他になにが？」

「犯罪とみなすのに必要な要素は三つ。現場、犯人、そして被害者だ。死体はどこにあった？」

マックの問いにキューブリックが呆れ声で答える。

「貴方、さっき自分で言っていませんでしたか？　『殺人課に連絡はきてなかった』と。ないんですよ。死体も、血痕も、それを掃除した痕跡もね」

「血痕ひとつなしだって？　だとしたら、ロビンはどこへ行ったんだ？　こんだけの火力をぶちまけたんだ。射手の殺意は明確。なのに何故警察に保護を求めてない？」

殺人課の仮説へのアプローチ。

「彼は薬の売人です。警察に保護されたくない理由ならあるでしょう」

「あいつは情報屋だ。下手に逃げるよりも確実に安全だということはわかっていたはずだ」

「おっしゃるとおりで。で、貴方は何を言いたいのですか？」

今度はキューブリックが両手を挙げ、降参の意思を示す。

「さあな。俺にも思いつかねぇよ。ただ疑問に思っただけだ。ロビンはどこに？　ってな」

「それに関しては現状、この現場からだけではわかりかねますね」

「だったら、今わかることを教えてくれよ、ええと、ミスター・キュービー？」

「僕の名前はキューブリック。キューブリック・クイーンです。変な愛称で勝手に呼ばないでください」

「長ったらしくて呼びづらいんだよ。なら〝ＱＱ〟とでも呼ぼうか？　スパイ映画みたいに？」

おどけるマックに、キューブリックは沈黙によって冷然と応える。

「はいはい。申し訳ありませんねミスター・キューブリック。んじゃ、今わかっていることの確認だ。現場はここだ。被害者は確認できていない。そして凶器はエド・フランクリンが所持する銃と。弾丸の口径は？」

「四五口径ですね。全て」

「四五ってことはオートマチック？　拳銃一丁でこんだけぶちまけたってのか？」

頷くキューブリック。

「空の弾倉がいくつも落ちていました。指紋までは出ませんでしたが」

「拳銃一丁で、弾倉がいくつも空になるまで壁を撃ち続けていたってのか？」

「そうではないと思います。おそらく」

「〝おそらく〟？」

非難を含めた声色でマックはキューブリックの言葉を聞き返す。

「おいおい、勘弁してくれよ、坊や。あんたら鑑識ってのは〝神様よりも証拠を信じる〟仕事だろ？　それが〝おそらく〟だって？」

「少し、不確定な要素があります」

鑑識課の示す結果というものは基本的に確定した事実である。

何時、何処で、誰が、何をしたのか。

現場に残された証拠から導き出される事象を科学的に証明するのが彼らの仕事であり、その説明に〝おそらく〟という前置きを必要とするということは、単純に証拠だけでは説明しきれない何かがあるということに他ならない。

キューブリックはチッカーのディスプレイをタップし、部屋の見取り図を３Ｄモデルで再現した画面を表示させる。

そこにはスキャンされた弾痕が光点として描かれている。

「これが推定できる弾道です」

表示された弾痕の光点から赤い線が延び、弾痕から逆算される弾丸の軌跡が描かれていく。部屋の各所に散らばった弾丸の軌跡は導かれるように収束していく。部屋のほぼ中央。

その周辺から弾丸が壁に飛んでいったことを示している。

「部屋のど真ん中で銃を撃ちまくったのか？」

「いったいどんな状況でそうなるんでしょう？」

「俺に聞くなよ……飛んでる蠅でも撃ち落とそうとしたんじゃないのか？」

開き直るマックにキューブリックは説明を続ける。

「ここから先は仮説にはなりますが……」

さらに画面を操作すると光線が今度は別方向へと延びていき、ちょうどマックが立っているあたりで収束していく。

「弾丸は部屋の中央から撃たれたのではなく、射手が部屋の入り口から撃ったのではないでしょうか。空の弾倉が入り口付近で採取されたこととも符合します」

「その根拠は？」

「根拠は二点。ひとつは入り口側の壁、そしてそこから弾道が収束している地点を隔てて向かい側にある壁です」

キューブリックが言及する部分を部屋の3Dモデルで見る。

「この二方向の壁にだけ弾痕がやけに少ないのか？」

「ええ。特に貴方の後ろにある入り口側の壁には弾痕は皆無です」

「部屋の中央から入り口を背に撃った可能性もあるんじゃないのか。銃口から飛び出した弾丸は後ろへは飛ばないだろ？」

「ええ、そこで二つ目の根拠です」

次に画面に表示されたのは3Dモデルではなく、写真だった。

「これは、弾道が収束している部分の床を撮った証拠写真です」

埃が薄く積もった床を写した写真には、円が描かれていた。

「部屋の中央、この写真の部分だけ半径三十センチほどの円を描くように床の埃が薄くなっています。つまりここには何かがあり、それに弾丸が弾(はじ)かれ、壁に当たった……のではないかと」

キューブリックの仮説を脳内で咀嚼(そしゃく)するマック。

「仮説として筋は通ってるわな。で、そこには何があったんだ？」

「わかりません」

「は？」

「わからないんですよ、発射された何十発もの弾丸を弾き返す方法が。だからこその不確定です。今チッカーで類似する過去の事件を検索していますが……今のところこの仮説を裏付けるだけの情報はヒットしていません。あぁ、いえ、ヒットするにはしたんですが……」

　端末画面に出てくる法務局発行の事件資料。そこに記載された人物。

「ディムズデイル＝ボイルド？」

「空挺部隊に所属していた元軍人。〝疑似重力（フロート）〟と呼ばれる軍用技術を用いて事件を捜査することを許可された委任事件担当官だそうです」

「〝疑似重力（フロート）〟？」

「ええ、詳細は伏せられていますが、重力場を自らの周囲に発生させ、壁や天井を歩くことができるそうです。その能力の応用として、弾丸はおろかガスの類（たぐい）まで弾き返すことも可能だとか」

「ビンゴじゃねぇか。目には見えない重力の壁になら、弾丸を撃ち尽くすまで撃ちたくなるのもうなずける」

「ええ、そうなんですが……」

　キューブリックが資料の一部を示す。

「彼、既に死亡が確認されています。証人保護プログラムの証人を殺害しようとして、保護証人側の事件屋によって殺害、死亡が確認されています」

「委任事件担当官が証人を殺害とはな……」

「法廷を無効化するには証人がいなくなればいいという、ある意味わかりやすい事件の解決方法ですね」

「とはいえ、そのボイルドって奴が生きてりゃ、容疑者候補リストのトップってわけだ。そいつ以外に同じような能力を持った事件担当官はいなかったのか？」

「法務局はその可能性を否定しています。『〝疑似重力（フロート）〟の能力を持つには高い適性が必要であり、またその技術が研究所から外部へと漏洩した可能性も皆無』だそうです」

「要するに、ここで何が起こったかについては確かなことは何もわからないってわけだ」

「そうなりますね……」

苦々しい表情のキューブリック。

いくら筋が通っていようとも、証拠がなければあくまでも仮説にすぎない。絶対的な答えがでないと満足できない鑑識としての性（さが）。

「まぁ、だったらわかることから調べていくまでだな」

入り口近くに立っていたマックがきびすを返す。

「ちょっと、待ってください。何処へ？」

「決まってんだろ。エド・フランクリンをしょっぴくんだよ。今確かなのは、奴の銃でこの有様になったことだけなんだからよ」

「現状ではただの器物損壊事件です。殺人課が動く事件だとでも？」

「部屋の住人の姿がない。下手すりゃ既に口を封じられているかもわからん。そうなる前に動くのが俺たちの仕事だ。あんたらの仕事は事件が起こってからそれを調べることだ。それじゃ遅いって言ってるんだ」

「貴方が追っているのはそれだけ事を急ぐ事件だと？」

「俺にとってはな。こっちのヤマはあんたら鑑識には縁のないヤマだ。あんたはこの事件を解決することに集中してくれていい」

「わかりました。ですが僕も同行させていただきます」

「あんたが？　おいおい、現場検証は終わってないって言わなかったか？」

マックは自身の足元を指さす。現場検証中だからここで立っていたんだぞ、という暗黙の非難。

「おっしゃる通り。ですがね、貴方一人で追わせるわけにはいかないんですよ。殺人課の〝ファースト・バイトのマック〟にはね」

「へぇ。俺も随分と有名になったもんだ」

「今チッカーで調べたんですよ。貴方の検挙件数、それは素晴らしい戦績だ。けれどその事件のほとんどが不起訴になっているようですね」

〝ファースト・バイト〟。

警察が行う、証拠不十分な容疑者に対する強引な検挙を意味する。

ストーカーまがいの尾行で難癖をつけて交通法違反、警官側から暴力を仕掛けた上での公務執行妨害、本命の嫌疑とは無関係の理由なき検挙により圧力をかける。

そのため大半は不起訴となるが、その圧力は抑止力となる。容疑者は見えない視線に縛られ、自ら生み出した疑心暗鬼により行動を制限され、ボロを出す。

詰めに追い込むための文字通りの最初の一噛み。その汚れ役がマックの仕事である。

「安心しな。今ロビンを追いかけているのは、ファースト・バイトのさらに前段階の下準備ってやつだ。あんたの事件に噛みついて犯人に逃げられるような真似はしねぇさ」

「申し訳ありませんが、これは決定事項です」

マックは頭を撫で上げ大袈裟に苦悶の声を上げる。

「やれやれ、〝固まりの女王(キューブリック・クイーン)〟、その名の通り融通の利かない奴だねぇ、まったく。証拠と同等とまでは言わないが、ちょっとは同僚のことを信じてくれてもいいもんだ」

「〝神様よりも証拠を信じる〟のが僕の仕事と仰(おつしや)っていましたが、それは少し違います。〝証拠以外の全てを疑う〟のが僕の仕事ですので。お間違いなきよう」

慇懃(いんぎん)な態度で言い放つキューブリック。

「だったらこっちの内情を教えてやる。俺がロビンを使って追いかけているのは、薬だ。もちろん非合法のな。多幸剤(ヒロイック・ピル)は知ってるな?」

マックの問いかけにキューブリックが答える。

「脳内の感覚野を刺激して根拠のない多幸感をもたらす薬品。この街じゃ誰だって知っていますよ。それが街で医者が処方すれば誰でも服用できる、認可の下りている薬だってことも」

「今、街の一部でその粗悪品が妙に数を減らしている。そしてちょうどその頃から流行(はや)りだした薬がある。巷（ちまた）じゃ多不幸剤（アン・ヒロイック・ピル）なんて呼ばれている、気分を絶望のどん底に陥れるダウナー御用達の薬だ。麻薬課の調査の結果、多不幸剤は多幸剤の成分配置を変えただけの異母兄弟だってことがわかった」

　薬物の違法な成分変更は違法薬物の認定なしでも十分に犯罪になりえる。

　マックの説明に頷きながらも、キューブリックが疑問を挟む。

「しかし殺人課の貴方がなぜそんなことまで追いかける必要が？」

「まぁ、待ちな。話はこっから一気に面倒になるんだからよ」

　気乗りのしない表情でマックがその面倒事を話し出す。

「問題なのは今回出回ってるのが多幸剤の異母兄弟だってことだ。まず製薬会社から公表のストップがかかった。おそらく大量の賄賂（わいろ）をくっつけてだろう。それで麻薬課連中には秘密裏に処分させるってことが決まった」

　マックがキューブリックを指さす。

「ところが、だ。さらに厄介な問題が三つも発生した」

　ひとつ、と人差し指を立てる。

「まず、肝心要（かんじんかなめ）の製造工場が見つからなかった。消えた多幸剤の量からして個人で精製できる量じゃない。にも拘らずそんな工場を抱えた企業も見当たらない」

　ふたつ、と中指を立てる。

「次に消えた多幸剤の量に対して出回っていると思われる多不幸剤が圧倒的に少ない」

最後に、と薬指を立てる。

「多幸剤と多不幸剤を同時に服用した場合、自白剤を飲んだ状態とほぼ同様の効果が現れることがわかった。それも服用者の自覚なしに、だ」

要するにだ、とマックが結ぶ。

「署内の捜査官総動員で片っ端から情報屋連中を絞り上げて多不幸剤の出所をつかんでるところだ。これでわかったか？　あんたの事件に俺は嚙みつかない。その必要がないってことだ」

以上だ。と切り上げてマックは現場を後にした。

アパートメントを出て、外に駐めた持ち主同様に古びたガソリン車に乗り込む。

と同時に後部座席のドアが開いた。

驚き振り返ると、後部座席に先ほどの捜査端末ロボットが鎮座していた。

次いで助手席のドアが開かれキューブリックが乗り込む。

「なんでついてくるんだよ！　俺の追いかけてる事件はおまえさんの事件とは無関係だって！　それともまだ疑ってるのか！」

「貴方が言ったことです。今わかっているのは、エド・フランクリンの銃でロビンの部屋があの状態になったということだけだってね。だったらその捜査に追従するのは至極当然のことなのでは？」

それに、とキューブリックはシニカルに笑う。

「僕、こんな仕事をしていますが、人を疑うのは嫌いなんですよ。特に同僚はね。だから示して下さい。貴方と僕の事件が無関係だって。ついでに事件の解決もできそうだ」

マックは口をあんぐりと開いたのち、今日一番の溜息をつく。

「あぁ、もう！　勝手にしろよ！」

マックの諦めとともに発進するガソリン車。

証拠を追い求める男と、情報を追い求める男の捜査が始まった。


二人が最初に向かった場所、ヴァルキュリオ製薬。

登録上のエド・フランクリンの勤務先。

受付でアポイントを求めるも「外出中」の一点張り。

任意でのオフィスの立ち入り捜査も「令状がなければ」の一点張り。

取りつく島もなく追い返され、まず先に口を開いたのはキューブリックだった。

「エド・フランクリンの所有している銃が使われたという証拠がありますし、令状をとって強引にオフィスを調べますか？」

「令状を出したところでこっちの言うことの全てを撥ね除ける気満々って態度だ。それに、叩いても何も出てこないだろう」

あっさりとしたマックの態度にキューブリックが首を傾げる。

「その根拠は？」

「ない。強いて言うなら刑事の勘ってやつだ」

「へぇ……結構当てになるのかもしれませんね、その勘ってやつも」

訳知り顔のキューブリックの態度に今度はマックが首を傾げる。

「何が言いたい？」

「いえね。あのビル、確かにヴァルキュリオ製薬のオフィスに間違いはないんですが、おもしろいことに所有しているのはあのワンフロアだけみたいなんですよ。建物自体はヴァルキュリオ製薬の親会社の所有物みたいです」

キューブリックがチッカーを指し示す。

どこから引っ張ってきたのか登記情報が画面に映されている。

「その親会社ってのは？」

「聞きたいですか？」

「年頃の女子みたいな駆け引きしてんじゃねぇよ。さっさと教えろ」

「オクトーバー社」

キューブリックが口にした企業名にマックは驚嘆の表情を浮かべる。

オクトーバー社。元々は製薬会社として財をなしたその企業は、アミューズメント業や建設業等、様々な方面へとその手を広げ、今やマルドゥック市の経済の中枢を担っている。

だが、キューブリックにはマックの驚嘆がその企業の権力の大きさからきているものではないという推測が浮かんでいた。

それは彼にとっては珍しく、「勘」と呼べる程の推測にすぎなかったが、それが現場で感じたマックの反応に対する違和感への答えにもなっていた。

「思い当たることがあるんですね？　当てましょうか？　警察上層部に今回の多不幸剤の件を公表しないよう圧力をかけてきた企業、でしょう？」

しぶしぶといった表情でマックは肯定を示す。

「貴方は製薬会社の人間が関わっているとわかった段階でこの事件が多不幸剤に繋がることを予期していたんですね？　だからロビンの確保にこだわる、と」

「そんでもって、圧力をかけてきた企業が捜査線上に浮かんでくるんだから、予感ってのは悪いほうに当たりやがる……しかし、なんでまたオクトーバー社はそんな面倒くさいことをする必要がある？　自社の製薬部門ででも作ればいいだろうよ」

「それは簡単な話です。薬品製造の認可ですよ」

それはオクトーバー社が認可のためだけの子会社を持てるだけの権力があることを示していた。同時に子会社としてヴァルキュリオ製薬を切り離しておきたい事情があると勘ぐることもできる。

問題はその「切り離したいこと」が多不幸剤に繋がるのかどうか。

「あくまで俺に命じられたのは多不幸剤の流通ルートの捜査だが、ロビンを見つけられれば確証を得られるかもしれんという希望は出てきたな」

「あいにく僕は希望を求めて捜査はしませんが……」

「証拠を見つけるってんだろ？」

「ええ。ですが事件の解決が見えてくるかもしれないという希望を持つことは悪いことではないと思いますよ」

「けっ、言ってくれるぜ。とりあえず今は当たれるところから当たっていくしかないな。エド・フランクリンの自宅へでも向かうか」

マックは次の捜査へ向かうべく乗車を促したが返答はなく、怪訝に思い振り返ると、キューブリックはヴァルキュリオ製薬のビルを背に立っていた。

その視線の先に一軒のレストランが営業していた。

「なにしてんだ？」

「いえね。さっそく捜査の方向性にケチをつけるようで恐縮ですが……昼食でもいかがですか、マック？」

ヴァルキュリオ製薬のオフィスのあるビル。その向かいの飲食店。

そこでマックが席についてハンバーガーを頬張っている。

向かいにチックアプレイサーが鎮座しているが、昼食を提案した本人の姿はなく、目の前のテーブルには手の付けられていないチキンステーキが湯気を立てていた。

「おい、おまえのご主人はさっきから何をやってるんだ？」

正面の機械からの返答はない。

「ご主人様以外にはお答えしませんってか？」

「僕の声紋しか認識しないんですよ」

段ボール箱を抱えて戻ってきたキューブリックが向かいの席につく。

「誰かさんに似て融通の利かない堅物だこって」

「そりゃ堅いですよ、内部の証拠を保全するためにチタン加工した防弾性の高い外部装甲を採用していますからね」

「そういうところだよ、融通が利かないってのは。で、それは？」

「表にある防犯カメラの映像記録です。あの建物に出入りしている人間が映っているはずです。チッカー、スキャニング開始。そこに映っている通行人の顔認証もな。エド・フランクリンがあの会社に出入りする人間だという証拠が欲しい」

『イエス。マスター』

「そんなことまでできるとは本当に便利だな。そのロボット」

「ロボットと呼ばれるには些か抵抗がありますが、誉め言葉として受け取っておきますよ」

チックアプレイサーの隣で、キューブリックが素っ気なく答える。

「でもなんでそいつをウチの鑑識課は正式採用しないんだ？　そいつがあればおたくの課の仕事もはかどりそうなもんだけどな。ラボに戻って分析だのなんだのフラスコ振ることもないんだろ？」

マックの鑑識に対する偏見に、キューブリックが溜息をつく。

「いくらこのチッカーが証拠の分析に長けていても、事件そのものについては人が結論を出さなければならないんですよ。実際のところチッカーが量産されれば間違いなく仕事は格段に楽になるでしょう。けれど、それを良しとしないものがある」

機械の自律行動による捜査の信頼度。

仮にチッカーの自律回路でのみ証拠を集めたとして、裁判に至った場合、陪審では所詮は機械が集めてきた証拠だと弁護側に撥ね返されてしまう。

警察犬の嗅覚がある程度の信頼を得ていても、動物の気まぐれの可能性もありうる、と裁判に提出する証拠としては使えないように。

「だから僕は証明しなければならないんです。このチッカーに鑑識の仕事を次のステージに引き上げるだけの有用性があることを」

『解析終了。該当件数0。証明不可です。マスター』

「あのオフィスに出入りしている人間の中にエド・フランクリンなる人物は存在していないって訳だ。こりゃ自宅のほうも十中八九ダミーか。手詰まりじゃねぇか」

『補足情報、今回の事件の関係者データに該当人物が一名います』

同時にチッカーを見る二人。

「該当データを再生しろ」

端末画面に表示される監視カメラの映像。

建物から出てくる一人の人物。その顔の特徴がピックアップされ、自動補正でクリアリングされていく。

その人物、ロビン・ファブリック。

事件現場から姿を消した男の足跡。

録画映像に記される日付は昨日のものだった。

映像を見ていたマックがあることに気がつく。

「おい、ちょっと待て。こいつは誰だ？」

マックが示す画面には建物を出たロビンの後を追うように出てくる人物が映っていた。

「ロビンがこのオフィスに会いに来た人物でしょうか？」

身を乗り出すマック。

「こういう考えはどうだ？　薬の売人が製薬会社にやって来た。とても建設的な話をしに来たとは思えない。そして出ていく後をつける奴が一人。目的は……」

「口封じ」

マックは大きく頷く。

「いい仕事だぜ。キューブリック。見えてきたんじゃねぇか？」

「確固たる証拠はまだありませんが……今はその仮説を元に証拠を集めてみましょう。チッカー。この追跡者の画像をデータベースにかけろ。どこの誰か教えてくれ」

『エラー。該当人物のデータベースへのアクセス権限がありません』

「どういうことだ？　どこぞの諜報機関のエージェントか何かか？」

画面を操作するキューブリック。

「いいえ……どうやら証人保護プログラムで保護されているようです」

「あの現場でドンパチやらかした可能性が今一番高い人間が事件直後に証人保護？　どこがそんなふざけたことをしてやがる？」

「承認先は……『イースターズ・オフィス』となっていますね」

その名前に、キューブリックは見覚えがあった。

今回の事件を引き起こせる可能性のあった人物、ディムズデイル＝ボイルドの情報に記載されていた。

彼を連邦法違反で断罪した事件担当官が所属する事務所の名。

「そこに繋がるか……果たしてこの街が狭いのかそれとも事件の裏にいるからなのか」

「確かめてみましょう」

「証拠をな」

『警告。証拠保全に重大な問題が発生する危険があります』

電子音声とブザーを鳴らし、ぴたりと停止したチックアプレイサー。

マックとキューブリックはイースターズ・オフィスへ入らんとする足を扉の前で止める。

「おまえさんのペットが何か言ってるぞ？」

「チッカーはペットじゃありませんよ。おそらくこのオフィスは何らかのセキュリティシステムを用いて、入る人間の身体検査を行っているんでしょう」

　その時、オフィスのドアが開き、男が姿をのぞかせる。

　まず目を引く、ペンキをぶちまけたかのようなド派手な色のジャケットとまだらに染まった髪。二枚のガラスがついているからという理由で眼鏡だと予想するしかない物体が鼻にひっかかっていた。

　上から下まで奇抜で整えられた男は、戸惑う二人ににこやかにまくしたてる。

「ご連絡いただいた、ジェネロー刑事とクィーン刑事ですな？　失礼ですがお二人の身分を証明するものは？」

　言葉を遮るようにマックがバッジを突きつける。

「所長のミスター・イースターにお会いしたいんですがね？」

「ドクター」

　やんわりと首を振る男。

「ドクターと呼んでいただきたい。こう見えて一応博士号は持っていましてね。ドクター・イースターとお呼びください」

「じゃああんたが？」

「ええ。私がこのオフィスの所長を任されています。ドクター・イースターです。どうぞ中へ。イースターズ・オフィスへようこそ！」

　防犯上の理由で銃も捜査端末（チッカー）も没収されて、彼らが通された部屋は、所長を名乗る男の見た目に反して質素な応接室と呼べるものであった。

ソファーの間にテーブルが一つ。テーブルの上には携帯電話が置かれている。

勧められるがままソファーに座り、二人の刑事と一人の博士が向かい合う。

「随分とまぁ厳重な警備ですね。保護した証人もここなら安心できそうだ」

マックのファースト・バイト。ここに証人はいるのかという遠回しの尋問。

「見た目と違って、ですかな？」

「警備が厳重なのは政治家か悪者と相場が決まっていますからね」

「残念ながら我々はそのどちらでもありません。その両方と同じで臆病者ではありますがね」

「我々、と言いますと？」

「あぁ、これは失礼、もう一人こちら側の捜査官を紹介するのを忘れていましたね」

イースターは、とぼけた口調でテーブルの上の携帯電話に手を伸ばし、スピーカーモードのボタンを押す。

『やれやれ、忘れられたのかと心配していたよ、ドクター。さて、このような形で会話をする非礼を先にお詫びさせてほしい。私はウフコック＝ペンティーノ。イースターズ・オフィスの事件屋だ』

電話口から響く、落ち着いた男性の声。

「直接姿を見せないのには何か訳が？」

マックは聞いて当然とでも言いたげな口調で説明を求める。

『私は初対面の相手には姿を見せないことにしていてね』

「単純にシャイな奴なんですよ」

イースターのフォローが入る。

「さて、我々が保護している証人に尋問を行いたいとのお話でしたが？」

「ええ、この男なんですがね、おたくが保護しているとかで名前すらもわかりゃしない」

マックは監視カメラの映像から抽出した写真を差し出す。

「確かに彼は我々が保護している証人ですね。彼が一体どのような事件に関与していると？」

「現在捜査中の事件なので、本来ならば教える訳にもいかんのですが……仕方ありません」

マックによる、ロビンのアパートメントで起きた事件についての概要説明。

現場で起こり得た仮説と多不幸剤が関与している可能性については一切触れず。ただ単純に銃の乱射事件と、その被害者と思われる人物と最後に関わったと思わしき人物の関係性の提示。

マックはそれを断定口調で言いのける。疑わしきをさも確定事項のように伝えることに長けたベテラン刑事の話術。

「それだけの証拠では決定的とはいえませんね。疑いを振り払うに値するほどではないでしょう」

平然と突き放すイースター。

「とはいえ、この映像を見る限り無関係ともいえないでしょう？　我々が探しているロビンが何のためにヴァルキュリオ製薬を訪ねたのか、そして貴方がたが保護している証人が彼と関わりがないということを説明していただきたいんですがねぇ」

〝無実を証明させるため〟任意の尋問を求める時の決まり文句。

「ノー。他に証拠がないのならばその必要はないと判断します」

頑として撥ね除けるイースター。

「では、別の質問をしても？」

ここまで無言を貫いてきたキューブリックが、口を開く。

「ディムズデイル＝ボイルドという名前に心当たりは？」

今までの会話の流れと関係性の見えない質問に、イースターは一瞬の動揺を見せる。

畳みかけるようなキューブリックによる更なる情報開示。

現場に残された不可思議な弾痕とその弾道について。それを成し得る能力を持った人間。

そしてその人物をかつて殺害した者たちに向けられる問い。

「彼はかつて貴方がたが処断した委任事件担当官だそうですが、彼が本当は生きていて今回の事件に関与している可能性は？」

『それはありえない。何故ならば彼が死んだという事実を我々はこの眼で見て、そして私はその事実をこの手で覚えているからだ』

断固たる口調で即答するウフコックと名乗った事件屋の声。

彼の感情を読み取る術はスピーカー越しに聞こえる声だけではあったが、それが怒りを含んでいるのは明白であった。

「では、どうすれば撃たれた銃弾が全て撥ね返されて壁に当たるようなことが起こるんでしょうかね？」

『それを調べるのは〝君たち〟の仕事だ。〝我々〟に言えるのは、かつて〝俺〟の相棒だった男がその事件に関われることは決してないということだけだ』

憤怒の主張を続けるウフコックを、イースターが補足する。

「なるほど、確かに彼が生きていれば僕らもその仮説を支持していたかもしれない。けれどその前提条件が崩れさっているのだから、ただ単にハイになった薬の売人が暴れて、もしかしたら今頃どこかの車の中で眠っているだけの可能性だってあるんじゃないかな？　行方不明になった薬の売人を追いかけていたらそんなことなんていくらでもあるだろう？」

口調は得意気なものであったが、それとは裏腹に彼の表情は自嘲するかのようだった。そして、その言葉は目の前にいる刑事二人にではなく、テーブルに置かれた携帯電話に向けられたかのようだった。

イースターの言葉に反論するだけの証拠をキューブリックは持ち合わせてはいなかった。

「他に質問はあるかな？」

なければそれまでだ、と言わんばかりのイースターの最後通告。

「あんたらが保護しているミスターXは一体どんな事件の証人なんだ？」

マックは苦し紛れに食い下がる。

「それについてもお答えする必要はありませんね」

「結局手詰まりか」

イースターズ・オフィスを後にした二人は、駐めた車でハンドルをとるべき道を決めあぐねていた。

「単なる器物損壊事件を解決するにしては、しがらみが多すぎるわな」

運転席を倒し、寝そべるように身体を伸ばすマック。

大きな手掛かりとなる情報を得ることはできなかったが、襲撃者と思わしき人物が証人保護されているという事実は少なくとも彼らに時間の余裕を与えてはいた。

「ロビンの行方を探るための手がかりは一切なしだ。おまえさんには何か妙案はあるか？」

マックの問いにキューブリックからの返答はない。

「へいへい、どうしたよ？　あのいかれた格好のドクターに言いくるめられてへこんでんのか？」

キューブリックは掛けていた眼鏡を外して、目の前のダッシュボードの上に置き、疲労をほぐすように指で目を押さえつける。

「そうですね。彼の言うように、なんの変哲もないただの薬でハイになった人間の凶行だった可能性を考慮していたところです」

「おいおい、本気で言ってんのか？」

「しかし、彼らの言い分ももっともです。僕は自分の証拠もない仮説に少し傾注しすぎていたのかもしれません」

弱腰になったキューブリックの態度をマックが鼻で笑う。

「呆れるぜ。自分で集めた証拠を見落とすとはな。忘れたのか？　俺たちがロビンを被害者だと思った理由は？　こんな辺鄙な場所まで追いかけてきた唯一の証拠は？」

「エド・フランクリンの銃……」

「そうだ。あの現場の弾痕は全て、エド・フランクリンの銃でできたものだ。ラリってぶっ放すなら自分の銃でやるだろうが。証拠以外の全てを疑うとかぬかしてた奴の言葉とは思えないぜ？」

マックの言葉に力なく首を振るキューブリック。

「慣れない現場に少し舞い上がってしまっていたのかもしれませんね。チッカーの有用性を示すことにこだわりすぎて僕の本分を少しはき違えてしまっていました」

「そういうややこしいことをしたけりゃ、おまえさん自身が偉くなるしかねぇよ。もっとも、警察組織で出世なんてするもんじゃないと俺は思うがね」

「現場一筋の刑事の教訓ですか？」

調子の戻ってきたキューブリックに、マックは苦笑いで返す。

「まぁ、そんなもんだ。刑事一人が解決できる事件なんてたかがしれてる」

「ですが、証拠がないのも事実ですね。今のところ普通じゃありえない仮説でしかない。それを証明する術もない」

「ひとつ昔話をしようか」

　マックが運転席に寝そべったまま語り始める。

「あれは俺がまだ刑事になる前、パトロール警官だった頃の話だ。制服を着て駐車違反の切符を切ったり、イタズラの通報を真にうけてありもしない殺人事件の現場に駆けつけたりと、まぁチンケだが誰かがやらなきゃならん仕事をしてたわけだ」

　隣に座る男の過去の話に黙って聞き入るキューブリック。

「あの日、ある売春宿のガサ入れが行われた。俺は点数稼ぎに勤しむ上司に金魚のフンみたいに付いていったわけだ。そこは行き場のない子供たちを掃き集めて、コールガールとして働かせているような最低な場所だった。思わぬボーナスに浮かれた上司の指示で俺はそこで働いていた娼婦たちの聴取をすることになった。

　俺の娘とさほど年齢の変わらない少女の聴取をだ。

　俺が担当したのはその中でもとびきり上等な娘だった。その手の趣味を持った人間には大枚をはたいてでも手に入れたくなるのがわかるくらいのな。

　俺は彼女に聞いたのさ『君は何故こんな仕事を？』ってな。

　そしたら彼女はこう答えた。

『自分は処女じゃなかったから』だと。

　大捕物に浮かれていたこともあって、俺は口笛吹いて下衆な好奇心を働かせ、さらにそんな少女の処女を奪ったラッキーな男は誰なのかを聞いてみたのさ」

　マックが吐き出す軽口はまるで過去の自分を嘲笑っているかのようだった。

「少女はこう答えた。

『父よ』と。

　気恥ずかしさも、苦しみも、後悔もなく、まるで当然のことを答えるように。

　その娘は何故警官たちが自分たちの寝床を荒らしに来たのかまるでわかっちゃいなかったんだ。自分の身体をただの商売道具としか思っちゃいない。それ以外の術を知らなかったんだ。

　そんな目の前にいる年端もいかない少女に恐怖すら覚えた俺に、彼女はダメ押しの質問をしてきやがった。

『貴方は自分の娘に欲情しないのか』と。

　まるで人なのに何故服を着てないのかと聞くかのようにな」

　呪詛を吐くかのように言葉を紡ぐマック。

「狂っていやがる。その少女も、彼女にそれを強いる大人たちも、そして何よりそれを求めるこの街も。そんでもって最高に最悪な気分で家に帰って胃袋に収まっていた昼食のハンバーガーを欠片一つ残さず便器に吐き出した俺は、ベッドで眠る娘たちの側にひざまずき、刑事になろうと決めたのさ」

「そんな少女を生み出す街を正すために、根元を潰している間にそんな少女を生み出さないために、ファースト・バイトを？」

　キューブリックの問いにマックが頷く。

「けどな。俺がおまえさんに長々と話して伝えたかったのはそういう話じゃないんだよ。この街じゃ、このマルドゥック市（シティ）じゃ起こるんだよ。普通じゃないことが普通に。狂ったような考えが当たり前のようにまかり通っているんだ」

　だから、と紡ぐマック。

「俺は、おまえさんの言う〝普通じゃありえない仮説〟ってやつに賭け（ベット）してやるよ。僅かにでも証拠があるっていうのなら考えな。諦めることを諦めろ」

「たとえそれが間違った仮説であったとしても？」

「無駄な時間とガソリンを失ったとでも割り切るさ。ギャンブルなんてそんなもんだろ？」

　肩をすくめておどけてみせるマック。

「適材適所だ。余計なことは考えなくていい。おまえさんが証拠を集めて、俺がホシに嚙みつく、簡単じゃねぇか」

「無茶を言ってくれますね……いいでしょう。僕も僕の信じる証拠のない仮説に賭けますよ。車を出してください」

　キューブリックはダッシュボードの上に置いた眼鏡を手にとると、その目に掛ける。

「何処へだ？」

「決まっているでしょう。現場ですよ。証拠が足りないというなら見つけてやりますよ」

　キューブリックが示す、自身の、鑑識としての適材適所。

「言ってることは格好いいが、現場検証ほっぽりだして捜査にでたのはどこのどいつなんですかねぇ」

マックは皺の刻まれた顔に笑みを浮かべ、エンジンをかける。

車が再び、走り出す。


再びの現場検証。

さらに詳細な情報の補完。

埋もれた瓦礫の中から価値ある証拠を探し求めていく。

黙々と作業を行うキューブリックに、手持ちぶさたのマックが声をかける。

「おまえさんの見立てじゃ、射手は部屋の入り口に立ってこの部屋の中央にあった、弾丸を弾く何かを撃ったわけだ」

マックが部屋の入り口に立ち、指で銃の形を作り撃つ仕草をする。

「ここにずっと突っ立って何十発も撃ったのか？　ましてや弾を弾かれるとわかったんだ、その時点で位置を変えたりしなかったのかってな」

その一言が、キューブリックの閃きに繫がる。

「チッカー、採取した弾丸の線条痕の深さから測って、どの弾丸がどの順番で撃たれたのかを表示してくれ」

『イエス。マスター』

チッカーの端末画面に表示された3Dの見取り図の弾痕に、次々と数字が割り振られていく。

「線条痕からそこまでわかるもんなのか？」

「線条痕というのは結局のところ銃口の溝によってつけられた傷です。つけられる傷の形は常に一定ですが、溝は除々に磨耗していくんですよ。チッカーによるスキャンならば、その差を見極めることができます」

割り振られた数字から弾痕の時系列が見えてくる。

その最初の一発。

3Dの見取り図が示す弾道は入り口から始まったが、部屋の中央、すなわち弾丸を弾いたと思しき何かからは外れていた。

着弾地点は、部屋の隅に置かれたテレビと、そこに繋がれたDVDデッキ。

それぞれ二発ずつ計四発。

それがこの部屋の最初の犠牲だった。

「もし、部屋の中央から撃ったとしたら、この弾道はおかしいですね……」

迷いのない始まりの四発。

即ちそれは最初に撃つべきターゲット。

キューブリックが近づき、テレビとDVDデッキの検分を行う。

最初の捜査で気にも留めなかった、その中身。

トレイから取り出される、弾丸によって真っ二つに裂かれた一枚のディスク。

「チッカー、データ復元してくれ。こいつの中身を知りたい」

キューブリックがチッカーにディスクを読み込ませると、途切れ途切れの音と、ノイズ混じりの映像が映し出される。

息を飲み、画面を見つめる二人。

『ハーイ！ 勇猛果敢なるジャンキーの諸君！ 今日はマンネリなドラッグライフを送る君たちを〝一手間〟で新たなるぶっ飛びの境地へ案内する方法のご紹介だ！』

それはタンクトップを着たコーチと呼ばれる男が通信販売のごとく実演してみせる、学のない売人でも理解できる多不幸剤の精製過程。

「学生が自宅で爆弾を作れる時代とは聞いていたが……」

「あくまで、多幸剤を〝より楽しむための一手間〟程度に紹介しているのがミソですね。薬物の違法精製だなんて微塵も感じさせやしない」

「精製工場が見つからないわけだ。こいつと仕入れた多幸剤の粗悪品をばらまくだけでいいんだからな。売人が自宅にある道具でお手軽に精製すればいいだけ。個人が自給自足で販売できるネットワークってことかよ」

「これで動機が見えてきました。ヴァルキュリオ製薬の提供する粗悪な多幸剤、それを使って売人たちが各自精製を行い、安い原価から利益の高い多不幸剤を売りさばく」

「ヴァルキュリオ製薬が作らせているこのネットワークこそが、今警察が血眼になって探しているものだと気づいたロビンは直(じか)に脅しをかけに行った。結果、虎の尾を踏んだ哀れなロビンは口封じにミスターXに襲撃された、と。だが、そうなると少しわからんな……」

思案するマック。

「ロビンは脳手術で頭ん中にコンピュータを埋め込んで、そこで顧客リストを管理するくらい周到な男だった。そんなあいつが口封じの可能性も考えずにノコノコと出向くのかってことだ」

「口封じされないための切り札があった」

「そして、それにビビったミスターXは証人保護を求めてあのドクターのオフィスに駆け込んだ、と」

「ミスターXは一体この部屋で何を見たのか」

キューブリックはチッカーを再び操作し、弾丸の着弾の順番付けを再開する。

「正確に狙われた四発。その後の弾痕は唐突に精度を失い、四方八方へと飛んでいっています」

「狙うべき最初のターゲットは破壊した。だったら次に狙うのは、お仕置き相手だろうよ」

マックは指の銃口をテレビから部屋の中央へと向ける。

「ところがそこで想定外のことが起こった」

「しかし、その想定外が何かを証明するだけの証拠はありません」

「だったらどうする？　おまえがこの部屋で見つけようとしている証拠はなんなんだ？」

マックの扇動に答えずにキューブリックは思案を続ける。

画面に映された弾丸の軌跡を見つめる。

弾痕の時系列に規則性は見られなかった。

弾かれたとも見て取れるし、ただ部屋の中央からばらまかれたとも見て取れる証拠。

「この部屋で行われた銃弾のばらまき。その最後の弾痕はここです」

弾痕だらけの壁へ歩みより指で壁の上方を示す。

無数に刻まれた弾痕のうちの一つ。

「この弾丸にも血痕はついていない。つまり射手が最後に撃ったのは〝壁〟なんですよ」

納得のいっていない表情のマック。

「この証拠が示すのは、射手がターゲットを弾丸で貫くことに失敗したということです。ではロビンは？　自分にこれだけの弾丸を撃ち込んできた相手が逃走するのを黙って見送るでしょうか？」

キューブリックが視線を向ける先。入り口に張られたテープ。

「射手が一ヵ所で立ち止まって撃っていた相手が、口封じのためのヒットマンが来ることを見越して、鉄壁の盾を携（たずさ）えて待ち構えていた男だったならば彼はおそらく……」

封鎖線（ビヨンド・ザ・テープ）の向こう側。

彼が求めるのはその向こう側。

向こう側にある希望（ビヨンド・ザ・ホープ）。

部屋の向かい側にあるもの。

廊下の壁。その一点。壁に張り付いた、噛んだガム。

それをキューブリックが引き剝がすと下から弾痕が現れる。

「そう、彼は、ロビン・ファブリックは被害者じゃない。加害者だ。もっとも、部屋を穴だらけにされたという点では被害者かもしれませんがね」

掘り返された弾丸はチッカーによって、データベースに照合され、結果が表示される。登録者名はロビン・ファブリック。

『弾丸から血液反応を確認。照合中……』

「結果を当てて見せようか？　チッカー？」

「んなもん俺にだってわかるぜ？　エラー。理由は証人保護プログラム対象者だから、だな」

「ビンゴ。そして、我々はもう一つ手がかりを得ました。チッカー。この床に血液反応試薬の散布を」

チッカーの下部からノズルが飛び出し、霧状の液体を床に吹きつけていく。

試薬が血液に反応し、床が薄青の光に覆われる。そこにあった血痕をふき取ったことを示唆する証拠。

現場にあった血痕を勝手にふき取り、弾痕をガムで隠し、現場が部屋の中だけであると思いこませるために入り口に封鎖線を張った人物。

「最初に現場に来た警察官だな」

「ええ、あまりいい結果とはいえませんが、これで辿れます」

「あぁ、上出来だキューブリック・クイーン。そして、こっから先は俺の、マック・ジェネローの適材適所だ」

他にも協力者がいる可能性を踏まえ、署内での尋問は行わず、現着した警官を外へと引きずりだすと自身の車の中へと放り込む。

マックの本領発揮。運転席の座席を蹴り、頭をこづき、胸ぐらを摑み、怒鳴り声を上げて、真実の中に嘘を混ぜ込んで追いつめる。

狂犬さながらのマックの嚙みつきに、たまらず警官が自らが働いた不正を嗚咽と震えた声で吐き出していく。

その様子の一部始終を車の外でキューブリックがチッカーに記録させる。

仮説を裏付ける証言の確保。

さっぱりとした表情のマックが車から降りてくる。

「終わったぜ」

「こちらも今の情報を元に、法務局経由で再度保護証人への尋問を要請しておきました」

キューブリックがチッカーの端末画面を示す。

イースターズ・オフィスからの回答。

保護している証人の居場所。

住所はオフィス街にあるホテルの一室を示していた。

「オーケーだ。じゃあさっそく聞きにいくとしよう、あの部屋で何が起きたのかを」

二人が辿り着いたホテルは場末と呼ぶには少し小綺麗で、カップルの休憩のためにしか使われないような宿泊施設だった。マックとキューブリックはエレベーターに乗り込み、真っ直ぐに指示された部屋へと向かう。

「妙だな」

部屋へと続く廊下を歩く道すがらマックがつぶやく。

「証人を保護している割には護衛の人間がいませんね」

「あぁ、確かに誰かを匿うにはもってこいの場所だ。にしたって人の気配がなさすぎる」

歩みを速めて部屋へと急ぐ二人。

目的の部屋を見つけると、躊躇いもなくドアをノックする。

応答はない。

銃をホルスターから取り出しながらドアノブに手をかけるマック。

「鍵が開いてやがる」

キューブリックも銃を取り出し、マックに頷いてみせる。

「マルドゥック市警だ！」

銃を構えながら部屋へと飛び込む二人。

ベッドとテレビとテーブルしかないような簡素な部屋。

二人を出迎えた男は椅子に座ったまま動こうともせず、手をだらりと肘掛けから垂らしていた。

部屋に他に誰かいないかを素早く調べていくマック。

キューブリックは男へと近づき脈を測る。

「俺にはそいつが死んでいるように見えるんだが？」

「ええ。これは死体です」

「何が証人保護だよ。あのオフィスは無能か？」

「それか相手が一枚上手（うわて）か、ですね」

部屋の入り口で佇（たたず）むチックアプレイサーが唐突に反応する。

『警告。この部屋に近づいてくる人物がいます』

「警護の人間がトイレからでも帰ってきたんでしょうかね」

部屋の入り口から顔を覗かせるキューブリック。

「誰もいませんね。チッカー、その人物は今どこにいるんだ？」

『この部屋の窓の外です』

弾かれたように振り返るマック。

窓の外には漆黒のコートを羽織った男が、文字通り立っていた。

「おいおい、俺はさっきエレベーターで七のボタンを押したんだぜ？」

再び銃を構えようとするマック。

しかしそれよりも早く、強大な風船を押しつけたかのように窓ガラスがたわみ、弾け飛んだ。部屋の外側から内部へと。

降り注ぐガラスのシャワーから身を庇いながら、マックは部屋の入り口へと転がる。

「くそったれ！　ようやく見つけたぞ！　てめぇを探してこっちはかけずり回ってきたんだからなぁ！」

マックの罵声に、キューブリックが男の顔を見る。

男の顔は確かに資料で見たロビンと相似していた。

違いがあるとすれば一点、彼の表情には感情が見られなかった。

ガラスを失った窓からロビンが部屋へと足を踏み入れる。

「窓から入るなんざ行儀が悪いぜ、ロビン。両手を上げてそこから動くんじゃねぇ！」

ロビンに向けられる制止の言葉と二つの銃口。

しかし、彼は押し黙ったまま二人と、椅子に座らされた死体に目を向ける。

「おしゃべりロビンというからにはもっと気さくな方だと思っていたんですがね」

「少なくとも俺の知ってる奴は俺よりおしゃべりだったぜ。おいロビン！　耳からクスリでもキメたのか？　両手を上げろって言ってるんだよ！」

再び視線を二人に向けるロビン。

ゆっくりと上げられる腕。しかし片手だけ。

袖口からするりと筒状のものが飛び出し右手に握られた。

銃口を短く切り落とした大口径のショットガンを軽々と二人へ向ける。

「この馬鹿が！」

瞬発的なマックの発砲。二発。ロビンの足に向けて。

釣られて反射的にキューブリックが発砲。二発。

発砲された計四発の弾丸、その全てが壁に弾痕を刻んだ。

一発は天井に。二発は壁に。最後の一発は床に。

その場を動かず銃口を向けたままのロビン。

目を剝くキューブリック。仮説の証明を目の当たりにした。

一方のマックは身を翻すと、キューブリックごと入り口のドアへとタックル。その勢いのままチッカーを蹴飛ばし、廊下へと転がり出る。

炸裂音。

散弾のシャワーを叩きつけられ廊下の壁材が四散する。

そこから悠々と姿を現す、銃を構えたロビン。

向けた視線の先。廊下を駆けていく二人の後姿。

「見ましたか！ 本当に弾丸を弾き返しましたよ！」

「喜べる状況じゃねぇだろうよ！ こっから逃げられなかったら、銃の腕前が壊滅的に下手な刑事が二人おっ死んだ不可思議事件に逆戻りだっての！」

二人と一台が辿り着いたエレベーターホールには、都合よく無人のエレベーターが止まっていた。

閉ボタンを連打しながら、一階のボタンを叩く。

ドアが閉まりきってから、マックは大きく息をつきエレベーターの壁へと背中を預ける。

「なにが、どうなっていやがる」

「あれはどう見てもロビンでした。背丈も体格も、報告にあったボイルド氏のものとは一致しない。恐らく技術の漏洩のほうでしょうか」

「ロビンの奴が高い適性とやらを持っていたって？　あいつはただの狡賢(ずるがしこ)いチンピラだったぜ」

「どちらにせよ。僕らの仮説は証明されました。彼を捕まえられれば、の話ですが」

「おいおい勘弁してくれ……」

ベルを鳴らし、エレベーターが目的の階への到着を知らせる。

開いたドアの先には、相変わらず人気(ひとけ)のないホテルの廊下。

マックの素早い状況確認。

左は照明が消えて薄暗く、右の突き当たりに「ＥＸＩＴ」のプレートの付けられたドア。

ドアは従業員用の出入り口だったらしく、そこから裏路地へと出る。

「逃げ出してはきましたが、彼が僕らを追いかける理由ってありますか？　危険ではありますが追いかけるべきでは？」

「とりあえず応援を呼ぼう。追うにしても俺たちだけじゃどうにもならん」

「無線は車の中では？」

「おまえの便利なロボットは無線は積んでないのかよ」

「いや、携帯電話がありますんで」

「じゃ、それで応援を呼んでくれ。できるだけ早く（アズ・スーン・アズ・ポッシブル）」

周囲を確認しながら路地を進む二人。

右と左、そして上を。そしてマックが足を止める。

「おまえさんが言ってた〝疑似重力（フロート）〟ってのは銃弾を弾く以外に何ができるって？」

電話をかけようとした手を止めてキューブリックが答える。

「重力場を自らの周囲に張り巡らし、壁や天井を歩き……」

「そりゃあんな風にか？」

マックが中空を指さす。

ホテルの壁面に垂直に立ち、歩みを彼らに向けるロビンの姿。

「でしょうね。そしてどうやら向こうにはこちらを追いかける理由があるみたいです」

銃を握った腕を持ち上げ引き金を引くロビン。

本来あるべき重力によって散弾が雨のようにコンクリートの地面に降り注ぐ。

横っ飛びで建物の陰に隠れる二人。

チッカーもその頑強なボディで弾丸を受け止めながらそれに続く。

「理由ってなんだよ！」

「知りませんよ。聞いてみたらどうですか！」

ちらりと顔を半分だけ覗かせて声を張り上げるマック。

「おい。ロビン！　俺らは確かにおまえを追いかけてきた。けどな、おまえはなんで俺らを追いかけてくるんだよ！　逃げようとか思わないのかよ？」

「本当に聞くんだ……」

ロビンから返答の代わりに散弾の雨霰。

「逃げるより、ここで黙らせたほうが早いとさ」

「あ、それ、納得です」

同時に飛び出す、二人。

ショットガンは一度撃てば次発にはポンプを引かなければならない。

その隙に距離を稼いで逃げる。

肩越しにロビンの位置を確認するキューブリック。

片手で向けられたままのショットガンのポンプがひとりでに動き、引かれる。重力場の応用。

「来ます！」

マックは、何がとは聞かなかった。

一ブロックを全力疾走し、転がり込んだ路地で肩で息をして結論を下す。

「このまま逃げきるのは難しいな……」

片や全力疾走を続けるには年を取りすぎており、
片や全力疾走を続けるには日頃の運動が不足していた。

「じゃあ撃ち合いますか？」

「何としてでも当てんことには俺たちが安置所送りになるしかねぇよ」

「貴方のそういう無駄に諦めの悪いところは評価しますが、何か考えが？」

「ねぇよ」

「だろうとは思いましたよ」

「そういうからにはおまえさんにはあるんだろうな？」

路地から顔を覗かせるマック。

「僕らはこの事件をある仮説の元、捜査してきました。だとすれば銃弾を弾く何かを持った犯人と向かい合う可能性は考慮して然るべきでしょう」

「前置きがいちいち長ぇんだよ。あるのか？　ないのか？　あるなら早く教えやがれ」

「ありますが、貴方の協力が不可欠です」

「上等だ。聞かせろよ」


追跡者、ロビン・ファブリックは壁からひらりと地面に降り立ち、二人の隠れる路地へと向かって歩を進める。

視界が路地から躍りでてきたものを捉える。筒状の自走する機械。

チッカーはロビンに向かって鋭角に蛇行しながら迫ると、その胴体からスカート状に銀色の霧を吹き出す。

キラキラと光を反射しながら路地に銀色の煙幕が広がっていく。

指紋採取用のパウダーを噴霧した簡易煙幕。

その中で、ロビンは纏ったコートに銀色の粒のひとつもつけることなく銃を構える。

しかし、彼を覆う重力の殻には銀色がまとわりつき視界を奪っていく。

その煙幕の中、ロビンに肉薄したキューブリック。

チッカーの走査により、相手の位置を把握。

銀色のパウダーに包まれた卵が、内側から押し出されるように弾ける。

「そのパウダーを除けるには重力場を解除するしかないでしょうね」

キューブリックはそこにめがけて立て続けに発砲する。

銃声と、弾丸が空を切る音。そして最後にコンクリートを穿つ音。

キューブリックの驚愕。

重力場を解いたはずのロビンのコートは相変わらず黒々としていた。

重力場だけをその場でスピンさせてパウダーを振り払っていた。

思考がその結論に至った時、キューブリックは重力操作によって壁に叩きつけられ、地面へと倒れ込む。

そして振り下ろされるショットガンの銃口。

衝撃で意識を朦朧とさせながらもキューブリックはその銃口を睨み返す。

引き金にかけられた指まではっきりと見える距離。

銃越しにキューブリックを見つめる虚無の双眸。

ロビンは引き金を引く直前、キューブリックが腕を振るうのを見ていた。

瞬間、銃を握るロビンの手から血が吹き出す。

地面を転がるショットガン。

ロビンはそれに視線を向けずに振り返る。

煙幕が晴れかけていく中、硝煙の上る銃を構えて立つマック・ジェネローの姿。

「そんでもって銃を撃つ瞬間にもその重力場を解除しなけりゃならねぇよなぁ？　見えてたぜ、穴がくっきりとな」

辺り一面がパウダーで銀色に染まる中で、ロビンを中心に描かれた虚(うつ)ろなる円。

マックにはその射程圏内が見えていた。撃ち抜いた右腕の周りにそれが展開されていないことも。

「終わりだ。署で話を聞かせてもらうぜ、おしゃべりロビンのおしゃべりをよ」

手から大量に出血しながらも、ロビンは表情一つ変えることなく、ショットガンを握っていた腕とは逆の裾から飛び出した拳銃を手にしていた。

連射される弾丸。

即座に回避しようとするマックの腹部にそのうちの一発が命中する。

「チッカー！」

主人の咆哮に反応し、チッカーが自衛用のスタンロッドでロビンを殴りつける。

反射的に閉じられる重力場の殻。

ロビンの手に握られた連射中の銃口を包みこむように。

「外からの弾丸を弾くというならば、当然、中からの弾丸も弾く、でしょう？」

重力の壁によって行き場を失った弾丸は銃口の内部で自身が抱いた火薬を炸裂させる。

銃口がひしゃげ、弾倉に詰まった弾丸が火のついた栗のように弾け飛ぶ。そしてその弾丸は重力場の内側で、逃げ場を求めてロビンの身体へと突き刺さっていった。

「ありえない仮説だろうと切り捨てることなく、可能性のひとつとしてとっておくものです。それを否定する証拠がない限りね」

キューブリックは落ちたショットガンを蹴り払い、マックへと振り向く。

「ご無事ですか？」

腹部から流れ出る血を押さえながらマックが声を荒らげる。

「無事に見えるかくそったれ！　もう一丁持ってるだなんて聞いてねぇよ」

「現場の弾痕は拳銃でつけられたものでしたが、忘れていました？」

「忘れてねぇけど、先に言ってはおけよ！」

チッカーがマックに近寄り、応急手当を施していく。

「なんで囮(おとり)になったほうがピンピンしてるんだ」

「別に僕は囮になるとは言っていませんよ？　彼が絶対にトリガーを引く瞬間を見定める役をかって出ただけでね」

キューブリックの軽口に、マックは憎まれ口ではなく苦悶の声を上げる。

「とはいえ僕とチッカーだけじゃなし得なかったのは確かです。貴方の銃の腕前を証拠もなく信じるのは賭けでしたが……」

「ちょっと待て」

勝利に高揚するキューブリックの言葉をマックが制する。

「この音はなんだ？」

断続的に聞こえる、コンクリートを叩く音。複数人が駆ける足音に聞こえた。

キューブリックが周囲に目を配るが人影はない。

ロビンは倒れたまま動いていない。それでも近寄る足音。

見上げるキューブリックの視線の先に壁を歩く男たちがいた。

その数四人。

ロビン同様に瞳に虚無を湛えた者たち。

「高い適性が必要だっていう話も些か信じられなくなってきましたね」

「冗談こいてる場合じゃねぇだろうよ……さっきみたいな芸当ができる状況じゃねぇんだよ。おまえさんだけでも逃げな」

「らしくないですね」

マックに肩を貸し、キューブリックが歩を進めていく。

「諦めることを諦めたマック・ジェネローらしくもない」

「状況を冷静に判断するキューブリック・クイーンらしくもねぇんだよ。どこに二人仲良く逃げられる手段があるんだよ」

　チッカーに目をやるキューブリック。

「チッカーの自衛用スタンロッドを最大出力で自爆させます。その隙に逃げられればもうすぐ到着する応援とも合流できるでしょう」

「そんなことしたらおまえさんが必死にかき集めた証拠はどうなる」

「台無しになるに決まっているでしょう。まったく、この街がこんなにも物騒だなんて思いもしませんでしたよ」

　背後から迫る足音と銃撃。

　銃弾がマックの背とキューブリックの足に突き刺さる。

　路地へと倒れ込む二人。

「マック！　マック・ジェネロー！」

　キューブリックの声に反応はない。

「ここでやるしかないか。チッカー、スタンロッドの最大出力だ。行けるな？」

『イエス。マスター。合図はいかがされますか？』

「そうだな……ぶっ放せ（シューテム・アップ）でいいだろ」

　無論キューブリックもチッカーの自爆程度で彼らを止められるとは思っていなかった。

　けれどそれをやらずに諦めるということも諦めていた。それが彼が肩を貸している男から学んだ現場での心得。

タイミングを計るキューブリック。

四人、最低でも三人を同時に巻き込めるタイミング。

「すまない、チッカー。もうこれくらいしか手がないんだ。今度はもっと頑丈で、銃刀法違反ギリギリにチューンナップするからな」

足の痛みを堪え、動かないマックを引きずりながらキューブリックはその時を待つ。

複数の足音が迫る。

「今だ、ぶっ放せ(シューテム・アップ)チッカー」

振り絞るように吐き出された言葉。

しかし、予想していたチッカーの反応はなかった。

代わりに声。チッカーの電子音声で。

『道具に心が宿ると信じるなら大事にしなきゃ』

〝彼女〟はそこにいた。キューブリックと追跡者たちの中間点。

白と黒のコントラスト。タイトな白のスーツを纏った黒髪の少女。

少女が手に持つには無骨すぎる二丁の拳銃。

キューブリックが事態を把握するよりも早く追跡者たちが同時に発砲。

それとほぼ同時に少女の手の中の銃口が赤く光る(マズル・フラッシュ)。

鉄と鉄とがぶつかり合う音。次いでコンクリートを砕く音。

キューブリック、被弾なし。マック、被弾なし。少女、被弾なし。

それが示す事実。

目の前の少女が弾丸で弾丸を全て叩き落としていた。

その事実に追跡者たちは壁に立ったまま一瞬動きを止める。

だが、すぐに動きだす。少女に向かって。

目配せひとつなく、口を開くこともない、統率のとれた動き。

三対一のフォーメーション。相手の銃口が二つしかないならば、片方の比重を増やす意図。

踊るようなステップで前へと飛び出す少女。

それをなす術なく見守るキューブリックが違和感を覚える。銃声がそれに回答。

いつの間にか少女の片手に握られている拳銃がショットガンに変わっていた。

散弾を三人組へと。三人全員がそれを見えない壁でなぎ払う。

弾丸を残る一人へと。正確に重力場の穴を抜き、銃を握る手が撃ちぬかれる。

仲間の被弾に構うことなく迫る三人組に対して、少女が両腕をクロスさせて突き出す。

その両手に握られている銃は二丁の拳銃に戻っていた。

まるで銃が使い手の意志をくみ取り、銃の意志を使い手がくみ取るかのような手品じみた銃の持ち替え（クィック・ドロー）。

三人組がほぼ同時に被弾。

全員銃を握った腕のみを貫かれる。

その腕の痛みすら見せずに、人間離れした跳躍力で四人全員が距離をとる。

互いに視線を外さずに相対する四人の怪物達と一人の少女。

先に動いたのは四人組だった。

跳躍してさらに距離をとる。追跡者から逃亡者へと早変わり。倒れたロビンの元へと降り立つ。

一人がそれを担ぎ上げ、残る三人が牽制(けんせい)しながら路地の暗闇へと消えていく。

少女は銃を向けたまま、それを追うことはなかった。

キューブリックは時間にして数分にも満たないその攻防の一部始終を見届けていた。

そして、出血により薄れていく意識の中で一つの結論を得ていた。

保護するべき警護の不在と証人の死体。

都合よくホールに到着していたエレベーター。

非常口へと誘導するようなホテルの照明。

全て手のひらの上で踊らされていたということに。


警察署近くの飲食店。窓際のテーブル席。

コーヒーを一口飲んで、しかめ面を浮かべる中年の男。

「傷が痛みますか？」

男の向かいの席に、松葉杖をついたくせっ毛の若者が座る。

「まぁな。おかげさまでしばらくは肉も喰えない身体になっちまったよ」

「それは健康になりそうですね」

「俺より先に退院したって聞いたが、見舞いにも来なかった奴が何の用だよ？　えぇ？　キューブリック・クイーンさんよ。いつも一緒のお友達はどうした？」

　チッカーの不在を問うマック。

「証拠保管の点で重大な不備が見つかりましてね、再調整中です」

「まぁ、自爆して吹っ飛んだってんなら証拠も糞もないわな」

　キューブリックはマックの発言を訂正しなかった。

　目覚めた彼の元には、ほぼ無傷の状態でチックアプレイサーが戻っていた。しかし、内部に保管してあったはずの証拠と、今回彼らが捜査した事件に関わるデータの一切が失われていた。

　代わりに残されたメッセージ。『ごめんなさい』と一言だけ。

　外部からのハッキングを防ぐための独立端末(スナーク)であったはずなのに、管理者権限を持つキューブリックを完全に無視する程の直接操作。

　釈然としない部分はあったが、結論としてマックと無事に再び相見(あいまみ)えることができ、チッカーも無事であった。その事実だけを彼は受け止めることにしていた。

「とはいえ、後悔は残りますがね」

「お友達を犠牲にして生き残ったことがか？」

　茶化すための言葉だったが、キューブリックはマックの意図とは裏腹に素直に頷いていた。

「まぁ、後悔するべきことがわかったならそれでいいんじゃねぇのか。おまえさんはまだ若いんだしな」

「お気遣いどうも」

「それよりも、だ。こいつはいったい全体どういうことだ？」

マックが新聞記事のスクラップを放る。

今回の事件に関して集められた報道の数々。

内部告発者の証言によりヴァルキュリオ製薬を起訴。違法な成分配合としか公表されず、多不幸剤についての記載は一切なし。

ロビンの部屋の一件は器物損壊事件として小さな記事になったが、ホテルの一件については一切の報道なし。

「ウチの調べでは、あの部屋には僕らが銃を撃った事実だけが残っていたそうです。もっとも僕らの状況と、あの路地一帯に残された銃の弾痕から何かしらの事件はあったとされてはいるみたいですが。とはいえ言えるわけもないでしょう？　証拠もないのに壁を歩く男たちに襲撃された、だなんてね」

「おまえさんなら証拠があれば平然と言ってのけそうだがな……俺たちが見た死体は？」

「見つかりませんでした」

「だろうな。こうしてホテルで死んでいた男と全く同じ顔の男が、堂々と内部告発なんてしてやがるんだからな」

今度はキューブリックがテーブルの上に事件資料の束を放る。

「先月カジノ関係者が立て続けに殺害された事件はご存知ですか？」

「あぁ、知ってる。俺のヤマじゃなかったがな」

「では、その被害者のうちの一人がつい先日証言台に立ったというのは？」

目を剝くマック。

「死体をでっちあげたってのか」

「法廷を無効化するには証人がいなくなればいい、そしてそれを防ぐためには証人が死んだことにすればいい。さて、そんなことを考えたのは……」

キューブリックが指さす事件資料。保護プログラムの申請元にある名前。『イースターズ・オフィス』。

「おびき寄せるための餌として使われたんでしょうね。彼らに」

「そのために逃走経路まで用意してくれていたわけか」

「気づいていたんですか？」

「そりゃ、あんだけあからさまならな」

肩をすくめるマック。

「で、そうまでしておびき寄せたあのモンスターたちは何だったんだ？　それとも死んだ事件担当官がやっぱり生きてたってのか？」

「いえ、それはないでしょう。技術の漏洩や適性のことも嘘だとは考えにくい。ここから先の話は〝おそらく〟ですらない、夢物語のようなものです」

さらに、テーブルの上に放り込まれる紙の束。

ロビンのあとからやってきた男たちの似顔絵だった。

「事件のデータは失われましたが、それでも失われていないものもあります」

キューブリックはこめかみを叩く。

「記憶を元に作成したモンタージュです。そしてデータベースにかけたところ全員がヒット。ロビンと同じく薬の売人でした。それも全員が彼と同じく脳に顧客のリストを隠すタイプの」

再びこめかみを叩くキューブリック。

「そして、09（オー・ナイン）法案によって特殊な能力を使えるようにするためにチップが埋め込まれる場所もここです」

三度目のこめかみへのノック。

「もし脳へ埋め込むチップの規格を統一することで、互いに言葉もない意思疎通や能力の共有ができたなら？　もしそれが高い適性を必要とする能力の適合者のものだったなら？」

「まさしくおまえさんの正気を疑う夢物語だな」

「そんな狂ったようなことが平然と起こる街ですから、ここは。……しかし、今回ばかりはそれを証明する手立てはありませんけどね」

「だが、別方向から辿ることはできるぜ。消えた多不幸剤の行方がまだわかっちゃいない。作り方も、こっちは摑んでいるんだ。あの警官をもう一度聴取してやるか」

「彼もまた殺されました」

「嘘だろおい!?」

「これから現場に向かうところですよ」

キューブリックから提示されるプリントアウトされた事件資料。

新たな不可解犯罪に、マックが嫌そうな顔をする。

「またかよ！　あんな目に遭うのはゴメンだね。俺はもっとこう単純でわかりやすい追っかけっこでいいんだよ！」

「諦めの悪いマック・ジェネローらしくもない」

悪戯（いたずら）っぽく笑うキューブリック。

「僕はね、事件を解決するという仕事がある。証拠を集め、それを検分し、検事が被告を完全に追いつめるための証拠を用意して刑務所にたたき込むという仕事がね。ところがどうです。今回貴方が得たのはどてっ腹に開いた穴への労災、僕はチッカーの決して安くない修理費とホテルの一室で起こった出来事に対する始末書だけです。賭けの取り分を全て持っていかれたんですよ」

キューブリックの問い。

「事件を奪われたまま終わらせる道理はない。違いますか？」

溜息をつくマック。禿げ上がった頭を掻き毟（むし）る。

「あー、わかった。わかりましたよ！　やってやろうじゃねぇの。トコトンまでな！」

「あ、でもまず貴方には今回の一件で監査と始末書が待っていますよ？」

「知るかんなもん！　ほら、とっとと行ってとっとと片づけるぜ」

テーブルの上に飲みかけのコーヒーを残して、喧噪渦巻くマルドゥック市（シティ）へと呑み込まれるように消えていく二人。


かくして、二人の捜査は一旦の終わりを迎え、また始まる。

彼らを追いつめた街の暗部を蠢（うごめ）くものたちと、それを追うものたちへのささいなる復讐（ア・ヴェンジェンス）が。

■著者の言葉
「人生において必要なのは99％の運と、1％の努力である」というのが持論の一つである。これは何もかもが運で決まっているという話ではなく、物事の成否には運と呼ばれるものが必要とされるが、それを覆すことができる唯一の要素が努力であるという、むしろ努力至上主義者の精神論である。本作もこの例に漏れない。報われるかどうかもわからずに積み上げては崩しを繰り返してきたアイデアの一つが、ピタリとはまる幸運に恵まれ、今回こうして日の目を見ることになったのである。だからこそ、諦めることなく研鑽を続けて運とやらを引き寄せ続けなければならないのだなと強く思う。失敗を運のせいにして、反省をしない言い訳にも聞こえるけれど。

人類暦の預言者

吉上 亮（よしがみりょう）

人類の過去・現在・未来を見通す「第四認識」を持つエンハンサーを名乗る人物から、語り手の「私」に届いたメッセージ。その独白は意外な結末につながってゆく。冲方塾の二次創作対象になった『マルドゥック』『天地明察』『もらい泣き』すべての要素を取り入れている。

《お前は、まだしばらく死なないから、俺の話を少し聞いてくれないか？》

彼（メッセージ）は私に話しかけてくるなり、まず、最初にそう言った。

そのとき私は、生業（なりわい）とする法務関係の仕事の都合で、出廷すべき法廷に赴くため、海を渡っていた。重工業を主な産業とする長い歴史を誇る港湾都市に滞在していた。一部の地域は立ち入れば命の保証はないとされるほど危険な街だが、私が昼食ついでに寄ったカフェは、治安が良好な地域にあり、犯罪の匂いとは無縁の場所だった。

そこで、この一言である。

思わずぎょっとして、私はキーボードを叩く手を止めてしまった。

いつのまにか、私のラップトップの画面上に、メッセージ・バルーンが表示されている。かなり前に登録したきり、利用もせずに放っておいたままの私のアカウント宛てに誰かがメッセージを送ってきたのだろう。

すぐに接続を遮断してもよかったが、結局、興味が勝った。

異国の地で、ひさしぶりに母語たる日本語に出会ったせいもあったが、彼の奇妙な言い回しの理由を知りたかったのだ。

死の予言をしてくる胡散臭い人間に遭遇することは、ままあった。

しかし、お前はまだ死なないから、俺の話を聞け、と話しかけられたのは初めてだった。

いったいどういうことか、と返信した。

すると、速やかな答えが返ってきた。

《文字通りさ。俺は、ある人間がどこでどうやって生き、そして死ぬのか、そのすべてがわかる能力拡張者なんだ》

なぜか、画面の向こうで、相手が不敵な笑みをニヤリと浮かべているような気がした。

能力拡張者。かなり昔の時代に起こった大戦によって異形の発展を遂げた軍事技術の数々――それらの技術を適用され、肉体を改造された者たちを指す言葉だ。

私がこの都市を訪れる折、知人から噂を聞いた程度の知識では、そんな彼らが様々なかたちで人知を超えた異能を有していることくらいしかわからない。

いわく、彼は戦場で頭部を負傷し、時間の感覚を失ってしまったそうだ。

自分が今、いつ、どこにいるのか？

時間感覚の消失は、彼にそもそも自分が「今ここ」にいる認識を失わせた。生きているのか死んでいるのかもわからない混乱に耐えかねた彼は、軍の技術実証実験に志願し、再び時間を知覚する機能を取り戻した。

彼は自分自身を含め、相手が「今ここ」にいると認識するため、その時間面での座標を無意識に数値化して把握する。平面と高さの三つの軸に、第四の時間軸を加えることで、その人間が「今ここ」にいる座標を特定し、その対象を観測できるようになった。

第四認識（フォース）。

彼の時間感覚は復帰した。だが、この第四の軸を観測可能になったことで、彼の脳は別の演算結果も出力できるようになった。

《ただ技術屋ってのは、いつもやり過ぎるんだ。人並みに戻ればよかったのに、俺は、目にした人間すべてが、その生涯において「今どこにいるか」を把握できるようになっちまったんだ》

それは意外な副作用だった。

《対象の時間軸の数値（パラメータ）を頭のなかで弄（いじ）ってみるんだ。すると、そいつの外見がどんどん変わっていく。どうやって成長してきたのか、これからどう成長していくのか、あますことなくわかるようになった》

まあ、これを実行すると第四認識に引っ張られて、他の数値も引っ張られていくから過負荷（オーバーヒート）で頭が破裂しそうになったもんだがね、と冗談めかす彼は、あくまで気安い口調を崩さない。事も無げに言っているが、彼は得た能力によって、出逢った人間すべての生涯を追体験できるようになったに等しいというのに。

だが、彼はその能力を持て余してしまったそうだ。親しくなった人間たちがどんな死に様を迎えるのかさえ、たちどころにわかってしまう。軍にいる限り、その悲愴さは、やはり大きなものばかりだった。死がどんどん身近な隣人になっていった。

《すっかり気が滅入った》

だから軍を除隊し、頭に埋め込まれた技術を条件つきで封印せずに済む場所を探し、この街に落ち着いた。彼は都市内で、とある犯罪組織に雇われ、重鎮のひとりを護衛する立場になった。

だが、彼はひととおりの演算をやってすぐに気づいた。その重鎮ギャングは、何度も死線を彷徨（さまよ）う不運に見舞われるが、長くしぶとく生き続けることに。

もちろん、そのことを相手に教えてやった。

《そいつは本当にずる賢い野郎だった。自分が死なないってわかったから安心するんじゃなく、あえて手許に置いたまま、別の上手い使い方をしてやると言って、俺に大金を渡してきた》

ギャングは、彼をライバル組織の連中を始末するための天秤として活用した。今ここで殺すべきか。それとも生かすべきか。効率のいい邪魔者の排除法を手にしたギャングは勢力をどんどん拡大させていった。ギャングは栄光の階段を登っている、運命の車輪が回っている、と彼をますます重用した。

《最悪だった。気づいたら地獄に突っ立っていたんだからな》

死の幻視（ビジョン）から逃れるつもりで辿り着いた場所で、気づけば足許が死者で埋まっていた。

日に日に彼は考えることを止め、ただひとつの道具になろうとしたが、自らがもたらした数多（あまた）の流血に魂の奥底まで侵され、その精神は錆つき、朽ちていった。

あるとき、ついに逃げ出した。血の代償を求めて彷徨い歩き、やがてカジノに赴いた。そこで散財するだけ散財して、一文無しになってやるつもりだった。追っ手に殺されようと構わなかった。ただ破滅のときだけを待ち望んだ。

目を剝くような馬鹿げた金額のチップが乱れ飛ぶ大口客向けの賭場に乗り込んだ。順調に金は減っていった。風に吹かれた木端みたいに金がどんどん消えた。これなら間違いなく終わるなと思うほど、彼は笑いが込み上げてきたそうだ。

大敗を喫して自棄（やけ）になった男。周りのカジノ客たちは、彼を憐れんだ。しかし、彼こそが周りの客を憐れんでいた。ここでどれだけ勝って巨万の富を得ようと、それを使い切る間もなく死ぬ奴もいる。文無しになっても生き残る奴だっている。お前たちの行く末を俺はすべて識（し）っている。なのに、どうして人生すべてが決まるみたいに一喜一憂できるだろう？

破滅への高揚はふいに去った。彼はまたどうしようもない虚無に囚われそうになった。

彼の語るメッセージの文面からは、相変わらず気楽な調子が伝わってくる。だが、その字面が私には、どんどん黒く滲（にじ）んでいくように見えた。

《けど、とんでもない子に出逢ったんだ》

その一言が表示されたとき、刻まれた文字すべてが輝き出した。

　ある卓で、すさまじい勝負をしている少女がいる。場内に広まったざわつきを耳にして、彼は興味本位でその勝負を覗いた。

《度肝を抜かれたよ。その子は、文字通り自分の生存を賭けて、勝負に臨んでいたんだ》

　素人目に見ても、異様な戦いが繰り広げられているのが理解できた。ブラックジャックに挑戦している少女が、その勝負に全身全霊を賭す理由を探ろうとすることもできたが、彼は能力を使わなかった。少女の人生を辿ることはなかった。侵してはならない眩さを目の当たりにしていたからだ。

　少女は最も緊迫した大勝負で、どのような人間にも辿り着くことのできない階梯のはるか頂点で、誰にとっても信じ難い選択をし、難攻不落のディーラーを驚愕させ、六百万ドルの金ではなく、もっと別の何か途方も無い成果を目指し、勝利を掴んだ。そして勝利した少女が、堆く積み上げたチップを、何の未練も無いように手放していく様を見るに至り、彼もようやく理解した。

《彼女はただ金を賭けていたんじゃない。もっと大きなものに戦いを挑んでいたんだ。自分に与えられたすべてを賭して、自分を支配しようとする世界そのものに挑戦していた》

　そこで彼は気づいた。自分が手にした能力にいつしか支配され、決定された死を視通す力が、ただ絶望のみを募らせる呪いのようなものだと思い込んでいたことに。

　だが、それは自分が何もせずに為すがままにしていたからだった。何か別のやり方だってあるはずだ。彼もまた、世界に挑むことを決めた。

その日から何もかもが反転した。覚悟が決まった。希望が生じた。

相手の死の瞬間を告げて、俺はそいつに何を贈ることができるのか？

消息を絶ち、彼は世界中を彷徨った。必死に考え続けた。

あまり、悠長に構えていられる余裕がなかったからだ。

《呼ばれるまま、色んなところを旅したよ。そしていろんな奴らに出逢った。いろんな死を看取った。これから死に往く相手に、そいつの歴史（ヒストリー）、その人生の物語（ストーリー）を教えてやる語り部に俺はなっていった。人間っていうのは、なぜ、今ここにいるのかを知ることで、なぜ、今ここで終わるのかを受け入れることができるんだ》

だが、そこで私は、ふと気づいた。

ならばもしかして、私はもうすぐ死ぬのか。だからあなたは現れたのか、と訊き返した。

言い様によっては、彼は死神のようなものなのだから。

《いいや（ノー）》しかし彼は否定した。《俺は、俺の歴史を語っただけさ。俺が、なぜ今ここに至ったのか。最後に、その理由を誰かに聞いてもらいたくってね》

私は彼の言葉、その意味を悟った。

あなたはもうすぐ死ぬのか、と訊くと、

《残念ながら、時間が足りなかった。俺が、俺自身の召命に気づいたとき、残された時間は、ほんの少ししかなかった。だから肉体を捨てることにした。俺の脳を常時、ネットワークに接続する実験を試みた。この惑星を覆いつつある情報網に俺の知覚野を拡張する。すべての人間を目の当たりにすることで、その生涯すべてを物語化する。俺は、第四認識（フォース）を拡張し、〈人類暦（Hard of Being）〉の預言者（フォウテラー）になることにした》

　とんでもない試みだった。

《正直、俺にもどうなるかわからない。肉体の死が能力も消し去り、ただ終わっちまうだけかもしれない。だから、俺は未来に向けてメッセージを贈ることにした。こいつは、俺が得た能力（ギフト）を使った、ちょっとした未来への贈り物（ギフト）だ。かつて俺だったものは、今もどこかで生きているだろうか？　なあ、俺は、今ここにいるのか？》

　そして私は気づいた。彼が送ってきたメッセージは、もうずっと昔に入力されていたものだった。数十年前の日付だ。遺言サービスのようなものだろう。送信日時を設定し、その時を迎えたら自動で発信される。そして彼（メッセージ）は私の許（もと）を訪れた。

　たとえ、その書き手が、もはやこの世界を去って久しかろうとも。

　彼は本当にネットワークにその魂を移し、肉体を捨て、すべての人類の生涯を識る人類の暦、その語り部になったのだろうか？

　私は、そんなものが存在することなど聞いたことがなかった。だが、今は違った。私は知った。彼が記した遺言（メッセージ）。定められた死さえも乗り越えた物語を通じて。

　だから私は、彼が最後に残したリンクを踏もうとした。

　しかしクリックする寸前で、ピタリとその指が止まった。

　私は、これを選択してはならない——。

なぜか、そのような直感が生じていた。

《……どうした？》

どれほどの時間が経っただろうか。ふいに新たなメッセージが表示された。死んだはずの彼がよみがえったかのように。彼は今、ここにいるのか？

《俺を使ってみたくはないのか？》言葉が記され、問いが重ねられた。《〈人類暦〉に触れることで自分の人生すべてを知りたくないのか。すべての人類の人生の物語を識ってみたくはないのか。あらゆる運命が辿る道の行く末を視通したくはないのか？》

正直に言えば、私は、彼を使ってみたかった。

人間は完全に未来を予測することはできない。それが複雑すぎる事象の集合体であるからだ。そこで人間は過去と現在の認識を通し、予測不能の未来を想像し、そこに解答が出たという前提で行動し、選択を繰り返すことで未知の人生を歩んできた。それが人が生きるということだった。

しかし、〈人類暦〉を手に入れた瞬間、そのすべてが変わるのだ。

私は、自らの来歴の一切を識り、自らの未来をあますことなく把握できるようになるだろう。それだけではない。すべての人間の未来に明確な答えがもたらされる。どのように生きるのか。生き尽くすのか。〈人類暦〉は私たち人類にとって、それを自明のものとして理解するための知識となり、最善の行動を指し示す誰かとなり、解き明かされた運命そのものとなる。

しかし、果たして、それでよいのか？

——人生の選択は、あらゆる人間、誰にも許された権利だ。

私が言葉を打ち込むと、彼は即座に答えを返す。

《だからこそ、あんたには〈人類暦〉を使う選択をする権利がある》

だとしても、私以外のすべての人類にも、同じ選択の権利がある。私の選択が、私以外の人類すべての権利を奪うものであってはならないのだ。

そして、私は自然と、ひとつの問いを入力する。

——どうして私なんだ？　なぜ、私に接触した？

《偶然、だよ。俺が第四認識(フォース)を得たのが偶然であったように》

そう、すべては偶然だ。

そして偶然がなければ何も生み出されない。

だが、私が〈人類暦〉を使う選択をした瞬間、すべての偶然は必然に変わってしまう。すべての人類は、あらゆる選択の余地のない世界を生きることになる。

——私には、全人類の人生を奪う権利はない。

ゆえに、私は拒んだ。

もしかしたら、私たち人類にとって千載一遇の好機かもしれない選択を、しなかった。

再び長い沈黙が訪れた。私はただ待ち続けた。

やがて彼(メッセージ)は告げた。

《全人類の未来を知るチャンスを、まさか拒む奴がいるとは思わなかった》ディスプレイに浮かび上がる文字から、彼（メッセージ）が苦々しく微笑む様子が伝わってきた。安堵と後悔が入り交じる感情が流れ出してくるように。《そいつが俺の誤算、完全な失敗ってことか。——けど、うん、そういえば、あの女の子もそうだったな。人間が未知を生き、選択ができるからこそ、完璧な計算によって確定された敗北さえも突破できた。完全無欠の勝利を掴み、自らの人生を取り戻せた。——なのに、俺はそういう選択の機会をすべての人間から奪うかもしれなかったんだな。俺は、全人類を殺す死神になっていたかもしれないのか》

そして彼（メッセージ）が最後の言葉を綴った。

《すまなかったな。そして感謝を言わせてくれ。俺はこうなるために、きっとあんたと巡り会ったんだ。これはきっと偶然ではなく、必然だった》

——あなたは死神ではない。人類すべてから物語を託され、然るべき瞬間まで沈黙を続ける者。黙された聖者。それはまさしく、預言者というべきもの。

けれど、そう、私が答える猶予さえ、少しも与えてくれずに、人類の暦に至る道は閉ざされた。

彼は去った。痕跡一つ残さず、綺麗さっぱり消え去った。

やがて時が過ぎ、仕事に赴かねばならない時間がやってきた。

私は不確かな未来に向けて歩き出す。私たちは偶然の中に、自らの根拠を見出す。繰り返される選択を通して重なっていく必然は、一筋のまっすぐな道となって、やがて人生と呼ばれるようになる。

私の人生は、人類の暦にいかなるかたちで記されているのだろうか。

私は背後に刻まれた足跡を見やってから、私が向かうべき人生について想像を巡らす。

――たとえば、そう、いつか己と他者の区別が消えた未来、人類がひとつの人類になったとしたら、彼が遺した〈人類暦〉を完璧に使いこなせるようになるのだろう。

そのとき、人類暦の預言者は、人類の前にきっと、再び姿を現すに違いない。

■著者の言葉

当時、冲方塾実施の報を聞き、自分も企画を盛り上げねばなるまい、と奮起し一気に書き上げた本作は、『マルドゥック・スクランブル』／『天地明察』／『もらい泣き』の世界観・主題・文体をごたまぜにした積載過多な短篇でした。

それが今回の改稿を経て、ようやく本作の全人類の人生を視通す〈人類暦〉と対峙する人間という構図を、『マルドゥック・スクランブル』のクライマックス、ブラックジャックにおいて決定された運命そのものたるアシュレイに挑み、自らの人生を掴もうと苦闘するバロットの姿と重ねることができたように思います。ゆえにこの小説でお伝えしたいのは、運命に抗う人間の高潔、というシンプルなメッセージです。

本作が次なる冲方塾の一助となればこれに勝る喜びはありません。

マルドゥック・スラップスティック

坂堂功（ばんどういさお）

ここからはマルドゥック・シリーズをメタフィクション的に二次創作した3篇。ウフコックとバロットの中身が入れ替わったら――？　本作はシリーズの文体、キャラクター、展開を踏まえたうえで、コメディに挑んだ作品。

「ずいぶんとまた、古典的なことをしているね」

ドクター・イースター＝なんとも胡散臭い中年／眉根を寄せる。

「目が覚めたら、二人の中身が入れ替わっていた。そういうことで間違いないね？」

シェルの記憶のデータをカジノからかっぱらって、プライベートなあれこれを――土肥金山における砂金掬いのように――深く探った直後。

「ええ、このままだとマズいわ。原作に拠ると、これから法廷に出て、その後シェルをとっ捕まえてあんちくしょうを穴に放り込まなきゃならないのに！　あのフランケンシュタインみたいな、ボイルドとかいう男もぶちのめさないと！」

慌てふためくウフコック――の姿をしたバロット／普通のネズミのそれではないテノールボイスは、体に据え置き／今後の展開をあらかじめ知っているような、予知めいたセリフ＝本作品においてはメタ表現に注意だ／ついでにキャラ崩壊にも注意だ＝要はやりたい放題だ。

「うーん、なら急がないといけないね……」

唸るドクター＝けったいな事態においてもなお、割と冷静＝さすがは我らがドクトル・イースター。

《このままではビジュアルを優先して、俺がバロットとして演じる他無いぞ……》

頭を抱えるバロット――の姿をしたウフコック／こちらも声は姿に準拠。

「無理よ！　だって貴方と私じゃキャラがまったく違うじゃない！　私が主人公の美少女役でしょ！　ネズミ役はイヤ！」

《そんなことを言ったって、どこからどう見てもネズミじゃないか。俺は君の姿をしているし》

「……そうよ、この身体で変身（ターン）すればいいんだわ！　私の姿そっくりに！　できないの？」

説明しよう！／ウフコック＝ペンティーノ＝この妙にイタリーな名字（ファミリーネーム）のジェントルなマウスの身体は、戦時中に人工衛星数機分の国家予算をぶっこんで作られた、万能道具（ユニバーサル・アイテム）存在なのである！＝軍事がもたらす技術革新はすごいね＝イカす大口径リボルバーだとか、ピチピチな女性用スーツだとか、その他いろいろな物に、異次元から材料を引っ張ってきて、自由に変身（ターン）できるのだ！＝この異次元にいろいろと貯めこんでおける機能は、やがて自律汎用ネコ型ロボットの構成要件である「ポケット」に技術転用されることになる／便利だからといって、あまり使いすぎると吐血してしまうので注意だ！／ウフコックは非常に知能が高く、人語を理解する／あらゆる物事について、延々と考えこんでしまうのが玉にキズである／黄色いネズミだからといって、十万ボルトの高電圧を放つことはない／また、ちのーしすらがたかいねずみだからといっても、どーか花束はそなえないでやてください／そんなウフコックだが、変身(ターン)の能力に限界はあった。

《無茶を言うな。仮に、その俺の身体で君の姿に変身(ターン)できたとしても、君の姿をした俺の身体の君と、君の姿をした俺が同時に両方存在することになってしまう。ウフコックの代役は誰がやるんだ》

　実にややこしいセリフ＝ほぼ悪ノリで書いているようなものなので仕方がない。

「んなもん、そのへんのネズミを捕まえて、ペンキか何かで黄色く塗ってごまかすのよ！　あああもう！　肝心な時につっかえない身体ね！　あああああ、もおおお！　どうすんの！　一体これ、どうすんのよ！　全国一千万のバロットちゃんファンクラブのメンバーが悲しむわ！」

　ネズミの身体でぴょんぴょん跳ねて怒り狂うバロット／うんうん唸るばかりのウフコック＝身体が変わってもやっぱり煮え切らない奴／バロットの心無いセリフにいくらかのショックを受けてはいた。

「原因を考察しようじゃないか」

　そんな一人と一匹を尻目に、至って冷静なドクター＝さすがだぜ。

「バロット。まず、君はシェルの記憶を辿っていて、その後目を覚ましたらウフコックの姿になっていたんだね？　深層心理学的な見地から考えると、君は自身の意識を彼の記憶からサルベージする際に――」

「そんなことはどうでもいいの！　グダグダしていると時間が無くなるわ！」

「だが、一応ＳＦ作品として、そういう感じの要素をちりばめておかなくては……」

「だから、そんなことはどうでもいいの！　土台、いきなり無茶苦茶な始まり方してるんだから、そういうのはもう諦めてもらうの！」

ドクターに八つ当たりするバロット／彼女が言うとおり、読者諸兄にはそういったものは諦めて頂きたい。

「ならやむを得ない。バロット、ウフコック、君たちはこれからお互いを演じきって、シェルたちをやっつけるんだ。時間が無い」

その後、ウフコック役を演じることを頑として拒んだバロットへの説得は六時間に及んだ。

《抱いてくれ。タイトルに》
突如として始まったバロットによるウフコックの演技指導／ぎこちないオペラのようにセリフを読み上げるウフコック＝普段、何かに変身(ターン)するくせに、他人のものまねに関しては厳しいものがあった。
「ちーがーうー！　もっとアンニュイな感じで！　そもそもセリフが間違ってる！　『くれ』は要らないわ！」
《すまない。バロット》

　自分の姿をしたバロットに、申し訳なさげに謝るウフコック＝その表情は演技中よりも、普段のバロットのものに近しい。

「万能道具存在（ユニバーサル・アイテム）の名が泣くわ！　これぐらいちゃんとやりなさいよ！」

　黙りこくるウフコック／でも少しカチンときた／反攻に転じる。

《……それならこちらも黙ってはいないが、ウフコックとして、君はしっかり役を演じることができるのか？　そもそも、変身（ターン）の能力を使いこなせるのか？　その身体に成ったからといって、すぐに使いこなせるスキルじゃないぞ。日々の弛（たゆ）まぬトレーニングも欠かせない》

　ギスギスした会話／お互いを睨（ね）めつける／喧嘩はよくない。

「そんなのできるに決まってるじゃない！　わけも無いわ！」

《なら、やってみたまえ。君がいつも使っている自動拳銃に変身（ターン）だ。あれが無ければ事が始まらない》

「分かったわよ！　やってやろうじゃないの！　見てなさい！」

　バロットはその場で頭を抱える／そのまま黄色い身体が丸まって、コロコロと転がり出す／転がるばかりで、まったく変身（ターン）は起こりそうにない。

《で、それが君なりの変身（ターン）かね？》

　皮肉っぽく言う＝バロットの人工声帯だと割と怖い。

「うっさいわね！　ちょっと待ってなさい！」

　ウフコックの声で再生される＝もはや中身が誰だか分からない気もするが、一応バロットである。

バロットはしばらく、低く唸りながら転がり続けた／やがて、ついにネズミの身体はぐにゃりと曲がり始めた＝変身（ターン）が始まったのだ！

《その調子だバロット！　すごい適応能力だ！》

変身（ターン）を成功させるはずなど無いとタカを括っていたウフコックが、純粋に賛辞を送る＝ナイスミドルなネズミであるには、素直であることが必須。

「ど、どんなもんでい！」

変身（ターン）に必死なあまり、何故か江戸っ子口調になるバロット／彼女は別に江戸っ子ではない。

「お、やってるやってる。……おお、すごいじゃないかバロット！　君はやはり0 9（オー・ナイン）のプログラムを遂行する人材にふさわしい！」

コーヒーを片手に何処かから戻ってきたドクター＝変身（ターン）を成功させつつあるバロットに、イマイチよくわからない感想を述べる。

《イメージするんだ！　形・機構・重量、知っていることを全て思い出して、思い描け！》

「はあああああああっ！」

バロットが叫ぶ／身体がさらにうねる。

「出来たわ！」

《……あ、ああ、おめでとう。バロット、でも、その、なんだ》

　ウフコックが何かを言いよどむ／ドクターはコーヒーを吹き出して、硬直している。

《……ソレは全国一千万のバロットちゃんファンクラブのメンバーとやらには、見せないほうがいいんじゃないか》

「なんか文句あるの？」

《いや、そのだな……》

　バロットは確かに変身のプログラムを完了させた／だが彼女が変身したものは、男性器を模した、黒く怪しく光るアダルトな道具だった＝たいそうご立派であった。

「ああ……」

　ややあって、バロットは状況＝自分の姿を理解した。

「その、なんていうか、これは職業病ってやつよ！　結構キャリア長かったし、しょうがないでしょ！」

　バロットは苦しい言い訳を叫んだ。

　暫くの間、バロットの特訓が行われた／カラープリンターに変身！／JPEGのデータがインプットされていた＝ウフコックがインターネットで必死に集めた、メスのネズミのお気に入り画像＝白い毛並みが見事＝体毛こそあるが、ある意味ヌード写真／印刷され、暴発するように吐き出される／《やめろバロット！　俺の身体を濫用するな！》／「ちょっと、これ止まらないんだけど！」＝ドタバタコメディ。

バロットの暴走のような変身(ターン)をなんとか止めさせて、肩で息をしているウフコック／ひっくりかえっているバロット／あたりは乱闘が行われた後のような状態／その間、呑気(のんき)にコーヒーを啜(すす)っていたドクター＝冷静というか、もはや逃避。

「それにしても、参ったね。この調子じゃボイルドに勝利し、有終の美を飾れない」

ドクターが冗談っぽく言う／身体が入れ替わった当人たちにとっては冗談ではない。

ドクターの一言に、二人はため息を漏らした。かくなる上は、シェルたちに事情を説明しに行って、いろいろと延期してもらう他無いのではと、非現実的な思考が巡ったその時であった！／さらに非現実的な事象が、部屋のドアを蹴破って闖入(ちんにゅう)してきた。

「運命の魔法で悪を挫(くじ)く！　魔法少女マジカル・ベル！　参上だよ！」

ノリノリな名乗り口上と共に、謎の元スピナーが現れた。

ハイテンションなしゃがれ声／赤・白・黒のフリフリの短いプリーツスカート／柄はルーレットがモチーフ／頭頂にしがみつくようにひっついたヘアピンには小さなルーレット／携(たずさ)えたステッキの先端にも小さなルーレット／何故か亀の甲羅のように背負ったフルサイズのルーレット／自信満々の決めポーズ／一同絶句／誰が最初に彼女に声を掛けるのか／さながらロシアンルーレット。

永遠に続くかのような沈黙が流れ、ややあってドクターがようやく口を開いた。

「あー、ミセス・ウィング。その格好は……？」

「マジカル・ベルだよ！」

「その……」

「……なんだい、なんだい！　アシュレイだけじゃなく、あんたも他人(ひと)の老後の趣味にケチつけようってのかい！　まったく！」

「いや、決してそんなつもりでは……」

たじろぐドクター／無理もない／一体なんのつもりか理解できない＝意味不明。

「かっこいい……」

目をかがやかせるバロット。

《なんだって？》

思わずバロットに向き直るウフコック。

「かっこいいわ！　さすがはベル・ウィング」

《いや、かっこいいとはちょっと違うだろ》

目の前のベル・ウィングの姿と、バロットの素(す)っ頓狂(とんきょう)な感想でウフコックは大いに混乱した。

「まったく！　他人とお互いに中身が入れ替わるネタなんてのは、思いつきだけでやっていいようなもんじゃないよ！　それも活字で！　ややこしいったらありゃしない！」

腰に手を当てて仁王立ちしながら文句を言うベル・ウィング／もといマジカル・ベル／ご指摘ごもっとも。

「しょうがないねえ」

マジカル・ベルは、背負ったルーレットを背中から取り外し、床に置いた。

「お乗り！」

ルーレットを指し、バロットに向かって怒鳴るように指図した。

「へ？　私が？　これに？」

「いいからお乗りよ！」

「なんで？」

「このままじゃ、この話に収拾が付かないだろう？」

きょとんとするバロット。

「だからあたしが、魔法で解決するのさ……」

マジカル・ベルは、にんまりと笑った。

「魔法って……そんな非科学的な！」

ドクターが非難の声をあげる。

「もうこの際、魔法でもなんでもいいわ……」

疲れきってしまったバロット。
《魔法、か。実に興味深い》
ウフコックは、事態を理解しきれていないようだった。

バロットが、床に置かれたルーレットにひょいと飛び乗る／「それじゃあ、いくよ！」と、マジカル・ベルはルーレットをぐわしと引っ掴む／ルーレットごとバロットを持ち上げた。

そして、

「マジカル・ホイール、スタート！　運命の魔法よ！　私に力を！」

フリスビーか何かのように、ウフコック目掛けてぶん投げた。

《ぐふうっ⁉》

宙を飛んだルーレットはウフコックの下腹部に直撃／乗っていたバロットも衝撃でふっとび、そのままウフコックの顔面に激突／二人とも気絶。

数分後、目を覚ましたバロットは、ネズミのそれではない、少女の身体を感じた＝見事に元に戻ったのだ！／ウフコックは依然として気を失っている／時折「尻尾はやめろと言っただろう！」と寝言のように言葉が漏れた。
《戻ったの……？》
感激のあまり、呆然としているバロット／ベルは偉大な女性であると再認識。

「解決のようだね。まあ、魔法少女マジカル・ベルにかかれば、こんなもんだ」

誇らしげなマジカル・ベル＝ふんぞり返っている。

「さ、さすがです。僕は最初から、貴方が救ってくれると信じていましたよ……。マジカル・ベル。本当です」

怖気づいたように賛辞を送るドクター／確かにマジカル・ベルのビジュアルは恐ろしい。

「これから困ったときは『助けて！　マジカル・ベル！』と叫ぶこったな。ヒマだったら助けに来ないことも無い……ああ、そうだ。ちょうど魔法少女として、使い魔が欲しかったところだ」

ニコニコとした面持ちで、倒れたウフコックの尻尾をつまみ、ひょいと持ち上げた。

「それじゃ、このネズミは貰っていくよ」

マジカル・ベルは「一件落着だね！」と勝利を高らかに宣言＝おそらく彼女のキメ台詞／蹴破ったドアから上機嫌で出て行った。

ウフコックが拉致されていくところを、マジカル・ベルの存在と自由奔放ぶりに圧倒されて、口をぽかんと開けたまま見送っていたドクター／我に返った。

「ああ、しまった。どうにかウフコックを彼女から取り返さなければ……」

《彼はユニークな存在だわ。さっき、乱暴なことを言ってしまったのを謝らないと》

今回の騒動を通して、相棒の大切さを実感したバロット／なにしろ、変身を体験してみてすごく大変だった／身体が元に戻った＝無事にアンニュイ美少女キャラにも戻った。

「それにしても、エライものを見せられたな。魔法少女って……」

ドクターが呟く／蹴破られた入り口を見やる。

そこには二人の男＝シェルとボイルドが立っていた。

「あー、ドクター。突然ですまない。真面目に聞いて欲しいのだが、人格が入れ替わってしまった人間を診察したり、そういう奴について何か聞いたりしたことはあるか？　どうやら俺たち、中身が入れ替わってしまって——おい、聞いているのか？　ドク！」

ボイルド——の姿をしたシェルが、ドクターの身体を揺さぶる／揺さぶられながら彼は、天を仰ぎ叫んだ。

「助けて！　マジカル・ベル！」

■著者の言葉
冲方塾はとにかく驚きの連続でした。冲方先生の作品を使った二次創作で新人賞を行うと発表された時も、マルドゥック・シリーズを題材にした優秀作品のいくつかをSFマガジンに掲載すると発表された時も、「あんたが応募した作品を掲載するぞ」と連絡があった時も、掲載作品を纏めて出版すると発表された時も、その都度「マジかよ」と呟いたものです。

題材に『マルドゥック・スクランブル』を選んだのは、失意に呑み込まれそうな少女が希望を取り戻す復活の物語と、大都市の熱狂と退廃を描いたハードな世界観が、かつて私の中で大きな印象を生んでいたからです。しかし、それらを踏襲した作品を作ろうとは何故か思わずに、キャラクターと設定を拝借し、敢えて至極分かりやすいギャグ作品を書こうと企みました。これには我ながら驚きましたね。

そして何より、このあとがきのような文章にまで貴方に目を通して頂いたことこそ、私にとって驚きです。

マルドゥック・クランクイン！

渡馬直伸（とばなおのぶ）

冲方丁の出世作『マルドゥック・スクランブル』を国内実写映画化するなら、という設定で描く。主人公の女性とその友人の関係性は、本篇におけるバロットとウフコックを思わせる。

「なんで、ボクなんだ？」

カウンターで安い日本酒をちびちびやりながら、そうつぶやいた。ため息は自分のものと思えないぐらいに生臭く、そして重苦しい。

うちの近所にある、小さな居酒屋。時刻は夜十時を回ったところだ。もう客はボク一人で、店の主（あるじ）であるオヤジさんは、頬杖をつきながらテレビを眺めていた。

沈んだ常連客の様子などお構いなしに、ときどきガハハと笑っている。

いいなあ、個人経営。周りのことなんか気にせず、自分の好きにやれるんだろうなあ。しがない映画監督の自分の目には、その姿はいやにまぶしく映った。

現実逃避と自己嫌悪のネガティブ思考が止まらない。グラスを持っていないほうの手で頭を抱え、今日何度目かのため息を吐き出す。

どうしてこうなった。

この企画の話を持ってこられたときは、ただただ浮かれていた。ろくな代表作もないボクみたいな若手監督に、こんなチャンスが舞い込んでくるなんて、と。

人気ＳＦ小説の国内実写化――。

ボクのような新人からすれば、これほど、ありがたい話はない。なにしろ最初からその作品の固定ファンがついていて、ある程度の興行収入が見込めるのだ。

すでにインターネット上ではちらほら噂が流れ出しているようだ。注目されているというのは素晴らしい。多くの人に観てもらえる可能性が広がるということなのだから。

何より今回は、監督（ボク）の判断で大まかなプランを進めていいとまで言われている。いくつかの大手スポンサーも付く予定だ。

もちろん出来次第ではファンを落胆させてしまう可能性だってあるが、そうならないように全力を尽くす。

監督としての実績、知名度、収入。多くの点でメリットが付いてくる。やりがいがある。神と原作者、そしてこの話をボクに振ってくれた、大手出版社勤務の大学時代の先輩には、感謝してもしきれなかった。

原作を読むまでは。

舞い上がっていたボクは、大きな過ちを犯してしまった。ＳＦ小説『マルドゥック・スクランブル』を、あろうことか契約書にサインした後で読んでしまったのだった。

こと内容だけに触れれば、そりゃあ面白かったの一言に尽きる。仕事とはいえ徹夜で読書をしたのなんて、何年ぶりだっただろうか。あんなに高揚した気分で頁をめくった記憶は久しくない。刊行されてから十数年が経っても、いまだ多くのファンが支持していることもうなずける。

しかし、だ。本篇を読み進めるうち——特に第一巻の中盤以降、ボクの指は面白さとは別の理由で震えが止まらなくなった。

少女娼婦？　近親相姦？　人体改造！　保険金殺人に危険ドラッグ？　果ては、なんだあの、斬新すぎる畜産業者は！

これをボクにどうしろっていうんだ。

「マジでいろいろ、ぶんっ殴りてえ……」

グラスを握りしめ、ついつい不穏なことを口にしてしまう。

ふと気づくと、オヤジさんが太い首を回して、やれやれといった風にこちらを見ていた。いつのまにか、さっきまで放送されていたバラエティー番組は終わっていたようだ。テレビでは今晩遅くから明け方にかけて雨が降るという予報を流している。

それを聞いて、余計に気が滅入ってしまった。

「そういつまでもしょぼくれてるなよ、カントクさん。オレは好きだよ、あの本。フレッシュだけで、どんぶり飯三杯はイケるぜ」

フレッシュ——フレッシュ・ザ・パイクというのは、問題の畜産業者の一人だった。目立った活躍シーンこそさほどないものの、そのインパクトは凄まじい。もしあんなビジュアルの人間に路上で対面したら、はたしてボクは失禁せずにいられるだろうか。

「……オヤジさんの特殊な好みはどうでもいいよ」

ちなみに彼は、さほど読書家という訳ではない。常連のボクがメガホンを取ると知り、わざわざ本屋でマルドゥック・シリーズをまとめ買いしてきてくれたのだという。その強面に似合わず、情に篤い人なのである。

「しかしアレだな。まったく不可能だってんなら、はじめからこんな話は来やしないだろ。ちょっと悲観的すぎじゃないのか」

オヤジさんの意見はもっともだった。実を言うと、先に挙げた畜産業者のビジュアルを含む問題点のいくつかは、すでに解決へ向かっていた。当然ここに行きつくまでは簡単な話ではなく、ボク含む関係者の筆舌に尽くし難い努力と奇跡、涙と情熱、憤怒と怨嗟のたまものである。もちろん倫理的にどうよ？　という根本的な面で、いまだ課題は山積みだったが……そこはまあ、なんだ。すごくがんばる。

「他はなんとかなる……かも、しれない。でも、あとひとつ。あとひとつの大事なものが、どうしても見つからないんだ」

ふたたび生臭い息を大きく吐きだして、つづきを待つオヤジさんに告げる。

「ルーン＝バロット」

いくつかある問題点。例えばそのひとつ、いわゆる惨酷描写を映像化するにあたっては、すでに多くの先人たちがさまざまな答えを見出してくれている。十八禁指定、置き換え、暗転、CG、ひらき直り、といった具合に。

しかしながらそれらと異なり、どうにもならない壁は存在する。映画作りにおいてもっとも重要な存在、理想のキャストに出逢えるか否か。

ルーン＝バロット。弱冠十五歳の元娼婦。被害者から一時、加害者へ。そして、闘う意味を知る者へと変貌を遂げた少女。長い黒髪に、ゆで卵のような白い肌。彼女こそ『マルドゥック・スクランブル』のヒロインにしてヒーロー。絶対欠かせない超重要人物だった。

彼女と同年代の役者の中から、容姿の似た者を探せばきっといるだろう。しかし、未成年の役者をバロット役に据えれば、社会的に叩かれるであろうことは想像に難くない。それほどまでに、作中での彼女の境遇は苛烈なものだった。

十八歳……いや、できれば二十歳以上。それでいて、原作のイメージを壊さない程度にはバロットに近い器量を持った人材が欲しい。できる範囲で募集をかけてはいるのだが、なかなかめぼしい役者は出てこなかった。

ボクはふっ、と笑みをこぼし、諦観と絶望の入り混じったような暗い声で言った。

「もしかしたらボクはいま、この国でもっとも合法ロリを探し求めている男なのかもしれない」

＊＊＊

うっかり開けっぱなしだったままの窓から聞こえる、静かな雨音。外はすっかり暗くなっていて、風が少し肌寒い。目覚めたばかりのぼんやりした頭で、「そうか、今日は雨か」とひとりごちる。

数瞬して後、

「やばっ、バイトッ」

アラームをかけていたはずの携帯電話は、すっかり沈黙していた。電源ボタンを何度か押しても反応しない。どうやら電池切れのようだった。

この部屋には、他に時間を確認できるような物はない。あわてて充電器に繋ぎ、回復を試みる。その間、歯磨きと洗顔、寝ぐせ直しをささっとすませた。しばらくして立ち上がった画面を見れば、出勤時間ぎりぎりの時刻が表示されていた。よかった、これならなんとか間に合う。

寝巻きにしていたシャツとショートパンツをすぽんと脱ぎ捨て、身支度をする。

冷蔵庫から取り出した牛乳をそのまま一気飲みし、空になったパックをゴミ箱に放った。残念ながら、ゆっくりご飯を食べている余裕はない。

充電不十分の携帯電話からコードを外し、いそいで部屋を飛び出す。木造アパートの階段を駆け下りて外に出たあと、やさしく肌を叩く水滴によって、傘を忘れていることに気づいた。

まあ、いいか。小雨だし、そこまで気にするほどのものでもないだろう。汗拭き用のタオルは持ってきている。今の私には、雨よりも副店長の雷のほうが怖いし。なんちゃって。

先週、うっかり寝坊して遅刻してしまったから、またやらかす訳にはいかない。時刻は深夜十一時過ぎ。つまりはあと一時間たらずで勤務時間だ。

私は駆け足で駅へと向かった。

「小波田(こはだ)さん、今日はどうして遅刻したの」

アルバイト先の休憩室。時計の針は無情にも零時を過ぎている。目の前で腕を組み、ででんと立ちふさがった巨大な肉壁(ふくてんちょう)の声は険しくこそなかったが、威圧感がハンパない。それはもう、物理的にも精神的にも脅威だった。黙っていても仕方がないので、私は持ってきたタオルで髪を拭いつつ、身を縮こまらせて理由を述べる。

「いやー……えっと、駅に向かっている途中で、その、お巡りさんに止められちゃいまして……」

お巡りさん、という単語にぴくりと反応した副店長は、「どういうこと？」と続きを促します。

「はい。あの……私、どうも実年齢より若く見られがちでして。む、向こうからしたら、中高生がこんな時間にふらついているようにっ、映ったようで……」

言いながら、しまったと思った。このバイト先における独身アラフォー女子であらせられる副店長は、年齢に関するキーワードにひどく敏感だった。自分の迂闊さが呪わしい。伏せた目をちらりと向ければ、明らかに不機嫌そうな顔をしている。しかし、その感情をそのままぶちまけられることはなかった。彼女は大人なのだ。

「ここに来るまでに、遅れるって連絡くらい入れられたでしょ？」

「すみません、ちょうど携帯のバッテリーが切れてまして……」

軽くため息をつき、副店長はやれやれといった風に言う。

「まあ、そういうことなら仕方ないけど。次からは気をつけてよね」

ぼんっと背中を叩かれ、思わず息がつまる。

「はい、申し訳ないです！　キョーシュクです」

「じゃあ、悪いけど早く着替えてね。雨のせいで客足は少ないけど、やることはいっぱいあるから」

了解です、と返事をして更衣室へ向かおうとしたとき、ついでのようにこんなことを言われた。

「あ、ペナルティは勤務後のトイレ掃除を二週間ってことにしとくからよろしくね。若いんだから平気よね？」

有無を言わさぬ、ふるえるような空気。私はただただ、うなずくしかなかった。

明朝、副店長の威圧と同僚の憐みの目に耐えつつなんとか業務を終えた私は、ようやっとの思いで帰路についた。

「まあ、私が悪いっちゃ悪いんだけどさー」

一人ぼそぼそとつぶやきながら、シャワーを浴びる。適度なお湯の熱は、疲労とわだかまりをごっそり溶かしてくれた。ああ、気持ちいい。

髪は丁寧に滑らせるように。体は撫でるようにして洗う。夜勤続きであまり日に当たらない肌は、ずいぶんと生白い。普段はそれほど気にならないが、すれ違う通行人やお客さんから、たまにぎょっとされることがある。

シャワーを終えると、充電中の携帯電話が点滅していた。見れば、去年の春に卒業した俳優養成学校の友人からのメールだった。彼女も私と同様フリーターで、卒業後も頻繁に会っていたし、別段珍しいことでもない。しかし、その内容は私を大きく動揺させた。

「『マルドゥック・スクランブル』の、実写映画化……？」

小さな頃から漫画やアニメ、小説が大好きだった。特に、少年漫画やライトノベル。SF、アクション、ファンタジー。あと恋愛ものも……少しは。

蒼穹にそびえ立つロボット。剣と魔法。雷の空を舞うドラゴンに、火を吹く猛獣。正義と悪者。甘酸っぱい恋。努力、友情、勝利！

あこがれたち。

いつしか私は、創る側の人間になることをめざしていた。これは程度の差はあれ、フィクションの魅力に呑まれた誰しもが考えることではないかと思う。不可抗力なのだ。『マルドゥック・スクランブル』は、そんな私の夢への原動力の主軸だった。こんな話が書きたい。こんなふうに人をドキドキさせたい、と。

あさはかだった。

スポーツと同じだ。見るのと実践するのとではまったく違う。語彙(ごい)力。構成力。描写力。とにかく、あらゆる能力(もの)が私には足りなかった。

作家を目指して書きつづけた中学一年から高校二年までの間で、私は自分自身がこの夢に不向きだと思い知らされた。甘ったれと言われても仕方ないが、現実だった。

それでもフィクションの世界へのあこがれだけは捨てきれなかった私は、次の夢に役者を選んだ。世界を創れないならせめて、創られた世界に立ちたかったのだ。

養成学校にも進み、演劇、演技に熱中した。そこそこやれていた、気がする。周りからいい評価ももらえていた……と思う。でも訳あって、その夢も潰(つい)えた。

小波田珠(たま)。二十一歳。夢も希望もないフリーター。

カラ元気だけが取り柄(え)の、つまらない自分だった。

詳しい話を直接聞こうと、待ち合わせの約束を取り付ける。友人——中本喜美(なかもときみ)は、今日一日フリーらしい。私も今夜は休みだし、ちょうどよかった。ただ、さすがに夜勤明けすぐには体が動かず、仮眠を取ってから会うことにした。

そして昼過ぎ。

「ありえないでしょッ!?」

狭い店内。私は喜美を見つけて早々、思わず叫んでしまった。

それだけ私にとって、『マルドゥック・スクランブル』の国内実写化というニュースは衝撃的なものだった。

「まあ、座りなよ」

ヘアバンドで前髪をあげた喜美は、一見やさしそうな顔を崩さず、そう言った。私を待っているあいだ手持ち無沙汰だったのか、空(から)になったグラスには、先っぽを嚙み潰されたストローだけが残っていた。

ここは私の叔父が経営している喫茶店。その名も『ノリオ』。ファーストネームを店名にするありきたりなセンスは少し残念で、経営状態も怪しいけど、ご近所さん相手に気ままに楽しくやっているらしい。

喜美や私のアパートからほどよく近く、都合がいいのでよく利用している。ちなみに夜は居酒屋としても営業しているみたいなんだけど、その時間に立ち寄ったことはない。

今、奥のソファー席に腰掛けた私たちの他には、少し離れたところでおばあさんたちが三人ほど、談笑しているだけだった。

「おぉ、タマ！　いらっしゃい」

野太い声を響かせた大男が、厨房から出てくる。ノリオおじさんだ。

「聞いてくれよタマァ。サービスだって言ってんのに喜美ちゃん、オレのスペシャルブレンドは口にしたくないって言うんだぜぇ？」

嘆きと、たしかな期待──「おまえはそんなことないよな？」という想いのこもった眼差し。おおぅ、かわいそうに。よほど喜美から冷たくあしらわれていたに違いない。

私はあわれみを隠し、笑顔で応えることにした。

「ノリオおじさん、久しぶり。たまごサンドとホットミルクおねがい」

続けざまの自信作拒否に、おじさんは口をすぼませ肩を落とし、すっかりしょげていた。

でも仕方ない。この『ノリオ』、食事やその他の飲み物の味はそう悪くないのに、なぜかコーヒーだけは美味しいと思えたことがないのだ。たぶん、コーヒーに関するおじさんのセンスが壊滅的なんだと思う。本人もそれを自覚しているのか、試行錯誤を繰り返しているみたい。

一時期、同情心から喜美と二人で改良に協力したことがあって、結果は濃かったり薄かったり。ジャリッとしたり、もにゃっとしたり。ひと月ほどその変遷に付き合った結果、私たち二人はこの店で二度とコーヒーは口にしないと、痺れの残った舌で共に誓い合った。

傷心の叔父は背を向けて、注文をぼそぼそ繰り返した。

「……はいはーい、たまごサンドとホットミルク。お子ちゃまメニュー入りまーす……」

どっちがお子ちゃまだ、ちくしょう。

もう知らん。わずかばかりの情けを捨てて、私はソファーの向かい側に座る喜美に向き直った。

「ごゆっくりー……」

むすっとしたままノリオおじさんがテーブルを離れようとしたときに、

「あ、店長さん。注文おねがいします」

そう喜美に呼びかけられると、目を輝かせて振り向いてきた。萌えキャラか。

「オレンジジュース、追加で。この子（泥水）のと一緒に持ってきてくださる？」

にこやかに告げられる自信作拒否に再び落ち込む大男は、奥へのろのろ引っ込んでいく。

しぼんだ背中が消えゆくまで、喜美はうっとりとした顔でそれを眺めていた。

彼女は、にこやかな表情（かお）で人の心をえぐる、厄介な悪癖を持っている。今日はとりあえずの被害者がわが叔父一人なので、まあ良しとしよう。今のところは。

お冷（ひや）を口にしてから、本題に触れる。

「で、早速。メールの件だけど……」

「ああ、うん。するらしいよ、国内実写映画化」

直接告げられても、いまだに信じられない。だって『マルドゥック・スクランブル』だよ？　エログロ描写容赦なし、視覚に与えちゃいけない情報盛りだくさんの、びっくりモンスターだよ？

「完ッ全に初耳なんですけど……。なんで喜美はそんなこと知ってんの？　どこ情報？」

「メディア・ミューズの人に聞いたんだよ、たまたま」

メディア・ミューズ。それは、私たちが昨年の春に卒業した俳優養成学校の名前だった。現状二人とも事務所や劇団に所属している訳ではないので、その後の関わりは特別ない。と思ってたけれど。

「まあいいでしょ、そんなこと。ネットでも情報が漏れ出してるよ。監督は無名の新人らしいから、かなり不安だけど」

その言葉に頭が一瞬真っ白になる。

「待って。新人にマルドゥック作らせせんの!?　かわいそうすぎるでしょ！」

思わず声を荒らげてしまった。だってそうでしょ？　さすがに同情を禁じ得ない。製作側に鬼でもいるんか？

「人気作品だし、公開されれば間違いなく話題にはなるからね。その人が納得してるんならいいんじゃない？　嵌められたとかでなければ、さ」

どうでもよさそうに言った後、喜美は一拍置いて続けた。

「で。どうも企画自体はずいぶん前からあったんだけど、いまだに女優が見つからないんだってさ。ルーン＝バロット役の」

まあ、そうだろうなあとは思う。劇場アニメや漫画ならともかく、バロットの活躍を実写で表現するのはかなり危険だろう。彼女の人生っていえば、未成年者にはとても体験させられない、成人しててもノーサンキューなイベント目白押しだし。それを激しい描写への規制・抑圧の声がやかましい昨今、日本国内で実写化なんて……。

「むずかしいだろうねえ。実年齢に合わせてキャスティングなんかしたら、なにかしらの団体から絶対バッシングくらうだろうしねえ」

しみじみ言っていると、喜美が突然、真顔になった。

「……アンタがやるんだよ」

「えっ？」

よく聞こえなかった。というより、彼女の言葉が頭に入ってこなかった。えっ？

「アンタ、マルドゥック・シリーズ好きだよね」

「うん。フレッシュだけでご飯十杯イケるくらいには愛してる」

平然と答える私に、喜美は一瞬顔をゆがませる。な、なぜ？

「……冲方丁の、ファンだよね」

マルドゥック・シリーズの原作者、冲方丁。非常にマルチな活躍をする作家で、SF、ラノベに留まらず、時代小説や漫画原作、アニメ脚本など、さまざまな分野でヒットを飛ばしている。

「うん、まあ。媒体問わず、ほぼ全作網羅してるくらいには、ファンだよ」

なにしろ彼は、私がフィクション好きとなった原点だ。まがりなりにも作家を志していた当時から、熱烈にハマっていた。時代小説映画化の報があれば星々に向かって叫び、ロボットアニメの続篇が放映されれば布教して、周りの心を虚無に堕としてきた。我ながら、充実した青春時代を過ごしてきたもんだ、うん。

「でさ。アンタ、肌が白いよね」

「うん。……うん？」

あ。

「長い髪もまあ、きれい」

「え、そうかな。へへへ」

これ、まずい流れだ。

「顔立ちも若い。といっても幼いってわけじゃなくて、単純に実年齢より下に見えるってかんじ」

「そうそう。昨日、出勤前にお巡りさんに年齢確認されたよ。まいっちゃった」

「そのわりに、手足はスラッとしてる」

喜美は軽口に付き合ってくれず、そのまま話し続けた。例のヒロイン、ルーン＝バロットと私の共通点をひとつひとつ挙げていく。それは確認というかなんというか、まるで点検作業みたいだった。

「で、顔もまあまあ。無所属のアマチュアとはいえ、役者としての心得も多少ある。筋金入りの原作ファン。製作側に売り込むには、かなりの好条件だと思うけど？」

　どくん、と胸が高鳴る。

「応募しなよ、ルーン＝バロット役。チャンスだよ」

　好機。転機。絶好の。これ以上ないと言えるほど。あこがれに触れられる？

　……今さら？

「無理だよ」

　自分でも引くくらいの、冷たい声が出た。

　私はもう、役者としての夢を捨てている。養成学校在籍時、とある問題を起こしたことをきっかけに、業界に嫌気がさしたからだ。今はしがないファミレスのアルバイト。その日暮らしのフリーターだ。

　少し間を置いて、喜美から尋ねられた。

「何が？」

「無理なの」

「目を背けているだけじゃないの？」

　はっきりと拒絶の意思を見せたつもりだったが、彼女は平然としている。それどころか、ぐいぐい踏み込んでくる。

　こういうの、苦手だ。勝てる気がしない。

「そんなこと言われても……」

「アンタ、逃げ癖があるよね。わりと簡単に放りだすっていうかさ。それで、好きなモノからも逃げちゃうんだ」

気づくと、ずっと握っていたグラスが小さく震えていた。指先が冷たい。

彼女は簡単に、人の心をえぐる。人の内面に、踏み込む。

さっきの叔父へのちょっかいとはまた別の、困った癖。習性とも言えるだろうか。

ダメなものはダメ。嫌なものは嫌。まずいものはまずい。やるべきことは、やれ。

本心をオブラートに包まないのだ。これが原因で学生時代、何人の級友に深い傷を負わせ、そのたび敵を作ってきたことか。

その鋭い視線が、無防備な私の心にいま向けられている。

「き、喜美はどうなの⁉ 私のことばっかり責めるけど、卒業以来、お互いフリーターじゃん。一緒じゃんっ？」

反撃のつもりだったが、堪えた様子はない。それどころか、

「わたしははっきりしてるよ、やりたいこと。ここで言うつもりはないけど……。うん、努力してる」

さらりと返される。何それ……。そんなの知らない、聞いてない。友達じゃん。なんで教えてくれないの？　さっきまでとは別の意味で動揺した私に、喜美は言う。

「アンタだって、ホントはそうでしょう」

まっすぐこちらを見つめる彼女の視線が、いたい。

「自分のやりたいこと。しっかり、わかってるはず」

まるで小さな子供を諭すかのように、喜美はゆっくりと言葉を切りながら言った。

「気持ちが残ってるんなら、やるべきだよ」

何も言い返せなかった。


私は結局、注文したメニューを口にすることなく、逃げるようにして店を出てしまった。

部屋に戻り、まだ明るかったがカーテンも閉めて、布団にくるまる。

養成学校のこと、久しぶりに話したな……。まだほんの一年ちょっとだけど、随分なつかしく思えた。

自分で言うのもなんだが、私には役者としての才能ならば、少しはあった。まがりなりにも、一度は作家を志していた影響だったのだろうか。台本に目を通せば、おおまかな話のスジを理解できた。そして、それをどうやって表現すればいいのかも、感覚でわかった。

実際に身体を動かしてみると、理解は確信に変わり、さらなる技術の向上を得られた。ストーリーそのものに、自分が何を求められているのかが、わかるのだ。

別の道をめざしていたときには聞けなかった、称賛の声。優秀だと言われた。認められた。うれしかった。

しかし、たりなかったものもある。たとえば、まわりへの配慮。

はじめて私物がなくなっているのに気づいたのは、メディア・ミューズに入って一年がすぎたばかりのころだ。貴重品は別に分けて管理していたし、鍵のないロッカーじゃそんなこともあるか、なんて軽く考えていた。

だけど、おかしいのは紛失だけじゃなかった。

毎日、クラス中のみんなが私を見て笑っている。ひそひそと、悪意のこもった声がもれた。

「オタク」「天狗」「チョーシのんな」

オタクなのはしょうがない。それはもう、たいていの人類がドン引きするレベルのやつだから。そういう陰口には、慣れていた。

だけど、あとのふたつを聞いてはじめて、自分が顰蹙を買っていたことを自覚した。私は歯の浮く言葉にハシャいで自惚れ、まわりのことを考えない言動をくりかえしていたのだ。自分の無神経っぷりが恥ずかしくて、顔から火が出そうだった。

せめてもの戒めとして、彼女たちからの中傷を受け入れることに決めた。ただ立ち向かう勇気がないだけだとは、思いたくなかった。

それでも、月に数回程度だった紛失物が週一になり、三日に一度になり。やがてほぼ毎日となると、放っておくことは難しくなった。ついに私は、唐沢という講師に相談することにした。何でも話せる間柄だった訳ではない。自分に目をかけてくれていた講師は何人かいたが、面倒事を持ち込んで、その人たちにまで煙たがられるのがこわかった。

唐沢は若く情熱的で指導力もあり、生徒に慕われる人気の講師だった。人望のある人間なら、厄介な事情でも無下に扱われまい。そんな打算があった。

結論から言うと、全くの思い違いだった。というか、彼こそが私へのいやがらせの主犯格だったのだ。

あとから聞いた話では、きっかけは一年生時の終わりごろだったらしい。レッスン中、なんとなく口にした私の言葉が、彼のプライドをひどく傷つけたそうだ。ここでも自分の迂闊さが悔やまれる。

相談しているうち、一見親身だが、どこかせせら笑っているような彼の表情が気になってきた。ついで、唐沢と一緒にいるときに送られる、いまにも噴き出しそうなクラスメイトたちの視線。極めつけは、彼の引き出しの隙間から覗いていた、私の持ち物。

ぜんぶを知ったとき、「あちゃー、やられたなー」なんてアホ丸出しでボヤいて、一人で無理やりに笑ったっけか。

彼が率先して私を孤立させ、悪い噂を流していた。

いやがらせだけならいい。耐えられる。私にも原因がある。それでも孤立というものは、ひどく寂しかった。そして、これからの自分を思うと、やりきれなかった。

そんな窮地を救ってくれたのが、前年まで同じクラスに在籍していた喜美だったのだ。学年が上がり、クラスが分かれてからはほとんど交流のなかった彼女だが、唐沢の陰湿な行為がエスカレートしていく中で、噂を聞きつけたのだろう。

自分の正義を絶対に疑わない彼女は、唐沢に喰ってかかり、糾弾し、ほかの生徒を巻き込み、ついには講師たちが出てこざるをえないような大事に発展させた。

結果、唐沢は解雇。

それからクラスメイトの態度も軟化していき、盗難騒ぎもさっぱりなくなった。和解はしきれなかったが、息苦しい空気は薄れた。喜美のおかげだ。

だがそれっきり、肝心の演技に熱が入らなくなってしまった。やる気はある。でも、集中できない。そんな日がつづいた。イジメを受けていたときにだって、そんなこと一度もなかったのに。

なぜそうなってしまったのか、自分でもわからなかった。期待してくれていた講師たちの目が、徐々に冷めていくのを感じた。

無気力になり、レッスンも休みがちになった。なんとか卒業はできたものの、どこかの事務所に入ろうなんて考えは浮かばなかった。

卒業前、喜美に不調の理由を聞かれたことがある。唐沢の退職から半年ほど経っていた。そのころには、なんとなく自分の気持ちに気づいていた。

たぶん「がっかりした」、そして「疲れた」んだろう。

卑怯な行為で人を傷つけ、貶(おとし)めて喜ぶような人間が、自分たちを教える立場にあり、俳優としても活躍していた。そんな人間が評価されていた分野で、何かをやっていく気が失せたのだ。

「馬鹿じゃないの？」

けっこうな覚悟でそんな想いを告白した私を、喜美はバッサリ斬り捨てた。

「そんなの、きっとどこにだって転がってる、ありがちな話でしょ。フィクションじゃあるまいし、汚(けが)れのない、キレイなだけの世界なんてないよ」

それは彼女なりの思いやりだったのではないかと思う。力強い、暴力的なやさしさ。しかし実はこの言葉こそ、いまなお続く、私の無気力を決定づける楔(くさび)となった。絶望と言い換えてもいい。

「だって私、フィクションの世界に立ちたくて、役者めざしてたんだもん」


バイト先の、二十四時間営業のファミレス、夜勤明け。

「おっすー」

まかないのミートソース・スパゲティを片手に休憩室へ入り、

「おー、おつかれー」

バイト仲間の男子大学生と、けだるい挨拶を交わす。適当な話をしながら、少し離れた席に着いた。ミートソースがかかったパスタをフォークで巻き取り、頬張る。うん、おいしい。安くても、レトルトパウチでも、しっかり味が染みこんでいる。ミートソースは神。

空腹を満たして、ふうぅ、とため息をついた。

おととい『ノリオ』で別れてから、喜美とは連絡を取っていない。

彼女はきっと、私のためを思ってオーディションを薦めてきてくれたんだろう。かなり強引で乱暴だったが、それくらいはわかる。でも、やっぱり今の私にはそういったものに挑戦する気概が失われていた。

あの講師、唐沢は当時、俳優としても活躍していた。ちらほらドラマなどにも出演していて、講師陣からは花形的あつかいを受け、生徒人気も絶大だった。

裏では女の子をいじめて喜んでいたような人間が。

彼の実態を知ったとき、大切なものを汚された気がした。あんな人が成功している世界に立つなんてこと、私は望んでない。

視野がせまい、と言われてしまえばそれまでだけど、とにかく私はイヤだったんだろう。

また失った。

一度目は、自分にたりないものを否が応にも自覚して。

二度目は、他人を通してその世界に失望して。

耐えがたい喪失感が、身を蝕(むしば)みつづける。まるで、心にぽっかり穴があいてるみたいだ。

親しい誰かを亡くしたことにも匹敵する息苦しさ。それを真正面から受け止められるような強さは、私にはなかった。

逃げる。目をつぶる。壁を作る。卵の殻のような、固くうすい壁を。誰にも、なにものにも、傷つけられないように。

喜美に指摘されたとおりだ。私にはどうやら、すっかり逃げ癖が染みついてしまっているらしい。

そんなとき、マナーモードにしていた携帯電話がぶぶぶぶっ、とふるえた。

番号は喜美の携帯のソレで、出てみると、かけてきたのは彼女のお母さんだった。


全体的に白い、無機質な個室。かすかに残っている、つんとする薬品の臭い。うす気味悪いほどの、静寂。

窓際に設置されたベッドの上で、私の親友は眠っていた。

頭に巻かれた包帯や、腕につながっているチューブ――あまりに仰々しくて非日常的で、いまいち現実味がなかった。

病室を出たあとで喜美のお母さんに聞いたところ、CTやMRI検査に異常はなく、意識さえ戻ればおそらく問題はないと担当医が言っていたそうだ。ほっと胸をなでおろした私は、こうなった原因を聞いて凍りついた。

「あなたのせいよ」

喜美のお母さんとはこれまでにも、自宅にお邪魔したときに何度か顔を合わせたことがあった。娘とはちがい、見た目同様に中身もおっとりした、おだやかな印象の女性だ。

しかし今、その眼は射るように私を睨みつけている。

めまいが、した。

警察からの状況説明を受けた喜美のお母さんによると、喜美はおととい私と別れたあとで事故にあったらしい。詳細は、以下のようなものだった。

ルーン＝バロット役募集について、くわしい資料を受け取りに母校へ向かった彼女は、同じく再雇用を狙って学校へアポなしの直談判に来た唐沢と、運悪く遭遇してしまったのだそうだ。

口論から発展した暴行事件は、喜美の入院、唐沢の逮捕という結果に終わった。

どんなに気が強くても、どれだけ口喧嘩が達者でも。いかんせん、男と女だ。突き飛ばされ、倒れた拍子に頭を強く打ったという。それきり、意識不明に陥ってしまった。

「養成学校側から聞いたわよ。これまでにも、あなたに合うような役がないかって、何度も問い合わせがあったって」

初耳だった。喜美はバロット役の話が出る以前から、そんなことをしてくれていたのか。

彼女は探していた。そして待っていた。私が再燃するような、そんな最高のチャンスを。

かたくなな私が揺れるような、動くような、そんな奇跡を？

二日前のきびしい口調を思い出す。せっかく慎重に進めてきたものをぶち壊しかねない、あんまりな説得だった。はやる気持ちを抑えきれなかったのかもしれない。

あの朝に送られてきたメールの簡潔な文面は、そのあせりが伝わらないようにするため？　ストローを噛みつぶしながら。コーヒーおじさんをあしらいながら。どれだけの想いを秘めて、あの喫茶店に私が現れるのを、いまかいまかと待っていたんだろう。

「あなたやアイツがいなければ、あの子はこんなことにならなかったのに」

唐沢も、そして私も。喜美のお母さんからすれば、等しく怒りをぶつけるべき加害者でしかなかった。

私が喜美を傷つけた。

その事実が、深く深く、私の心をえぐった。


どれくらいの時間、罵詈雑言を浴びせられ続けただろうか。いつのまにか喜美のお母さんは、もう私の前にいなかった。それどころか、今いるのは病院の敷地内ですらなく、自宅への帰り道だった。

茫然自失。ふらふら。携帯電話を見れば、時刻は夜七時を回っている。何時間分もの記憶が、すっぽりと抜け落ちていた。

ふと気づくと、『ノリオ』がすぐ近くにあった。喜美と最後に言葉を交わした場所。この時間はもう、居酒屋の営業に切り替わっているはずだ。少し店内が騒がしい。

通りすぎながらチラリと中をのぞいてみると、眼鏡をかけた二十代半ばっぽい男の人が、

「うわー！　どこだ、どこにいるんだ！　ボクはもうダメだー！」などと、酒瓶に抱きつくようにしながら叫んでいた。うるさい。

あきれて見ていると、男のすぐ近くで苦笑いしていたおじさんが、こちらに気づいた。それを見た私は、思わずかけ出す。

「おい、タマ！　待ちなさい！　タマ！」

店から出てきたおじさんの大きな、しかし身を案じているような、あたたかい声。それを背中に受けて、確信する。ああ、もう喜美のことを知っているんだ。

なおさら止まりたくなんてなかった。責められたくない。やさしくされたくもない。なんにもいらない。

もうみんな、私を放っておいて。さわらないで。

アパートに帰りついた途端、へたり込む。

ぐるぐるうずまく感情に揺さぶられて吐き気がする。いや、吐いた。トイレに顔を突っ込み、何度も、何度も。何度も。出すモノがなくなっても、まだ吐いた。

胃液まで出しきって、しばらくしたあと、アルバイト先に当日欠勤させてほしいと連絡した。電話に出たのは、そういったことに人一倍きびしい副店長だったけれど、私の声の調子から様子を察したのか、最後に「お大事に」と言ってくれた。彼女からそんな言葉をかけられたのは、はじめてだった。

通話が終わってすぐ、布団に倒れこむ。心が限界だった。また、意識が途切れる。

夢だ。夢を見ている。なう。

自覚できるくらい、現実としては不自然な、そんな夢。

背景が。人が。そして自分が。白いような、黒いような、それらを混ぜたような、そんな色をしていた。

ああ、そうだ灰色。燃えきったあとに残る、カスの色。私にぴったりだ。

モヤがかかっているかのように意識はぼんやりしていて、思考がおぼつかない。これまで自分が何をしていたのか、そもそも自分が誰だったのか。それすらうまく思い出せない。

見渡せば、まわりの人たちはみんなやわらかそうな椅子に腰かけ、正面の何かをかぶりつくように見つめていた。きょろきょろしているのは、私ひとりだけだった。

「うっ」

そのとき横から不意に、

「大人しくしてな、みっともない」

喜美！

その姿を見ただけで、一瞬で思い出せた名前。私の親友。ええと、なんで彼女の顔や声だけで、こんなに幸せな気持ちになれるんだっけか。

　それがどうにも不思議で、彼女の頭の上のヘアバンドをずらしたり、限界まで伸ばしたりしてみながら考える。ううん、わからない。にしてもコレ、よく伸びるなぁ。でも、もし元に戻らなくなったら怒られるかも。もうやめておこう。

　パッと手放す。

　ばちんっ。

「ぎゃっ」

　悲鳴をあげたあと、彼女は往復ビンタをかましながら執拗に罵ってくる。もはや黙って従うほかなかった。大人しく、ふかふかの椅子に深く座りなおす。

　そして喜美や、まわりの人たちにならって、目の前にある何かに目を向ける。


　そこには色があった。

　音があった。

　そして、衝撃があった。

　きらきらとかがやく、大きなスクリーン。その中で、タイトなスーツに身を包んだ少女が、ひと目で悪者とわかる連中と銃撃戦を繰り広げていた。

　そうだ、映画だ。ここは映画館だ。ずっと、ずっとずっと楽しみにしていた映画を、今日は喜美と一緒に観に来たんだった。

隣を見ると、彼女が笑顔でうなずいていた。そして、スクリーンに向かって指をさす。

場面はいつのまにか移り変わり、艶やかなドレスを身にまとった先ほどの少女が、カジノでルーレットに挑んでいた。女性ディーラーの羽根が舞うかのような軽やかで老練な手つきが、少女を翻弄していく。

策を弄しても。彼女がその手に着けた、不思議な手袋に相談しても、ディーラーはそのずっと上を行く。

みるみる減っていくコイン。とてつもなく高い壁。それでも、果敢に立ち向かう少女。

いつのまにか治っていた自分の指をぎゅっと握りしめ、心の中で声援を送り続けた。

やがて少女は――。

やっぱりすごい、観に来てよかった。そう言おうとしたとき、

「観てるだけでいいの？」

隣からかかる喜美の言葉が、唐突に私の心を刺す。

カラフルで、迫力満点。そんな世界を前にして、灰色の景色を背景に彼女は言う。私の心に刻み続ける。

「……アンタがやるんだよ」

「応募しなよ、ルーン＝バロット。チャンスだよ」

「目を背けているだけじゃないの？」

「アンタ、逃げ癖があるよね」

ああ、そうだ。

あの、黒くてまずい液体をしきりに勧めてくるお店で、不器用な彼女は一所懸命、私を奮起させようとしてくれた。

逃げ癖って……。アンタは血の気が多すぎて、いま大変なことになってるクセに。

私はささやかな反撃のつもりでそう言ったが、彼女が気にした様子はない。いまの私の声が、届いているのかさえもわからない。

そもそも大変なことって？　はて、なんだったっけか。

「自分のやりたいこと。しっかり、わかってるはず」

あのときの、あの言葉。

「気持ちが残ってるんなら、やるべきだよ」

最後に投げかけられた、強くてやさしい言葉。

私は——。

再び正面を向くと、そこには画面いっぱいに映っている、見知った少女の顔があった。そう、見覚えがある。よく知っている。

お気に入りの、長い黒髪。

もはやコンプレックスに近い、色素のうすい、白い肌。

二日に一度はミートソースを咀嚼（そしゃく）している口は、今はその手の上に乗った、愛する者の名をやさしくささやいている。

自分の殻をやぶる力になってくれた、いとしい存在。

やさしい世界。うつくしい世界。

あれは。

あれは、私だ。私の理想だ。私ののぞんでいるものだ！


ふと気づけば、さっきまでの映画館とは別の場所にいた。無機質な個室。かすかに残っている、つんとする薬品の臭い。うす気味悪いほどの、静寂。

立ち尽くす私の前には、窓際に設置されたベッドの上で包帯を巻き、チューブに繋がれながらも、しっかりとこちらを見据える親友の姿があった。

完全に思い出した。そうだ、彼女は。

喜美は、私のために。私のせいで。思わず顔を伏せる。

「タマ」

そう、それが私の名前。でも呼んでもらっても、とても顔を上げられない。彼女の目を、もう見ることができない。

どうしたらいい？　なにをすれば、どうしたら、アンタの想いにわずかでも報いることができるの？　なんで喜美は、そんなに私のことを想ってくれるの？

所詮、夢だ。

この喜美の姿や言葉は、脳が私自身の記憶やらイメージやらをこねくり回して作った、まぼろしにすぎない。何を聞いても、答えは私の中にしかない。しかし、彼女が何と言うかについては、確信があった。

「アンタの、楽しそうな顔が好きなんだよね。だからアンタ自身のやりたいことをやってほしい」

喜美はそのために。私なんかのために、こんな姿になってしまった。

どうしたらいいって？

答えは出ている。雌伏のときは終わった。

そう気づいたとき、重苦しい空気が消えて、視界が晴れた。

そしてその瞬間、私のうすい胸の中でくすぶり続けた熱い何かが小さく弾け、全身を駆け回りだした。ぐるりぐるり、ぎゅんぎゅんと。


目覚めたとき、時刻は朝の十時を少しすぎたところだった。昨晩と打って変わって、自分でもこわいくらいに体が軽い。

携帯電話に、複数の着信。

すべてが喜美の番号からのものだった。メールも一通届いている。

不安でたまらない。躊躇するが、そうしていてもどうにもならないことはわかっていた。

意を決して、メールを開く。

文面は、ごくごく短く、簡潔なものだった。

＊＊＊

撮影を終えて

神田徳春

『マルドゥック・スクランブル』——。

はじまりは、デビューしたてのころの冲方丁氏が考案した、原稿用紙換算約五十枚の短篇のプロットだったという。

その後、なぜか千五百枚ほどに膨れ上がった原稿は、紆余曲折を経て早川書房により刊行された。

そして大ヒット。

低迷していた国内ＳＦ人気を盛り返し、業界の発展に大きな貢献を果たした。

それから本作の過去を語る『マルドゥック・ヴェロシティ』や、続篇である『マルドゥック・アノニマス』が刊行され続ける傍ら、スクランブル自体も改訂新版、完全版などが生み出される。言うなればこれは、進化し続ける物語だ。

また、将来有望な新人作家により、二年以上の年月にわたって漫画版も描かれつづけた。ときには大胆にアレンジも加えられたコミカライズは、さらに社会的知名度を上げ、作品の質を高めることとなった。

さらに二〇〇六年に公開予定であったアニメOVA。こちらは諸事情により製作中止となってしまうものの、その四年後、新たな製作会社により劇場アニメが公開された。その、執念すら感じるしぶといさまは、死してなお蘇り世界に羽ばたく、不死鳥を思わせる。

進化は止まらない。

新人、ベテラン。策謀、錯綜。あらゆる人材、思惑がごちゃ混ぜとなった国内実写映画化の撮影が、本日無事終了した。

もし個人的な見解を述べることが許されるのであれば……本当、マジでもう、めちゃくちゃ大変だった。

今日というこの日にたどり着くまで、胸ぐら掴んで往復ビンタをかましたいと思った相手は、一人や二人ではない。もちろん自分自身も、そのうちの一人だ。

ボクは今これを読んでいる、あらゆる新人クリエイターに伝えたい。内容を把握しないまま、甘い言葉に浮かれて契約書についついサインを、なんてことは絶対にするな。死ぬ思いを連日くり返すことになるかもしれないぞ。

……まあもちろん、充実はしていた。日々の喧騒は日が経つとなかなか味わい深いものがあったし、撮影半ば、もともとこの企画をボクのところに持ってきた先輩と殴り合った翌日は、朝日がやけにまぶしく見えたっけ……。

また逆に、感謝してもしたりない人間は、二桁どころじゃない。

クランクイン前、絶対無理だと思った。

毎日心の中で、助けてと叫び続けた。

なにしろこの作品、実写化するにはハードルが高すぎる。多すぎる。

しかし結集した力は、とてつもない奇跡を生んだ。あの地獄を乗り切ったことが、今でも信じられない。

どれだけ多くの人々に、このマルドゥック・シリーズが愛され、支えられているのかを痛感させられた。

バロット役として主役を演じた彼女も、その一人だ。

小波田珠。

今回、彼女を主演女優に抜擢したきっかけは、ルーン＝バロットに容姿が酷似していたから。オーディションではじめて出会ったとき、たまらず心の中で、「よく来てくれた！」と叫んだほどだ。

しかし身体はそれなりに動けるものの、役者経験ほぼゼロという、主演に据えるにはかなり微妙なラインだった。

それでもボクがあの子を推したのは、なによりも、内からほとばしる熱意が感じ取れたからだ。

弱冠十五歳の元少女娼婦、ルーン＝バロット。その後も畜産業者のような外道、ボイルドやアシュレイ＝ハーヴェストといった強敵との激闘を強いられている。

これを演じきるのは、たとえ新人でなくとも、とてつもなく過酷にちがいなかった。根性が必要だ。気力が。熱意が。決意が。もっと言うなら作品愛が。

小波田珠は、そのすべてを持っていた。

そして彼女は見事にやりきった。役者として、この数ヶ月で見違えるほど成長を遂げた。生き生きと。だがずっと張りつめた表情をしていた彼女は、本日をもってようやく地獄から解放される。

クランクアップ後、応援に来ていた友人と泣きながら抱き合っている姿には、こちらもほろりとさせられた。

しかし彼女の女優人生は、ここからが本番だ。撮影時、その演技を見た何人かの業界人から、すでにいくつかオファーを受けているらしい。

あの子が今後、女優として成功するのかどうかはわからない。

しかし、あの『熱』はけっして消えないと、ボクは確信をもって言える。たとえ一時的に弱まることがあったとしても、必ず再燃する。そして目標へ向かって、迷わず大きく羽ばたくだろう。それだけのエネルギーを感じた。

不死の作品は、不死性を帯びた存在を呼び寄せるのか。

ボクも。

ボクもやるぞ。

映画を撮る。撮り続ける。この『マルドゥック・スクランブル』を超えるような作品を、いつかきっと自分の脚本で作ってみせる。

……。

えっ、ヴェロシティ？

…………。

いや、それは待ってください。

それはもう本当に待ってください、お願いします。だって、股間に武器ついてるんですよ？

いや無理です！　マジ見逃してください！　なんでもするんで。なんなら脱ぐんで！

ホント、なんでもしますんで！

■著者の言葉

マルドゥック・シリーズを題材にしたものを冲方塾に投稿すると決めたとき、まずはじめに想いを巡らせたのが、ほかの投稿者様たちの作品でした。

冲方作品ファンが集う新人賞ということであれば、きっと濃ゆーいＳＦモノが押し寄せてくるのだろうなあ、と（他作品を拝読したかぎり、まちがいではなかったように思います！）。そしてそんな中に自分が単調なＳＦを送っても、まず埋没するだけだという確信がありました。

頭を捻らなければ！　その考えのもと試行錯誤に紆余曲折、悪戦苦闘を経た結果、生まれたのが拙作「マルドゥック・クランクイン！」でございます。『戦う少女』に挑む少女の物語、楽しんでいただけると幸いです。

五連闘争

三日月理音

紙の書籍が消滅した2216年。〈裁断場〉コンテンツは書籍から抽出したキャラクターをネットワーク上で闘わせ、読み物として配信していた。バロットとウフコックもまた、物語を書き変える〈素描者〉、書籍を処分する〈裁断者〉から自らの物語を守るため闘う。

西暦二二一六年。多くの著作物がデジタルへ移行した国立国会図書館で、所蔵されていた最期の紙媒体一般書籍が廃棄された。徹底して温度・湿度管理され、最新技術により延命を続けた書籍は、かなしいかな、ほとんどがタイトルさえ判然としないほど、虫食いとシミの劣化に襲われ無残な有様だった。デジタルコンテンツと化した書籍をわざわざ紙媒体で読む好き者も絶滅した。

しかし、それをリサイクルして新たな読み物にする輩（やから）もいる。

会員四百万人の〈裁断場（さいだんじょう）〉コンテンツは廃棄図書をデータ化、物語から抽出したキャラクターをネットワーク上で闘わせ、読み物として配信している。読み切りもあれば連載もある。

ただし、それを書くのは人ではない。〈キャラクター〉だ。

国立国会図書館の廃棄図書のうち、〈裁断場〉主催者に拾われ、百戦錬磨の〈素描者（そびょうしゃ）〉によって〈キャラクター〉が顕現した五連の物語があった。

名を『マルドゥック』シリーズという。

本作品は『マルドゥック』の主要キャラクターと〈裁断者(さいだんしゃ)〉および〈素描者〉が繰り広げ、読者に配信され続けた闘争の物語である。

描写コンテンツ：『マルドゥック・スクランブル』［改訂新版］初版
著者：冲方丁
年代：二〇一〇年
出版社：早川書房
描写キャラクター：ルーン＝バロット及びウフコック＝ペンティーノ
前述以外のキャラクター描写を〈裁断場〉の規約により禁ず
描写シーン：第一部 圧縮 第二章 混合気 六十七頁
バロットがカースタンドに車を借りに行く

「あれだ。目の前にあるスタンドで車を借りられる」

交差点の斜向かいにカースタンドがあった。バロットは緑(ウオーク)になっているほうの歩道を渡り、

《闘い（物語）の描写を開始する。——ニコ、準備を》
《あいよ。しっかり描写しておくれよ》

渡り、きれなかった。


　シーンが固定される。

〈素描者〉が指先を踊らせると紙媒体の文字から信号や歩道が立体物として立ち上がり、場を創り上げた。

　信号は緑のまま固まっている。横断歩道の白黒にのっぺりしたキャラクターが——今回の相手であるチョーカーをした少女が足を踏み出す恰好で貼りついている。

《ルーン＝バロットとウフコック＝ペンティーノを起こす》

〈素描者〉が六十七ページから構成されるバロットとウフコックを文字で描いた。地べたにおちた風船が膨らむように、平面だったバロットが立体的な人の形をなして、歩道からはがれて起き上がり、ぽんっと揺れた。

《よし》

立体物になったバロットがパチとまばたきした。だが、顕現したバロットとウフコックはすべてを忘れているようだった。

「ねえ、ちょっとググ。これ大丈夫？　ハイ、お二人さん。あたしのこと分かる？」

うつろなバロットの顔の前でサングラスをかけた女がひらひらと手を振ってみせた。ググと呼ばれた〈素描者〉によって、バロットたちと同じようにこの物語世界に顕現した女――ニコだった。

バロットの目に光が宿る。しかし、視線は遠く、カースタンドを向いている。

「ちょっと。まだ慣れない？　ねえ、ググ。反応がないんだけど。行動の範囲を広げてあげなよ」

《とりこんだページが少なすぎたかな。少し加筆するよ》

バロットの目の前に女がいる。

背中からはみ出すほど大きな剣を背負っている。

バロットは女を見つめ、自分を思い出す。ウフコックとのこれからも。

バシンと電気ショックのようにまったく突然に、バロットは自分たちのことを思い出した。パチパチと何度もまばたきする。

「思い出した？」

　女が嫌みなほどにこやかに尋ねる。

　変だった。バロットが知っている自分たちの物語と違う気がしてならない。そもそもこの女は——そうだ、この女だ。私たちの前に人はいなかったはずだ——何者だ？

　バロットは目を眇（すが）め、眼前のイレギュラーに尋ねた。

　あなた　だれ？

　バロットの唇が動く。だが、首のウフコックはぴくりともしない。また声を奪われたのかと身構え、総毛立った。

「おお、いい感じ。いい感じ。自分の物語をしっかり理解してるじゃん」

　おちょくったニコがあくびをひとつ。

　それを合図として、バロットとウフコックは〈裁断場〉の権限で強制的に立て直した。本来生きたはずの物語で経験する情報、つまり彼女たちの未来が〈裁断場〉の権限で付与された。うねる文字の、黒いハロウが発せられ、複数のルーン＝バロットとウフコック＝ペンティーノが歩道で棒立ちのバロットとウフコックに重なった。

　女はよしよしと頷き、プーッとチューインガムを膨らませた。

「改めて、お二人さん。ようこそ〈裁断場〉へ。あたしの名前はニコ。今回〈裁断者〉に選ばれた誰かの物語のキャラクター。そんでもって相棒の〈素描者〉はググ」

ニコは、ぴっと上を指さした。

上は青い、のっぺりした壁のようだった。奥行きが感じられず、平面のまま横たわっている。だが、陽射しと思われるあたたかさを感じる。『マルドゥック・スクランブル』本篇で陽射しの記述はあっても、空の描写がないから起きる〈裁断場〉固有の現象だった。

《昼らしい描写だから〝こんにちは〟って言おうか。お嬢さんとチョーカーのネズミ君。僕はググ。ニコと同じ物語のキャラクターだ。この名が与えられたのは不本意だけどね。ググれカス（ファック・ユー）なんてひどすぎるだろう。――顕現したほうがいい？》

子どもが書いたようないびつな文字が青い壁から降ってきて、二人の前で揺れて雪のように溶けた。

突然の出来事にお目付役のウフコックは「どうなってるんだ？　お前たちはなにを言っているんだ？」と訊ねたかった。だが、声は出なかった。

パチンとガムを弾（はじ）けさせたニコが、自分の頭を指さした。

「モノローグを使いな。ルーン＝バロット、ウフコック＝ペンティーノ。あんたらが『マルドゥック・スクランブル』本篇で二重ヤマカギで話す言葉だ。ダッシュじゃないよ」

《こういうことか？》

ウフコックが訊ねる。

「さすがは万能道具存在（ユニバーサル・アイテム）。飲み込みが早いね。さて、この物語本篇の話をしようか。あんたらはのっぴきならない状況にいる。——ググ」
　呼ばれたときにはその子どもはもういた。
　大きな眼鏡をかけた愛らしい少年・ググがニコの隣に顕現していた。白衣の袖を折り、小脇にばらけた本を抱えている。一番上に乗っているのはハードカバーの黒い表紙で、タイトルは『マルドゥック・スクランブル』と読める。
《お前たちはなんだ？　俺たちはこれから車を借りなければならないんだ》
　物語の進行上、とウフコックは続けた。
　ニコがチューインガムを吐き捨てると、黙ってろと手振りで示す。
「君らには僕たちと闘ってもらう。そのための〈裁断場〉だ」
《どういうことなの？》
　戸惑うバロットにそのままの意味さとニコが返し、肩を竦めた。ググはさらに〈裁断場〉のルール解説を続ける。
「二人とも、いいかい、これはエンターテイメントだ。君らの生き死にも僕らの生き死にも、これを読んでいる人間の娯楽だ」
《生き死にってどういうこと？　私はボイルドに勝って、生き延びる》
「それはデジタルコンテンツなら、という注釈が現在ではつく」
《どういうことだ？　君たちに秘匿情報の開示を要求する》
《意味が分からない》

ウフコックが詰め寄り、バロットがモノローグでわめいた。

「つまりさ、あんたらもあたしらも捨てられたんだ。時代の流れで。あんたらは法廷で恥ずかしい過去話をすることもなければ、カジノに行ってシェルを倒すこともないし、宿敵のボイルドに打ち勝つこともない。紙媒体でのあんたらの役目は、ここであたしと闘って、読者様に最期のエンターテイメントを提供すること。分かった？」

「僕らは——正確には僕だけだが——描写する。そういう役目を人間から与えられている。裁断された物語のページを取り込んで、とあるページに平面的に存在するだけの君らと場を立体的に顕現させ、同時に僕ら自身も描き出す。お互いに生存を賭けて戦い、生き残ったほうが次の〈素描者〉と〈裁断者〉になる。これはそういうショウだ」

《生き残れなかったら、どうなるの？》

「構成するページを根こそぎ刈り取られて息も絶え絶えな紙媒体の本が絶命するだけだ。こんな風に」

ググの小さな手がニコの首筋に触れると、文字が這った。バロットのまばたき一回。音もなく首が横断歩道に落ちた。切断面から煙のように、もわんと文字が立ちのぼる。

《！》

死んだニコは歩道に倒れ、黒い文字カスになって、煙のように消えた。だが、ググが描写すると、ニコは同じ姿でそこにいる。

「今のはチュートリアル。みんな最初、これで驚くんだからやってられないね。僕らの物語の一部を消費しただけだ。気にしなくていい。僕らの作者は何千枚僕らを書いたかもう誰も知らないんだ。――さて、次からが本番だ。早くしないと読者が怒り出すからね。彼らはせっかちなんだ。忍耐強い古き良き読者なんてものはもう存在しない。僕は中立の〈素描者〉となり、君らとニコの行動全般の描写を行う。質問は？」

《私たちはどうすればいいの？》

　声を震わせバロットが訊ねる。ググが、おやという顔をした。バロットは怯えていなかった。むしろ決死の覚悟で闘おうとしていた。ググがそっと小さな手を見ると、文字が血のように手の甲に噴き出している。顕現キャラクターの行動域をバロットは食い破り始めていた。ニコも異変に気づき、これ見よがしに背中の剣を外す。

「あたしと闘って勝てばいいのさ。もしくはググを殺すか。どっちでもいいけどね」

剣呑(けんのん)な切っ先を突きつけられたバロットは怯(ひる)まなかった。

「君たちの能力変動はこの『マルドゥック・スクランブル』だけ。僕らは僕らの物語だけ。場は君たちの物語が下地だ。言ってくれれば好きなページの好きなシーンに飛ばしてあげるよ。――さあ、幕をあげるよ。準備をして」

　ググがばらけたハードカバーを開き、万年筆で猛烈な書き込みとページの攪拌(かくはん)を開始した。その姿は、〈素描者〉として薄く黒い幕に覆われ、いるのにいなくなった。

　歩道が消え、地面がうねり、揺らぐ。

《ウフコック、変身(ターン)》

バロットの手に銃が握られた。全身がウフコックに、タイトに包まれた。
一歩踏み込んだニコがわざとバロットの肩口に剣先を突き入れた。シェルがそうしたように。ニコがにっと笑い、バロットもまた微笑んだ。甘やかな、歴戦の戦士のそれだった。
《それじゃあ、死なない》
ウフコックが火を噴き、ニコの鋭角的なワンレングスを切り取っていく。
《八十一ページに飛んで》
物語(ショウ)が始まった。

〈素描者〉権限：ページスキップ
第一部　圧縮　第二章　混合気　八十一頁
カフェテリアでバロットが自分の過去を発掘する

「おや、近いところに飛んだね」

剣戟(けんげき)と銃撃は続いている。撃ったたびに断ち、断たれるたびに撃った。

バロットとウフコックのパートナーシップは物語最高点の強さでニコを追い詰める。柔軟に、絡みつくように。だが、ニコもまた加筆に加筆を重ね、自身の強度を増した。ニコは一度手首を撃たれ、撃たれた手が描写される間にバロットの頭を削いだ。バロットはすぐさま描写されたが、ページの一部が剝離して崩れ落ち、そのページは絶命した。

「あんたの人生は悪いもんだったってシーンだ。胸に迫るよ。可哀想に。だけど、これから復活劇が始まる。なんたってフェニックスだ。——だけど、どう？　読者に捨てられた今の気持ちは。自分を覗かれる気持ちはレイプと同じなんじゃないかい？　あんたそう言ってたよね？」

ニコは軽口を叩き続ける。それが自分の本分であるというように。対してバロットはなにも言わない。それが本篇で課された自分のルールだというように。辛い思いをした女の子が立ち上がるには言葉は適切な位置で挿入されなければならないというような、頑な態度だった。

ウフコックとの意思疎通は言葉を介さなくても完璧だ。

ニコがカフェテリアの椅子を蹴飛ばし、バロットに迫る。バロットが立て続けに撃った。その音さえ、効果音として描写された。ガウン、ガウンと猛るオオカミのように。

カフェテリアの店内はページをまたいで描写されている。八十一ページだけでは内部を描ききれず、ググが付け足しまくって拡張した。本来、バロットが座っている椅子は今、空になっている。このページのバロットはすべての記憶を持つバロットが現れたことで消滅した。

戦闘は続く。ほぼ完全なカフェテリア店内はすでに破壊の限りを尽くされていた。声の出ないバロットにためらいを覚えた青年ウェイターは銃撃と剣戟でずたずたになって、文字に還っている。

《化石の発掘は好き？》

「さあ？　そういうキャラクター設定はされていない。考えたこともない。あたしの今の仕事は〈裁断者〉だからね」

　ガウンと一発。ニコの胸のど真ん中に当たる。文字の血が流れ出て、膝を屈すると同時に消滅。新たに描写されたニコが剣を振るった。それを銃身で受け止める。ググが刀身に加重加筆を施し、銃（ウフコック）がみしりと軋（きし）んだ。

《じゃあ考えて。今、ここで。私の言ってる意味、分かる？》

　回し蹴りを放ったニコを、バロットは軽快なバク転で躱（かわ）した。距離を取る。息を切らしたニコとバロットの描写をググが入れる。

「設定矛盾を引き出してキャラクターのゲシュタルト崩壊を起こそうってのかい？」

《さあ。でも、もしそうなら、あなたの書き手がそこまでだった、という証明になる》

　バロットがちらとググを見やると、中立の神の目線を持つ彼は頷いた。

「許可する。それもまた闘い方のひとつだ」

　ニコはそれとは分からないよう舌打ちした。

　書き手がキャラクターを設定するとき、かならず「想定していない部分」がある。好きな食べ物、朝起きて最初になにをするか、恋人を持ったのはいつか……設定上多くが省かれる問題で、設定の盛りすぎは物語の破綻を意味する。キャラクターとは立体物でありながら、シンプルで分かりやすいよう設定されている。それを覆い、複雑化するのがストーリーという幕だ。幕を抜け、その奥に潜む化石を発掘しろとバロットはニコに提案したのだ。

ニコとググの書き手はかなり大雑把で、自身も把握していない設定が多々あった。それがどこまでニコに反映されているか彼女自身も分かっていない。物語開始前のニコがどこにいたかは覚えていたが……。

だが、ニコはバロットの挑発に乗った。

「いいだろう。設定矛盾の極致まで、この物語を降りていこうじゃないか。どうせ捨てられた身だ。惜しくない」

《お前たちの言う、デジタルコンテンツにはなっていないのか？》

そうすれば生き延びられるだろうとウフコックが言うと、ニコは肩を竦めた。

「あたしたちの作者は、デジタルコンテンツ化打診もノー。海賊版も二次創作も厳しく取り締まった。だから時代に取り残された。誰も読んでくれなくなり、作者が死んだ後は誰も書いてくれなくなった。そして処分された。劣化でね」

《……………》

バロットもウフコックも、沈黙で同情を示した。可哀想にとは絶対に言わない憐憫（れんびん）だった。

このカフェテリアで、ウフコックが化石の発掘で痛みを伴ったバロットにけっして可哀想と言わなかったように。

ニコががしゃがしゃと刀身を揺らした。

「ご親切にありがとうよ。さて、ページを移ろう。今度はどこがいい？　化石の掘り返しに最適な場所はどこだい？」

バロットが告げる。

〈素描者〉権限：ページスキップ

第三部　排気　第二章　分岐　四百九十六頁

カジノでのアシュレイとの対決

「ビンゴ」

バロットの両腕が、手袋の下で、ぞっと鳥肌を立てた。

突然の暴露に対する、途方もない戦慄だった。

攪拌されたページから、バロットとニコが命を吹き込まれた四百九十六ページに現れると、カジノで闘っていたバロットは、糸がほどけるように消えた。

「ググによってシーンが固定された。さて、ここで化石の発掘をやろうってのかい」

《そう。そして、あなたを書き換える。もうすこし素敵なものに》

ニコは鼻で笑った。バロットは真面目な面持ちだ。

「なにに？　虚無に？　ボイルドのように？」

《このシーンは極致点であり転換点でもある。私は人より多く恐怖を感じていたけれど、攻撃の恐怖はここでピークに達した》

バロットは、ウフコックをターンさせて指先まで覆われたシックな黒いドレスに身を包んだ。もう必要ないというように、攻撃手段を放棄して、描写される椅子に腰掛けた。ニコにも手を広げてすすめる。

「ニコ……」

気をつけろ、とググが張り詰めた声で言った。モノローグはニコとググの間では使用できない。場の設定時に、バロットとウフコックに振り分けてしまったからだ。

手強(てごわ)い敵だった。今までに闘ったどの物語のキャラクターよりも、何枚も上手(うわて)だった。ニコが剣の描写を解く。意を汲(く)んだググが真っ赤なドレスを描写した。

そのとき、ググは気づくべきだった。バロットに操作されていることに。ググとニコが登場した何千枚の物語のなかに、ドレスの描写など一文もなかったことに。そして、バロット自身のドレスも『マルドゥック・スクランブル』本篇には描写がないことに。

だが、ニコもググも長く闘いすぎて己と己の物語を忘れていた。

《言葉のギャンブル。ここは化石の発掘に最適なの》
バロットが正しく笑った。己を克服した者が見せる強い笑みだった。生地にターンしたウフコックがにやりと渋い笑みを閃(ひらめ)かせた。
「どういうことだ？」
さっきウフコックが尋ねたことを、今度はニコが尋ねる羽目になった。
《おしゃべりしましょうってこと。出身は？》
「ノースカロライナ。もっとも、大気汚染の激しい三十二世紀のファンタジー世界のだけど」
《恋人はいた？》
「いたな。死んだけど。あんたは？」
《彼が恋人のような感じ》
言って、ウフコックがターンしたドレスを撫でた。
《なぜ〈裁断者〉になったの？》
すっと尖った雰囲気をニコは感じた。バロットはいつの間に用意したのかグラスジュースを傾けている。ググが不審がって、『マルドゥック・スクランブル』本篇の描写を探り始めた。背表紙が外れた膨大なハードカバーを必死にたぐる。
「あたしが書かれた本が処分されたからね。それはあんたもだ」
《そう。私も同じ状況。それで、あなたが書かれた本のタイトルを教えてくれない？》
「『　　　』」

　ニコは言ったはずだった。たしかに言ったのだ。唇も動いた。だが、ググの手は止まり、空白となって描写された。ニコが愕然とする。懸命に思い出そうと、ニコの目が宙を泳いだ。

「おい、ググ……」

　バロットが悲しげに微笑んだ。

《ないでしょう。あなたたちの、物語》

「僕らの記憶を操作したのかい？　どうやって？」

　色めき立ち〈素描者〉の役割を忘れかけたググに、バロットは落ち着いてと身振りで示した。

「ググ、あたしたちの物語は、どんな話だったっけ？」

　そう言ったきり、己の物語を探し当てたニコは硬直した。掘り出された化石は、輪郭しかない空っぽだった。

《あなたたちの物語はこの場で消費し尽くされていたの。今あるのは〈裁断者〉と〈素描者〉という事実だけ。物語はない》

「どうしてそんなことがわかった？」

「手が！」

　ニコの問いをググの細い悲鳴がかき消した。万年筆を握った手が、勝手に描写を開始している。

「ニコ！　僕の手を切り落とせ！」

《落ち着いて》

だが、それを押しとどめる一文をバロットが描写すると、ニコは椅子から動かなかった。おまけにゆったりと安堵までしている。ググの手もぴたりと止まった。

「……なんだって言うんだい、こりゃあ……」

バロットはにっこりと微笑んで、万年筆にターンしたウフコックを閃かせた。宙に文字が躍る。

《私でもあなたたちみたいに振る舞えるのかなって。試したの。たとえば他者――つまり他のキャラクターに干渉できるかなって》

バロットは描写し続ける。手始めに彼女が物語世界で見たであろうカジノの風景を丹念に、瑞々しく描き出した。ググのように紙はない。バロットにとっては、この物語全体が描写可能な紙だった。

《この物語の端々にあなたたちが何者かというヒントは出てた。私たちのモノローグ。ページを飛ばしたいときは言ってくれれば、という発言。そしてググという〈素描者〉自身によって》

ニコは姿勢良く座らされ、ググは幕をはぎとられた。描写が書き加えられ、衣装が変わっていく。

《ググ、あなたは私たちと同じラインに立つ書き手(神)というキャラクターなのね。だからモノローグでしか私たちの言葉を表せなかったし、考えを読めなかった。だって、あなたは限定された書き手でしかなかったから。もし本来の書き手であるなら、私たちの内面なんてお見

通しのはず。あなたは中立の〈素描者〉を演じるキャラクター。私たちのこの対決が物語であることからも分かる》

　バロットが試したのは、ググと同じ書き手の立場に立つことだった。同じ空間に〈素描者〉という書き手がいる。それが中立の神であるならば、神は限定された書き手、つまりキャラクターとなり得る。バロットがググを操作できたのは彼女に与えられた能力ではなく、『マルドゥック・スクランブル』という物語がバロットに与えたキャラクター性(スナーク)——過酷な現実を正しく受け止め、克服するという役割を負っていたからだった。

《つまり、ググの存在自体が設定矛盾だった》

　ググは自身の内面を——彼の物語があったときに感じていた諸々を思い出そうとしたが、すべて空振りに終わった。大きく目を見開いたググが相棒を見やると、ニコは顔を引きつらせ、がくりとうなだれた。呻(うめ)きや怨嗟(えんさ)は一言も出てこなかった。ただ黙って目をつむり、死を待った。

　二人は恨みをこぼさない。それほどまでに勝ち続けてきた矜持(きょうじ)と由緒ある〈裁断者〉と〈素描者〉だった。

「……負けたよ。次の〈裁断者〉と〈素描者〉は君たちだ。僕たちはこれで絶命する。もっとも、物語自体が消費されて存在しないんだから、僕らの絶命なんて意味がないけれど」

　白旗をあげたググだったが、《まだよ》とバロットが引き留めた。ウフコックで書きながら言葉を続ける。

《言ったでしょう。素敵なものに書き換えるって。あなたたちが本来、生きた物語はないだろうけれど、〈裁断者〉と〈素描者〉として生きた記憶ならある。私たちに会ったときに状況を説明できたのって、体験が記憶として蓄積されているってこと。つまり、ここで生きていたことも人生の一部ってことになる》

描写は止まらない。

「どうするんだい、そんなことして」

ニコが鬱陶しそうに言いつのるあいだにも、彼女の姿形は変わっていく。八頭身の姿から、二頭身のデフォルメキャラクターに。ググもさらに縮んだ。デフォルメって難しい……というバロットの独り言を聞きながら、小さくなったニコはぴょこんとその場で跳ねた。サングラスが頭の上に押し上げられ、大きな目がぱちくりと動いている。ググに至っては、デフォルメが過ぎて指人形のようだ。

「なにこれ！　なんなのさ！」

《生き残れるわ、あなたたち》

少女らしい微笑みを浮かべたバロットは、上を、この世界の外を指さした。

《あなたたち、今、この物語の挿絵になってるはず》

ニコとググが、わっと叫んだ。だが、それは音ではなく、歓喜とも驚きとも言える妙ちくりんな叫びの効果音として文字で表現された。

《誰かがファンアートにしてくれるかも》

その発言を強調文にしながら、バロットはウィンクした。

彼女はこの物語世界を裏からつついてひっくり返したのだ。

バロットの描写が進むたびに、ニコとググの挿絵はカジノルームを走り抜け、草原と青空の下に躍り出ていった。生き残るために。

すでに〈素描者〉の権利はググからウフコックに移動している。バロットは〈素描者〉と〈裁断者〉の権利を併せ持つ〈使役者〉としての存在を確立しつつあった。

「さて、読者の皆様」

万年筆からターンして元のネズミ姿に戻ったウフコックは、おほんと咳払いすると一言だけ言った。

「我々は生き残る」


この闘争ののち、今回の読者によって一枚の絵がネットワーク上に公開された。瞬く間に広がっていくその絵は著作権フリーのタグがつけられ、著作権の切れた物語、音楽が新たに付与され、まったく別の物語として生まれ変わった。

あるときは火星で、あるときはアルプスで、あるときは音楽キャラクターとして、ふたたびニコとググは生まれ落ちた。

■著者の言葉

すべてのことはいつも一回限り。小説を読むことも書くことも同じ。どんなに回数を重ねても毎回新たな一回であることには変わりない。一回が積み重なって永遠となる。……本作「五連闘争」はあらゆる〝一回限り〟が重なって世に顕現した存在である。本当は別の話を書こうと思って応募を断念したはず、だった。大スランプに陥ってまったく書けなかったはず、だった。傍点の隙間を抜けたのは魂の奥底に凝(こご)っていた書きたいという壮絶な欲求。物語が好きだという確信。それだけ。ほかにはなにもなかった。だからだろう。「五連闘争」は一回限りの奇跡を獲得した。だが、私は、「五連闘争」を越えねばならない。越えねば書き手として死ぬ。一回限りの奇跡を一回の積み重ねの永遠に。

読者の皆様におかれましては、作者のことなど一切無視して、二次創作領地内僻地に現れた文章遊びを味わっていただきたい。

オーガストの命日

冲方 丁（うぶかた とう）

巻末を飾るのは、冲方氏自身による二次創作。『アノニマス』ではハイスクールに進学しているバロットが、社会科の課題としてある事件をレポートにまとめている。法律の道を志すバロットが考察する、マルドゥック市（シティ）の最も過酷な現実。

マルドゥック市（シティ）私立サン・アンダーソン学園
第十二学年 社会（ソーシャルスタディ）科レポート
担当教師 ミズ・ジェイン・スタンリー
提出者 ルーン・フェニックス

『ウェストベイの〈赤ん坊射殺（ベイビー・ガンダウン）〉事件について』

マルドゥック市（シティ）のウェストベイの二丁目から四丁目の辺りでは、しばしば銃撃事件が起きます。

住民は、港湾地帯と陸地の工場地帯のちょうど中間地点であるその地域を〝境界地帯（バウンダリー）〟と呼びます。公営団地と雑居ビルが立ち並んでいて、ビルには狭いバーや食堂、タトゥーショップや電化製品店、マッサージ・パーラーや質屋などがあります。

すぐ隣のブロックには港で働く人たちと工場で働く人たちの両方が来る歓楽街（コンバット・ゾーン）があります。そこの路地裏では喧嘩や強盗が絶えないことから〝戦闘地域（コンバット・ゾーン）〟と呼ぶ人もいます。中には観光客が来るようなお店もありますが、私が知るそこは、市が設けた街灯や防犯カメラがすぐ壊されるような場所です。

南に少し歩くとスラムがあります。市はそこをスラムではないといい、ベイサイド・モールタウンと呼んでいます。でもそこにあるのは低所得層（チープ・ブランチ）向けの公営団地だけです。ショッピングセンターの建設予定地には、私が小さかった頃からずっと、雑草だらけの廃墟が並んだままです。昼はよく蚤（のみ）の市が開かれますが、幾つものギャング・グループが縄張り争いをしていて、夜は警官もあまり近づきません。サウスサイドからは麻薬が、イーストサイドからは銃が運ばれてきて、路上で売り買いされているからです。

そこで平和に暮らしたければモグラ（モール）になるしかない、という意味で〝モールタウン〟と呼ぶ人もいます。昼も夜もひどく静かで、住民は用事がなければ外出しません。騒ぐのはギャングだけです。多くの人は目立たないよう静かにしています。音楽もほとんど聴きません。

そこでは〝パーティを開けば盗人が来る〟という言葉をよく聞きます。何かを持てば奪われるか盗まれるのが普通だという意味です。車を持てばギャングが奪いに来ます。携帯端末を手に持ってストリートに出れば、すぐにナイフを持った男たちに後をつけられます。テレビやエアコンや冷蔵庫が手に入っても、そんなものは持っていないというふりをしなければいけません。盗もうとする人たちが大勢いるからです。

私は十二歳までそこにいました。そこを出て施設に連れて行かれてから五年経ちますが、バウンダリーもモールタウンも、何も変わっていません。私が学校に行くとき、いつもバウンダリーへ続く〝灰色の大通り（グレイ・アヴェニュー）〟を横切ったのを思い出します。そこでは道路も建物も、どこもかしこも灰色でした。落書きができないよう塗布防止剤を塗っているからです。夜になるとその塗布防止剤に、街灯のオレンジの光が反射して、一部の建物が燃えているように見えるそうです。そのため〝炎の大通り（フレイム・アヴェニュー）〟と呼ぶ人もいます。

以前の私は、夜のその大通りが何色か、この目で見て確かめたことがありませんでした。夜になったらそこを通ってはいけないと先生たちから言われていたからです。決してバウンダリーに近づいてはならないと。

ギャングになりたがる男の子たちが最初にすることは、その大通りへ行って炎の色を確かめることでした。夜、公営団地を出てコンバット・ゾーンに行ける度胸を示し、自分がモグラ（モーグル）ではないと証明すること。それが、ギャングになるための最初のテストのようなものだったからです。

十七歳になったばかりの少年〝長い足（ロングフット）のルイス〟は、そのテストにとっくに合格していました。彼は、若者たちで構成される地元のギャング・グループの一つ〈赤いどくろ(レッドスカル)〉に入団を認められ、グループの麻薬売買の一部を任されていたのです。

その日の夜九時過ぎ、彼は公営団地を出てグレイ・アヴェニューに向かって歩いていました。いつもそうしているように。公営団地やバウンダリーの彼の持ち場でグループの麻薬を売ることが彼のゆいいつの収入源でした。しかしその日は違っていて、彼は別の収入にありつけることを期待して出かけました。麻薬よりずっと良い収入に。

彼が向かったのはグレイ・アヴェニューにある二十四時間営業のドラッグストアでした。彼はガールフレンドに「薬を買いに行ってやる」と言って出て行ったそうです。「パールも俺が見ててやるよ」と。

彼のガールフレンドのジョアナ・キャッシュは十六歳で、生後四ヶ月になる息子のパールがいました。母親譲りの白い肌が真珠(パール)のように綺麗だったから、そう名付けたそうです。パールは、手渡しでもらえる現金(キャッシュ)以上に素晴らしいと思うことができる、初めての存在だった——とジョアナは言いました。ジョアナは息子と一緒にいるのが好きだったそうです。ジョアナ自身は、父親が誰だか知らず、母親は滅多に家に帰って来ませんでした。祖父母はジョアナが小さい頃に他界していました。そのため誰にも養育を手伝ってもらえませんでした。「あたしは毎日ずっとパールと二人きりだった。でも、ちっとも大変じゃなかった」ジョアナは言いました。「誰の子かわかんなかった。でもそんなの気にしてなかった」

ですがその晩、ジョアナは激しい腹痛に襲われ、公営団地の自宅のトイレとベッドルームを這いながら往復していました。ボーイフレンドのルイスが、パールを抱いて薬を買いに行ってくれると言い出したとき、ジョアナは純粋に、彼が自分とパールを好いてくれていると信じ、その優しさに甘えたかったのだそうです。

もちろんルイスはパールの父親ではありません。目も肌も似ていません。ルイスの肌は褐色でした。それでも父親代わりになろうとしてくれているんだと信じていたとジョアナは言いました。まさか手の届かないところへ連れて行ってしまうなんて思わなかったと。

ルイスは抱っこ用の布を肩にかけてパールを抱いて出かけました。ドラッグストアの店主が言うにはパールはそのとき目を閉じたまま、ぐずりっぱなしだったそうです。店主は、赤ん坊は眠いのに自分を抱いているのが母親ではないとわかっていて不安で眠れず泣いているんだ、と思ったそうです。

泣き声をあげるパールを揺すったり撫でたりしながら、ルイスは下痢止めの薬を買い、店を出ていきました。そのとき店主には、ルイスがこう呟くのが聞こえました。

「よーしよし。その元気な泣き声を聞かせてやんな」

店主は、いったい誰に聞かせようというのだろうと疑問を抱いたそうです。

まさか、夜のグレイ・アヴェニューを行き交う者たちに赤ん坊の泣き声を披露する気だろうかと。

「どんな危険があるか知れないのに。ここらの若いもんは滅茶苦茶なことばかりする」

呆れる店主をよそに、ルイスは店の前にある公衆電話に真っ直ぐ向かいました。

ドラッグストアの店主は、店の物が盗まれるたびに店の内外を映す防犯カメラの数を増やしていたので、ルイスの行動ははっきりと映像データとして残っています。ルイスは薬の入った袋を持った左手でパールを抱え、右手で公衆電話の受話器を持ち上げました。電話機に五ドルの電子マネー・カードを挿入しようとしたとき、ルイスにまばゆい光が浴びせられました。電動バイクのヘッドライトでした。ルイスは驚いて振り返り、右手に握っていた受話器と、通話のために必要なカードを放り出しました。そして、まるで盾にしようとでもいうように、両手で赤ん坊を突き出そうとしたのです。

そのルイスの目の前でさらに激しい光が起こりました。片手で撃つことができる九ミリ口径のマシンピストルの連射でした。驚くほど反動の少ないその銃は――警察と〈イースターズ・オフィス〉のメンバーが調査した結果によれば――弾倉にこめられていた三十六発の弾丸を全て発射したそうです。

三十一発が、ルイスの顔・胸部・腹部・両腕に命中しました。そのうちの六発は、パールの小さな頭や胸やお腹を貫通した弾丸でした。ルイスは前のめりになってパールの上に倒れましたが、そのときにはもう、二人とも絶命していました。

すぐにドラッグストアの店主が通報し、三台のパトカーと救急車が次々に現れました。通報の際、店主はこう叫んだそうです。「ベイビーが撃たれた！　ベイビーが撃たれた！」

一台目のパトカーに乗っていた警官たちは、てっきりルイスのあだながベイビーなのだと勘違いしたそうです。そして救急隊員がルイスの体を起こしたとき、やっと店主の言っていることを理解しました。

　その瞬間、それは単なる発砲事件ではなくなりました。種々のメディアが報じたように、グレイ・アヴェニューでギャングが起こした事件の中でもひときわ痛ましいものとされる、「赤ん坊が射殺された（ベイビー・ガンダウン）」事件として知られるようになったのです。

　ジョアナが保護証人として〈イースターズ・オフィス〉の保護下に置かれたのは、事件があった翌々日のことでした。

　被害者の母親でありガールフレンドであったジョアナは、ようやく苦しい腹痛から回復しかけたところに警官たちの来訪を受け、出かけていった二人が両方とも帰らぬ人となったことを知り、ショックのあまり気を失ってしまいました。

　警官たちは、自分たちが来たときすでにジョアナが真っ青な顔で脂汗を流していたこともあり、すぐに救急隊員を呼んで彼女を市立病院へ運ばせました。

　一時間ほどしてベッドの上で意識を取り戻したジョアナは、知らないうちに点滴を施されていたことと、自分が脱水症状を起こしかけていたことを看護師から教えられました。

「ひどい便秘でもしていたのかい？」男の看護師はそう訊きました。「ずいぶん下剤を飲んだようだけれど。薬が体に合わなかったんだね」

「そんなもの飲んでないもん」ジョアナが言うと、看護師は怪訝な顔つきになりました。部屋の外にいた警官たちもそのやり取りを聞いて顔を見合わせたそうです。

警官たちは、誰かに薬を飲まされたのではないかと推測を口にしましたが、ジョアナには何を言っているのか理解できませんでした。

「それよりパールに会わせて。私のベイビーに会わせて」ジョアナは泣きましたが、警官たちは躊躇しました。彼女の体調も、撃たれたパールの遺体の状態も、どちらもあまりにひどかったからです。遺体確認でまたジョアナが気を失ったりしては困ると考えた警官たちは、彼女を病院でひと晩休ませてから遺体管理所に連れて行くことにしました。

ジョアナは鎮静剤を施され、泣きながら眠りました。次に目覚めたときは明け方で、目を開けるとベッドの隣で、彼女が初めて見る男が座っていました。「すぐに動けるか?」男は、ジョアナが目覚めると他には何も言わずそう尋ねました。「動かなきゃいけねえ」

「大丈夫です。動けます」とジョアナは答えました。てっきりその男は警官で、パールに会いに行くのだと思っていたのです。

ジョアナは男とともに病院を出ました。そして男の指示に従い、駐車場に停められていたガソリン車の助手席に乗りました。ジョアナの頭の中は、かわいそうなパールのことでいっぱいでした。けれども車が発進してしばらくすると、だんだん男の不自然さが気になり始めました。

男は、病院を出るとき、誰とも会話をせず、そっと裏口から出てきたのです。まるで看護師たちと顔を合わせたくない様子でした。それについては、ジョアナが眠る前、警官が「外に君目当てのマスコミが来ている」と言っていたので、騒ぎを避けるためだろうか、と考えたそうです。退院手続きをしなかったのは、とっくに済ませていたからだと勝手に納得していました。

しかしそうしたこと以上に奇妙なのは、男が非常に若いということでした。

黒髪に浅黒い肌の男で、童顔であることをさっ引いても、ジョアナには、ボーイフレンドだったルイスとあまり変わらない年齢であるように見えました。よしんば二十歳を過ぎていたとしても、二十五歳には見えません。これほど若い警官がウェストベイの界隈にいるところをジョアナは見たことがありませんでした。

といって、あなたは幾つですか、と尋ねることもできません。彼が自分の童顔を気にしていた場合のことを考え、訊かない方がよいと判断したのです。男の機嫌を損なってはならない。狭い車内で男と二人きりでいるときは特に。ウェストベイの女なら、誰でもそう考えるものなのです。

やがてジョアナは、もっと決定的な疑問を抱きました。この車はどこへ向かっているのだろう？　ウェストベイで起こった問題は、たいていバウンダリーからさほど離れていない場所にあるマルドゥック市警・八番署で扱われます。銃、麻薬、売春、家庭内暴力、交通事故――いずれも関係した人物はそこに連れて行かれるのです。遺体管理所も、ジョアナがいた市立病院も、八番署から歩いて行ける距離にありました。

にもかかわらず男は十五分から二十分ほど運転し続けました。バウンダリーには向かわず、東に向かったのです。ウェストベイからウェストタウン、そしてミッドタウンへ。

ジョアナは自分がどこにいるのかわからなくなっていました。ウェストベイのスラム地帯から、瀟洒なミッドタウンに来たせいで、まるで違う国に連れてこられたような不安を覚えたそうです。

「あの建物だ」男が、朝日に照らされる路肩に車を停め、大きな建物を指さしました。「わかるか。あの煉瓦模様の壁の建物だ。元はモルグだったらしい。今は委任事件担当官たちのオフィスになっている。〈イースターズ・オフィス〉だ。お前はそこに行くんだ。いいな？」

ジョアナはますます不安に襲われながら、うなずき返しました。何のオフィスだろう？　委任事件担当官？　弁護士みたいなものだろうか？　弁護士なんて雇う金はないのに——そう思っても口には出しませんでした。

理由は、男が怖かったからです。といっても彼がジョアナを怖がらせるようなことをしたという意味ではありません。ただ怖かったのです。男の目つきも表情も、まるで氷のようだったとジョアナは言います。それまでジョアナが遭遇したことのないタイプの男でした。暖かみなど一片も感じられない、おそろしいほどの無表情さ。人に目を向けるときと、景色や物に目を向けるときとで、まったく目つきが変わらない。黒い瞳がたたえる、研ぎ澄まされた何か——私ならそれを、虚無（ボイド）と呼んでいたと思います。

「あのオフィスにはお前が行くことを伝えてある。そこにいる連中に、こう言え。ルイスが買ったのは腹痛の薬だけじゃないと。それと、ニュースを見せてくれるよう頼め」

「ニュースなんか見たくない」思わずジョアナは言いました。パールのニュースだと思って、つい男の指示を拒んでしまったのです。

男もジョアナの気持ちを察したらしく、小さくかぶりを振り、こう言い直しました。

「赤ん坊じゃない。別のニュースが始まる。テレビに出るやつの顔をよく見ておけ。俺が言うべきことはそれだけだ。早く行っちまいな」

ジョアナはわけがわからないまま車から降りました。男はすぐに車を発進させ、ジョアナを置いてどこかへ行ってしまいました。ジョアナはしばらく呆然と路上で立ちつくしていましたが、やがて目の前の建物に歩み寄ると、〈イースターズ・オフィス〉のドアのインターホンを押し、こう告げました。

「あたし、ジョアナ・キャッシュ。ベイビー・パールのママです。撃たれたベイビーのママです」


ここで〈イースターズ・オフィス〉について説明します。このマルドゥック市(シティ)で、四つの主な業務に従事しているオフィスです。

所長であるドクター・イースターの言葉によれば、現場捜査(インベスティゲーション)、証人保護(プロテクション)、法的交渉(ネゴシエーション)、犯人逮捕(アレストメント)――それら〈四分の四(カトル・カール)〉の業務を、市の諸機関から委託されています。

どの業務も、委任された事件の解決を目指すものです。ただし、警察が依頼する民間の鑑識企業や警備機構と異なるのは、オフィスが09（オー・ナイン）法案従事者としてのライセンスを有していることです。

09法案とは、生命保全プログラムの一つで、人命の保護を目的とする場合に限り、禁じられた科学技術の使用を許可するための法案です。オフィスが有するのは、戦時中に開発され、戦後は使用が禁止された科学技術と、その技術によって強化（エンハンス）された人員――エンハンサーたちです。

普通、彼らは法務局の承認をもって、主に検察や警察、あるいは連邦捜査局といった捜査機関から、保護証人を預かり、その生命を守ります。

ジョアナの場合は、まず保護があり、事件の確認があり、そして捜査がありました。

警察が事件を把握する前から命の危険にさらされた証人を保護し、その後で事件成立を目指したのです。彼らのそうした働きを歓迎し、称（たた）える人たちもいれば、否定する人たちもいます。否定的な意見として最も多いのは、

「治安機構の過度な民営化が経済格差を助長する。金がある市民だけ守られ、金がない市民は守られなくなる」

というものだそうで、所長のドクター・イースターは、そんなことはないと言います。

「委任事件の解決に従い、報償と報賞が市から支払われる。我々は保護証人の警備（セキュリティ）に万全を尽くすと同時に、社会的な保障（セキュリティ）も確保する」

それは形を変えた富の再分配制度でもある、というのがドクター・イースターの持論です。

今の市長もその考えを支持しているといいます。

そのドクター・イースターも、ジョアナを保護することについて、すぐには決断を下しませんでした。ジョアナが生命の危機に瀕していることを証明するものが何もなかったからです。

殺されたのは彼女の子供とボーイフレンドでした。そして警察は、子供がボーイフレンドの巻き添えになった——どこかのギャング・グループが〈赤いどくろ（レッドスカル）〉の麻薬売買の縄張りを奪おうとしてルイスを殺したのであり、パールはいわゆる〝副次的被害（コラテラル・ダメージ）〟であった、と考えていました。

ドクター・イースターのご意見役であるオフィスのメンバー——ミスターＯ（オー）も、ジョアナからは危機の匂いは嗅ぎ取れないと言いました。

ミスターＯは——名前も顔も本人の安全のため非公開とされていますが——人の心を知る力を持つ、オフィスのメンバーです。彼には沢山のあだながあります。〈電波男（ラジオマン）〉、〈透明人間（インビジブル）〉、〈音無き者（スニーカー）〉、〈匿名人物（アノニマス）〉などです。彼は滅多に人前に現れません。姿を現さずにあらゆる捜査や保護を、ときには交渉や逮捕も行います。どんな偽証も見抜くことから、検察はときに彼を特別捜査官として指名します。オフィスの所長であるドクター・イースターも、保護証人の扱いについては、いつでも彼の意見を尊重します。

私が知るミスターＯは、とても真摯で素敵な人物です。彼ほど信頼できる相手はいないと断言できます。

ミスター０は、ジョアナの保護に――とてつもない苦しみを強いられた十六歳の少女のケアに――積極的でした。そして、オフィスに連絡し、ジョアナを病院から連れ出した男の捜査をすべきだと言いました。その男がなんという名であるか、ジョアナも聞いていませんでした。オフィスの通信システムにおいても、男が電話をかけてきたのがウェストベイの一角であり、プリペイド式の携帯端末を使用していることしかわからず、声紋をもとに警察の逮捕者データから検索しても該当人物はいません。

代わりに、ドクター・イースターは、事件の目撃者であり、通報者であり、被害者の言動を記憶していてしかるべき人物を聴取するよう、オフィスのメンバーに指示しました。

指示を受けたのは、ミスター・ミラーと、ミスター・レザーです。ミスター・ミラーは元用心棒、ミスター・レザーは元レスキュー隊員です。二人とも、スラムのルールはなんでも知っていて、「赤信号（レッド・ライト）」というあだなで呼ばれています。二人が現れたら、何をしているにせよ手も足も止めた方がいいという意味だそうです。都市に沢山ある歓楽街のほとんどで畏敬の念を集めていると言っていい人たちです。

その二人が、ルイスが現れたドラッグストアの店主に確認したところ、確かにルイスは撃たれた晩の――下痢止めを買った夜の――前の日に下剤を買っていました。どうやらそれをジョアナに飲ませたらしいというのがドクター・イースターの見解で、ミスター０も、オフィスの他のメンバーもその点では同じ意見を持っていました。

なぜルイスがそんなことをしたのかということが議論されるのと同時に、ウェストベイでは他の事件が――赤ん坊が殺されるという事件に続いてさらなる衝撃をもたらした事件が――立て続けにニュースとなって流れました。

街をパトロールする警官たち六名が、たった一日で、次々にマシンピストルで殺されていったのです。

その日、警察無線では「警官が撃たれた（オフィサー・ダウン）」の声が、あるいは電話回線では同じ内容の通報が飛び交いました。撃たれたのは全員、八番署の警官でした。うち一人は署長の、三人は副署長の親族であることが報道されました。

射手（シューター）は真っ黒いライダースーツとフルフェイスのヘルメットをかぶり、電動バイクで走りながら片手でハンドルを握り、もう片方の手でマシンピストルを構えて撃ちました。パトカーの窓越しに撃たれた警官もいれば、車から降りたところを狙い撃ちされた警官もいます。いずれにせよ一瞬の射撃でした。オフィスのメンバーは口を揃えて「とんでもない射撃の才能」と言っていました。

何人もの警官が続けて殺されたその夜、八番署の署長が記者会見を開きました。その様子は様々なメディアでニュースになりました。私も見ましたし、オフィスのみんなも見ました。そして、ジョアナも。

そのときジョアナはオフィスの地下にある保護証人のための部屋を与えられていました。都市の中流階級の基準に照らせば、きわめて質素で、最低限の家具しかない部屋です。けれども、それまでジョアナが見てきた中では、最も安全で、最も上等な家具が揃った部屋だったと思います。その部屋のモニターで、ジョアナはひたすらニュースを見ていました。自分を病院から連れ出した男が、そうしろと言ったからです。

一方で、ジョアナを病院に連れて行った警官たちには、ドクター・イースターが電話で連絡をしていました。彼女を保護したことを伝えると、彼らは「そうする根拠がない」と言って怒り出したそうです。というのも、彼らはジョアナを事件の参考人として聴取するよう副署長に命じられていたからです。ドクター・イースターが、自分たちが警察に代わって事情を聞いたうえで背景を調べると告げると、彼らはひどく腹を立て、法務局に正式に抗議すると怒鳴り散らしたそうです。

しかし彼らも、すぐにそれどころではなくなりました。彼らの同僚であり、同じ分署に所属する警官たちが六名も射殺されたのです。八番署の誰もが、〈黒衣の射手（ブラック・シューター）〉を見つけるために駆り出され、あるいは捜査に志願していました。

そして八番署の記者会見の様子が報道され始めると、しばらくしてジョアナは部屋を出て、所長のドクター・イースターのところへ行き、こう言いました。

「あたしが知ってる人がニュースに出てる」

ちょうどドクター・イースターも——姿を消したミスターOや他のメンバーとともに——自分のオフィスルームでニュースを見ているところでした。

「警察署に知り合いが？」ドクターが驚いて聞き返しました。「誰だい？」

「あの人」ジョアナが、今まさにモニターの向こうでメディアの質疑に応じている男を指さしました。「あたしがウェストベイで商売に出てたときのお客さん」

　ジョアナが指さしたのは、八番署の副署長ゲインズ・マーストロフ氏でした。

　ミスター・ミラーとミスター・レザーが、すぐに調査に向かいました。といっても副署長に直接話を聞きに行ったわけではありません。

「素直に話すとも思えんからな」とミスター・ミラーは言いました。「素直に話してくれる相手がいるんなら、そっちに尋ねた方がいい」

　二人は、ジョアナから、ウェストベイで〝商売〟をするときに仲立ちした人物を聞き出しました。〝髪結い(ヘアドレッサー)マリーナ〟の名で知られる女性で、公営団地の少女たちが自分たちの処女は幾らで売れるのかという疑問を抱いたとき、一番〝正しい〟金額を教えてくれることでも知られている人物です。これはつまり、ポン引きの男たちに分け前を取られることなく、ちゃんと実入りの良い商売を――自分を買ってくれる安全な男を――紹介してくれるということです。実際、彼女はウェストベイで信頼されている〝おかみ〟で、今では体重が百二十キロほどあるそうですが、二十年ほど前はギャング・グループであるマディソン・ファミリーのボスの一番の愛人で、通りを歩けば誰もが振り返るような美人だったと聞いています。ミスター・ミラーとミスター・レザーが、そのマリーナに尋ねたところ、彼女はこんなふうに答えたそうです。

「あたしは何も知らない。知っているのは〝ブック〟さ。あれは何でも知ってる。もしかすると、誰かが〝ブック〟を見たかもしれない。あたしの知らないところで〝ブック〟を覗き見て、そこでよからぬ知恵を得ちまった子供がいるかもしれないね。もちろん〝ブック〟は滅多なことじゃお目にかかれないよう、いつもとびきり頑丈な鋼鉄の館で眠っているよ。でもときどきこのマリーナさんも、情にほだされることがあるんだ。そのたびに後悔するけれどね。誰が父親か知れない子供を、母親である十六歳の女の子と一緒に育てるうえで、どうしても〝ブック〟に尋ねたいことがあるって言われたときなんかね」

その肝心な話のほかに、彼女の今や昔やもしかするとあったであろう未来についての長話を延々と聞かされたそうです。

「で、俺たちは、彼女がきちんと金庫に入れて管理しているという、上客の名簿(ブック)を見せてもらったわけだ」ミスター・ミラーは言いました。「ジョアナ・キャッシュが、八番署の副署長ならびに二人の男を客に取っていたことは確実だ。ジョアナに子供ができて、産もうという気にならなければリストはもっと増えていただろう。マリーナいわく〝上玉の女の子〟だったそうだからな。そうならなかったのは、市の病院が処方した避妊薬が彼女の体に合わなかったせいらしい。下剤でも副作用が出たようだし、いろいろと薬に弱い子なのかもしれん」

「なんであれ撃たれたルイスは、ジョアナの息子パールの父親が誰か、見当をつけたがっていたってことだ」ミスター・レザーはそう言いました。「真面目に自分が育ての親になる気だったのかどうかはわからんがな。少なくとも、本当の父親らしい男たちに、息子がいることを教えてやろうとしたと見て間違いないんじゃないか」

オフィスのメンバーはその意見に同意しました。ミスター０もそうだろうと言いました。わざわざ赤ん坊を抱いて公衆電話がある場所まで行ったのも、電話越しに声を聞かせるためだったのだろうと。ルイスにとって赤ん坊はジョアナとは違う意味で素晴らしい存在だったのです。彼に財産（パール）をもたらしてくれる赤ん坊。ルイスは八番署の副署長や他の二人の男たちを脅迫しようとしていたのでした。

問題は、パールとルイスを殺した人物でした。ドクター・イースターたちは――おおかたのニュースが共通する凶器であるマシンピストルについてわめき立てていたように――その人物こそ警官たちを襲った〈黒衣の射手（ブラック・シューター）〉と同一犯であるとみていました。

と同時に、ジョアナを〈イースターズ・オフィス〉に連れてきた男もまた、その人物であるに違いないと考えていたのです。

赤ん坊ごと脅迫者を殺し、その上で母親を保護証人にし、そしてさらなる殺戮を犯す。

いったいどんな人物が、どんな理由でそのようなことをするのか――オフィスで様々な意見が飛び交いました。いずれも想像の域を出ませんでしたが、ミスター０だけは、それがどういう人物か、なんとなく察しているようでした。

そのミスター０と話したいと、〈黒衣の射手（ブラック・シューター）〉からオフィスに電話があったのは、ドクター・イースターがジョアナの生命保全プログラムを強引に押し通し、八番署が主張するジョアナの身柄引き渡しの要求を退(しりぞ)けた日の翌日でした。

どのようにして〈黒衣の射手(ブラック・シューター)〉がミスターＯのことを知ったかはわかりません。おそらく、ある委任事件のニュースを通してだと思われます。ミスターＯは数年前、ドクター・イースターとともに十五歳の少女を保護し、検察と協力し合って、あるカジノで行われていたマネー・ロンダリングや数々の犯罪を暴きました。ドクター・イースターはそのときの報賞を元手にオフィスを拡充し、多数のメンバーを擁するようになったのです。

その事件のことは、あちこちでニュースになりましたから、〈黒衣の射手(ブラック・シューター)〉がミスターＯのことを――ニュースではオフィスの人員としか紹介されませんでしたが――知っていてもおかしくないのです。スラムやアンダーグラウンドでささやかれる噂に耳を傾ければ、ニュースの背景を知ることも可能だったでしょう。

ミスターＯが保護した少女を、ミスターＯの元パートナーであり同じ０９法案従事者であった人物が殺そうとしたことも。その人物を、ミスターＯと少女が逆に射殺したことも。

《俺の名はオーガスト》電話の向こうで彼はそう告げました。《八月に生まれたんだそうだ。他に意味はない。俺がやっていることは一言で説明できる。〝投げ売り(ファイアー・セール)〟だ。意味はわかるか？》

「いいや、わからない」ミスターＯは自分を指名した人物に対しそう答えました。そのくせミスターＯの声には、全てを理解しているような、悲しい響きがありました。「我々の保護を受けたくて連絡してきたのか？」

かすかな笑い声が電話の向こうから聞こえてきました。まるで親しい誰かが気の利いた冗談を返してくれたことを嬉しく思うような声でした。

その声を、オフィスのメンバー全員とジョアナが、ドクター・イースターのオフィスルームで聞いていました。ドクター・イースターがジョアナと目を見交わすと、ジョアナが青ざめた顔でうなずきました。自分をここに連れてきた男の声に間違いないと目で訴えています。

ドクター・イースターは、メンバーの一人に向かってうなずきました。これは通話相手の端末とその位置を追跡しているという意味です。その情報は八番署にも伝わっていました。ジョアナの保護を押し通す代わりに、法務局が指示したのが、徹底した情報共有だったからです。

ドクター・イースターに、ミスター０のパートナーであるミスター・ロックがうなずき返しました。このときミスター・ロックが受話器を持っていましたが、応答するのは彼ではなく、その右手の手袋から放たれるミスター０の声でした。

「君の望みはなんだ？　俺に与えてやれることか？」

《あんたの名を教えてくれ》オーガストは言いました。《ミッドタウンじゃあんたはラジオマンと呼ばれている。本当の名じゃないだろう》

「法務局の委任事件担当官の名簿は照会したのか？」

《したさ。局員の偽造ＩＤを買ってな。でも確信できなかった》

「イニシャルは０だ」
《なるほど。ははあ、そうかい》
「満足か？」
《いや、待ってくれ。この綴(つづ)り、なんて読むんだ？　ウー……？》
　ミスター０は自分の名を告げました。
《へえ。そうか。すっきりしたぜ。ありがとうよ》
「なぜジョアナをここに連れてきた？　罪滅ぼしのためか？」
《罪？》オーガストが聞き返しました。まるで初めて聞いた言葉を、おうむ返しに呟くような口調でした。《いいや。なんでそんなこと訊くんだ？》
「君を理解したいからだ」
《もう説明したはずだ。〝投げ売り(ファイアー・セール)〟だ。出せる物を全て出す。それだけだ》
「きっかけは、ルイスという少年の口封じを、マルドゥック市警のゲインズ・マーストロフ氏から依頼されたことか？」
《いいや。俺がいたグループ〈キラー・クラウン〉が回した仕事だ。といっても、まともに仕事をするのは俺だけだったがな。俺が抜けた後、〈キラー・クラウン〉は俺を追いかけて殺すどころか、俺のエージェントになりたいなんてぬかしやがった》
　その瞬間、部屋の壁に投影されたモニターに、ぱっと情報が現れました。開示された情報をもとに、オフィスの通信と情報の全てを管理する存在〈ウィスパー〉が、関連するデータを表示したのです。

警察の逮捕記録やギャングについての情報。施設で撮られた幼い頃の写真。十六歳のとき窃盗で逮捕された際に採られた指紋。グループが使う電話番号やネットのアドレス。そして、今年十九歳になるオーガスト・レイクの出生記録と市民登録データ。

「それでも赤ん坊を殺す気はなかったんだな？」

ジョアナの両目に涙が浮かび、頬を流れ落ちていきます。ジョアナは目を閉じず、電話機をじっと見つめながら、声をあげずに泣いていました。

《俺が仕事をしくじったことはない》オーガストは言いました。《それだけだ》

「赤ん坊の名はパールだ」ミスターOは、相手がそうだと答えたかのように続けました。

「母親の名はジョアナ。心からパールを愛していた」

《俺はストリートの流儀を自分に叩き込んだ。これはと思うやつら全員から銃の扱い方を教わった。グループ全員がそうしたが、俺が一番、飲み込みが早かった。俺は自分の売り物がなんであるか知っていた。どうやって生き延びればいいかを》

「どうやって終わらせるかも？」

《そうだ。いつ終わるかは問題じゃない。終わり方を知っていることが大事なんだ》

「ゲインズ・マーストロフ氏は自分の子供だと確信していたのか？」

《どうだっていいと思ってたんじゃないのか。ガキが欲をかいて自分から棺桶の中に飛び込んだ。ゲインズとかいうおやじとその下にいるごろつきの警官どもは、殺しの代価を踏み倒そうとしやがった。俺をとっ捕まえれば払わずにすむと思ってやがったんだ。自分の正体は知られていないと信じてたんだぜ。アホばかりさ。それだけのことだ》
「ルイスの年齢はお前と大して変わらない。ゲインズの決断は追い詰められてのことだ。だがパールは違う。彼の欲求は純粋なものだ。母親の胸に抱かれることだけが望みだった」
《そんなふうに望んだことが俺にもあったっけな。一度も叶わなかったけどな》
「パールは二度と望みを叶えられない。ルイスがパールを盾にしようとしたとき、どうして引き金を引くのをやめなかった？」
《俺は仕事をしたんだ》
「お前はルイスを追跡していた。どんな薬を買ったかもわかっていた。一時的にジョアナの手からパールを引き離すこともわかっていた。あのドラッグストアの公衆電話にパールを連れてくることはわかっていた」
《あんたはどうして自分の元相棒を殺した？》オーガストは答えずにそう聞き返しました。質問するというより、何かに共感してほしそうな言い方でした。《あんたの元相棒は、ダークタウンの破壊者だった。そうだろう？　昔のニュースを読むだけで鳥肌が立つ。俺なんか足元にも及ばないガンファイターだった。俺の千倍稼ぐ男だった。俺の憧れだったんだ。どうして殺したんだ？》
「それ以外に止めようがなかったからだ」ミスター０の声から悲しげな響きがいっとき消えました。私はそのせいで、むしろとても悲しい気持ちにさせられました。「俺はすべきこととをした」

《あんたも、自分の売り物がなんであるかを知ってる。あんたの相棒もそうだったんだ。それがわかってよかったよ》

「オーガスト・レイク。お前は包囲されている」

《そりゃそうだろうな。こんなにのんびり電話してりゃあな》

「我々の保護を求めろ。犯罪の立証に協力しろ。生き延びるすべを知っているなら」

《それは赤ん坊の母親に言ってやってくれ》

「人でなし」ジョアナは我慢できずにそう小さく呟いてすすり泣きました。「返してよ。あたしのパールを返してよ」

その声が、少年に伝わったかどうかはわかりませんでした。

気づけば通話は切れていました。オフィスのメンバーは誰も動こうとしません。彼らの役目はジョアナを守ることであり、今しがたの会話から、事件の解明と、そして可能な限りの解決を目指すことだったからです。解決できることなど実際には何もなくても。

スラムは変わらず存在し、オーガスト・レイクが成人前に自ら命日を迎え、これから先ずっと、大勢の子供たちがそうするのを止められないとしても。

グレイ・アヴェニューはその夜、本当の〝炎の大通り(フレイム・アヴェニュー)〟と化しました。

オーガストは最後までライダースーツとヘルメットを着用したままだったそうです。スーツのポケットには、彼がそれまで人の命を奪うことで稼いだお金を全て費やして購入した爆薬が詰め込まれていました。路上に置かれていた彼の電動バイクにも、盗んだガソリン車にも、同じ種類の爆薬がセットされていたそうです。

オフィスが警告したにもかかわらず、十五名の警官たちが一斉にオーガストを取り囲み、全員で撃ちました。警官たちの目の前で、そしてその周囲で、大きな光と炎が起こりました。大通りが真っ赤に染まる様子を、ドラッグストアの防犯カメラがとらえていました。

ゲインズ・マーストロフ氏のもとでスラムから様々な利益を得ていた警官四名が、それでさらに命を失いました。他にも十一名の警官が大怪我をしました。ジョアナを病院に連れて行った警官たちのうち一人は制服の背が燃えて火傷をしただけですみましたが、もう一人は右腕にひどい裂傷を負ったせいで二度と銃を撃つことができなくなりました。

撃たれたとき、オーガストは左手にミスターＯと話していた携帯電話を握り――爆薬のスイッチを兼ねていたのだろうとミスターＯは言いました――マシンピストルはその足元に置かれたままでした。路肩に立ち、抵抗する素振りはみせず、ヘルメットは何もない宙に向けられていました。

そのとき彼がどんな表情をしていたのか、ドラッグストアの防犯カメラの映像データからは、わかりませんでした。

その後、ゲインズ・マーストロフ氏を待っていたのは、長い裁判でした。もっと長い刑期が科されるはずだとドクター・イースターは言っていました。

ジョアナには悲しみと、09法案に基づく報賞と報償が残されました。

ルイスとオーガストには、ジョアナがオーガストの目の中に見たものだけが残ったんだ、とミスターOは言っていました。けれどもパールには、小さな棺と墓石だけではなく、ジョアナから与えられたものが残されたのだと私は思いたいです。

評価　Aマイナス
追記　興味深い内容です。ただし、当校と、当校に所属するあなた自身の両方にふさわしからぬ内容であることからマイナスとしました。また、あなたが書いたこのレポートに関して、学長が保護者同伴での面接を求めています。
追記その2　私もあなたと同意見です。

菅原氏「さよならプリンセス」、冲方氏「オーガストの命日」は書き下ろし。
その他はSFマガジン二〇一六年二月号に掲載された十篇を加筆修正した。
なお、収録作はマルドゥック・シリーズの今後の展開を拘束するものではない。

HM=Hayakawa Mystery
SF=Science Fiction
JA=Japanese Author
NV=Novel
NF=Nonfiction
FT=Fantasy

マルドゥック・ストーリーズ 公式二次創作集

〈JA1246〉

二〇一六年九月二十日 印刷
二〇一六年九月二十五日 発行

（定価はカバーに表示してあります）

編　者　冲方丁
　　　　早川書房編集部
発行者　早川浩
印刷者　矢部真太郎
発行所　株式会社早川書房

郵便番号 一〇一 - 〇〇四六
東京都千代田区神田多町二ノ二
電話 〇三 - 三二五二 - 三一一一（大代表）
振替 〇〇一六〇 - 三 - 四七七九九
http://www.hayakawa-online.co.jp

乱丁・落丁本は小社制作部宛お送り下さい。
送料小社負担にてお取りかえいたします。

印刷・三松堂株式会社　製本・株式会社フォーネット社
Printed and bound in Japan
ISBN978-4-15-031246-6 C0193

本書は活字が大きく読みやすい〈トールサイズ〉です。